KB121480

로크미디어가
유혹하는
재미있는 세상
ROK
MEDIA
로크미디어

싱크

싱크 2

2015년 3월 4일 초판 1쇄 인쇄
2015년 3월 9일 초판 1쇄 발행

지은이 현민
발행인 이종주

기획 팀 이주현 이기헌
책임 편집 이세종

발행처 (주)로크미디어
출판등록 2003년 3월 24일
주소 서울시 용산구 원효로97길 46 5층
Tel (02)3273-5135 **Fax** (02)3273-5134
홈페이지 rokmedia.com **E-mail** rokmedia@empas.com

값 8,000원

ISBN 979-11-255-8686-9 (2권)
ISBN 979-11-255-8684-5 04810 (세트)

† 현민 게임 판타지 장편소설 †

CONTENTS

개또라이

세상은 그 자체로 살아 있다.

엘프에게는 지극히 자연스러운 진리이며 진실이며 또한 사실이지만 인간에게는, 난쟁이 드워프나 다른 종족에게는 그렇지 않다는 점이 세계를 불행으로 몰아가고 있다고 셀레스카르는 생각했다.

살아 있는 세계와의 소통을 위해 엘프는 거대한 숲, 생명을 고스란히 느낄 수 있는 울창한 숲에서 살아간다. 그런 숲에서 세계 그 자체와의 교감을 배우고 익히며 살아가기 때문에 세계와 더 가까워진다.

엘프 일족에게 예언자는 대단히 독특한 의미를 가진다. 족장이 일족 전체의 향방을 결정한다면 예언자는 일족 바깥에서 세계의 의도, 의지를 간접적으로 알리는 역할을 맡는다. 족장은 예언자의 말을 받아들일 수도 있고, 거부할 수도 있다.

사람들로 북적거리는 도시는 소통에 그리 좋은 장소는 아니었다. 처음 마르세르로 왔을 때, 셀레스카르는 인간들이 뿜어내는 욕망의 기운에 휘둘려 골치가 아팠다. 대체 왜 이런 대도시에, 그것도 인간의 수도에 와야 하는지 그 자신도 이해할 수 없었다.

뮬란도르의 숲에서 들은 그 명확한 메아리를 무시했다면, 웬만해서는 참견하지 않는 드래곤 헤라의 충고를 듣지 않았다면, 그가 룬트란 왕국의 수도를 찾아올 일은 없었을 터였다.

국왕과 귀족들을 만난 셀레스카르는 이곳에서의 명상, 즉 세계와의 접촉을 위해 조용한 장소를 찾았다. 아무리 생각해도 지하뿐이었다. 적당한 방을 찾아낸 그는 때가 될 때까지 자신을 찾지 말라고 당부한 다음 어둡고 축축한 곳으로 내려갔다.

그게 보름 전이었다.

어쩌면 한 달 전이었는지도 모른다.

이 깊은 어둠 속에서 시간은 제멋대로 흐른다. 날뛰기도 하고, 잔잔한 바다처럼 점잖기도 하다. 허기가 괴롭힐 때는 어느 정도 시간의 흐름을 알 수 있었지만, 세계와의 교감이 깊어지면서 배고픔까지도 잊게 되자 셀레스카르는 시간까지

도 망각했다.

엘프 예언자는 깊이, 더 깊이 내려갔다.

몸은 그 딱딱한 돌바닥에 앉아 있지만 자유로운 정신은 아래로 내려가며 다양한 구조의 지층을 발견할 수 있었다. 물이 세차게 흐르는 동굴을 통과했다. 틈이 벌어져 생긴 공동도 보았다. 아주 깊숙한 곳에서는 뜨거운 열기를 지닌 용암이 고여 있다가 폭포처럼 떨어지기도 했다.

더 깊은 곳으로.

더 근원적인 곳으로.

마침내 예언자는 세계의 중심에 이르렀다. 거기 도착한 순간, 세계의 중심이 아니라는 사실을 알 수 있었다. 중심은 일방적인 개념이라는 깨달음을 거기서 얻었다. 중심이라고 말하는 순간, 분리가 생긴다. 중심과 변두리가 구분되는 것이다.

셀레스카르는 세계의 메아리를 기다렸다. 전체이면서 부분인 그 세계의 외침에 귀를 기울였다.

세계는 쉽게 목소리를 들려주지 않았다.

예언자는 기다렸다.

예언자가 지녀야 할 단 하나의 덕목은 끈기, 즉 인내심이었다. 셀레스카르는 바로 그 점 때문에 자신이 예언자가 되었다는 사실을 알고 있었다.

기다리는 동안 그의 정신은 자유롭게 과거를, 기억과 장면

사이를 넘나들었다. 뮬란도르의 숲에서 느꼈던 희열을 다시 경험했다. 처음 예언자로 뽑힌 순간의 감격은 또다시 그의 정신에 깊은 흔적을 남겼다. 드래곤 헤라를 처음 만난 순간도 기억났다.

예언자는 세계의 변화를 이방인을 만날 때마다 느낄 수 있었다.

셀 수도 없이 많은 이방인들은 이 세계에 활력을 불어넣는 동시에 거짓의 삶을 퍼트리고 있었다. 이방인들의 그 무시무시한 에너지는 조용한 예언자를 압도할 만큼 강력했다. 수백 명, 수천 명이 힘을 합쳐 성을 무너뜨리거나 땅을 울리는 마물을 쓰러뜨릴 때면 셀레스카르는 이방인이 이 세계의 진정한 주인이라는 생각에 사로잡혔다.

그 생각은 이방인들이 보여 주는 또 다른 행동 때문에 무너졌다. 이방인들은 그토록 열정적으로 살면서도, 믿을 수 없을 만큼 오만하고 가벼우며 무지한 삶을 살았다. 그들의 약속은 약속이 아니었다. 그들의 말은 지나가는 바람 소리에 불과했다.

힘은 있으되 지혜가 없는 존재에게 다스릴 자격은 없다.

이방인은 결국 이 세계의 주인이 아니었다.

예언자는 당연한 결론이라 생각했다.

이방인에게는 이방인만의 세계가 따로 있을 것이다. 그들은 이 세계에 놀러 온 것이다. 그러니 그렇게 가볍고, 즐겁

고, 무모할 수 있는 것이다. 불사의 존재라는 사실이 그들로 하여금 경박한 삶을 살도록 만들었는지도 모른다.

인간에 비하면 수명이 길지만 이방인에 비하면 필멸의 존재인 엘프 예언자는 한때 이방인을 동경했었다. 이방인이 되지 못한다는 사실에 자괴감을 느꼈다. 그러나 지금은 아니다. 예언자는 오히려 이방인을 불쌍히 여겼다. 이곳에서 뿌리 없는 잡초처럼 떠도는 이방인들은 그들의 세계에서도 같은 방식으로 살아갈 것이다.

그 순간, 세계가 그에게 말을 걸었다.

예언자는 겸손하게 메아리를 들었다.

오랫동안 이어진 그 이야기가 끝나자, 셀레스카르는 몸을 일으켰다. 무릎에서 우두둑 소리가 났지만 오히려 몸은 상쾌했다. 예언자는 비틀거리며 문으로 다가갔다.

문을 열지는 않았다.

예언자는 기다렸다. 꽤 오래 기다렸다.

다가오는 인기척이 느껴지자, 녹슨 손잡이를 돌려 문을 열었다. 세계가 알려 준 대로, 거기 세 명의 이방인들이 놀란 얼굴로 서 있었다. 셀레스카르는 그들을 보며 빙긋 웃었다.

"올라갑시다."

예언자는 할 말을 잃은 이방인들을 남겨 두고 나선형으로 뻗어 올라간 계단으로 걸어갔다.

벨란데르의 거짓말은 예언자 셀레스카르에 의해 진실이 되었다. 셀레스카르는 명상을 통해 받은 계시를 앞세워 원정대를 률란도르의 숲 녹색의 날개 일족에게 데려가기로 결정했던 것이다. 예언자를 만나기 위해 내려갔던 이방인들이 한 일은 아무것도 없었다.

거짓말로 원정대가 탄생하고, 라마간에서 출발한 원정대가 수도 마르세르까지 도착했을 뿐 아니라, 탄로 직전이었던 거짓이 진실로 바뀌는 과정을 한 발짝 떨어져서 마치 관객처럼 지켜보았던 레나세르는 왠지 기분이 씁쓸했다.

그동안 마음을 졸였던 벨란데르나 일이 잘못되지는 않을까 염려했던 노바디처럼 한껏 기뻐할 수 없었다. 두 사람은 진심으로, 조금의 꾸밈도 없이 환호했다.

왕궁 숙소 베란다로 나가 아래로 펼쳐진 도시의 야경을 바라보았지만 그 감정의 찌꺼기는 그대로였다. 서울의 야경보다 백배는 더 아름다운 눈앞의 풍경도 마음에 와 닿지 않았다.

솔직히, 샘이 났다.

그 때문에 얼굴이 화끈거렸다.

레나세르는 자기가 무엇을 내심 원했는지 깨달았다. 벨란데르의 거짓말로 시작된 원정대가 폭삭 주저앉기를, 혹은 거

짓이 폭로된 이후 서로를 향한 비방과 비난, 자연스러운 분열로 끝나 버리기를 바랐던 것이다.

기대와 달리, 벨란데르의 거짓은 예언자 셀레스카르에 의해 진실로 바뀌었다. 이제 원정대는 공식적으로 녹색의 날개 일족의 초대를 받은 셈이었다. 분열은커녕 더 단단해져, 뮬란도르의 숲으로 곧 출발할 터였다.

왜 원정대가 망하기를 원했을까?

레나세르는 자신에게만은 솔직한 사람이었다. 그 덕분에 곧 이유를 알아냈다. 그래서 더 부끄러웠다.

페플 세계 마룬타 대륙 10대 게이머 중 무려 3명이 과거 레나세르와 함께 돌아다니며 사냥도 하고 퀘스트도 수행했던 게이머였다.

검제 남궁현도와는 급격히 가까워져 현실에서 사귀기도 했다. 무적권왕 만천은 대단히 호탕하면서도 지혜로운 사람이었고, 용병단장 프로스는 차갑지만 한번 내뱉은 말을 지키기 위해서라면 아끼는 것마저 포기할 줄 아는 진짜 사내였다.

영원히, 평생 이어지리라 믿어 의심치 않았던 그 파티는 갑자기 끝나 버렸다. 레나세르는 페플을 떠났다. 검제와 무적권왕, 용병단장은 제각기 다른 길을 택했고, 뒤를 돌아보지 않았다.

지금 와서 당시에 누가 잘했는지, 누구 때문에 깨졌는지 따져 봐야 마음만 쓰리다. 레나세르는 이후 페플에서의 관계를 가볍게 여겼다. 윤태희의 삶, 프리랜서 기자와 블로거로서의 삶에서도 마찬가지였다. 진지한 관계는 일부러 피해 버렸다.

왜 그렇게 되었는지조차 기억할 수 없을 만큼 과거가 흐릿해진 지금, 레나세르에게 노바디와 벨란데르의 행동은 그 당시를 떠올리게 만드는, 말로 설명할 수 없는 뜨거운 무엇인가가 깃든 삶의 스타일이었다. 무겁고 중요해서 결코 혼자는 지탱할 수 없는 진짜 삶이랄까.

노바디가 했던 말 '동료'는 레나세르의 가슴에 박혔다. 잊었던 그 말은 계속 울리고 있었다.

"……난 마룬타의 레인보우를 갖고 싶었는데."

당시에도, 지금까지도 활을 잡고 화살을 쏘는 게이머들 사이에서 최고의 활로 인정받는 마룬타의 레인보우는 극악의 난이도를 자랑하는 퀘스트를 완수해야 얻을 수 있는 아이템이었다. 최강의 게이머들이 모여서 도전했는데도 번번이 실패했다.

기가 막힌 아이디어가 떠올랐다.

레나세르가 보기에 노바디도, 벨란데르도 천재였다. 둘 다 조금만 노력하고 운이 따른다면 오래지 않아 최강의 게이머로 성장할 것이다. 게다가 노바디에게는 우호적인 NPC들이 존재한다. NPC들이 도와준다면 그 또한 상당한 힘이 될 것이다.

천재 게이머 두 명을 확보했으니 쓸 만한 녀석들을 두셋 정도 데려올 수 있다면, 그래서 역대 최강이라 할 수 있는 파티를 다시 만들 수 있다면, 한 번 더 마룬타의 레인보우를 위해 도전할 수 있지 않을까?

그때 왜 실패했는지 곱씹는다면 이번에는 성공할 수 있을지도 모른다.

실물 사이즈의 활을 출력해서 방에 붙여 놓은 적도 있었다. 황금색과 흰색, 푸른색이 적절히 조화된 마룬타의 레인보우를 보면서 잠을 잤고, 또한 그 활을 보면서 일어난 시절도 있었다.

가슴이 뜨거워졌다.

왜 게임에 빠져드는지 다시 한 번 깨달았다.

눈에 보이는 목표, 그러나 손에 닿지는 않는 무언가를 향해 맹렬하게 달려갈 때의 이 격렬한 감정을 위해서다. 스스로 생각해도 놀랄 만큼의 시간과 노력을 투자하여 그 목표에 가까워질 때의 뿌듯함을 위해서다. 불가능을 가능케 하여 목표를 이루었을 때의 그 환희를 위해서라면 게이머는 무엇이든 할 수 있다.

"마룬타의 레인보우."

레나세르는 중얼거리기만 했는데도 기분이 좋았다. 벌써 그 활을 가진 것만 같았다.

하나의 화살이 원하는 대로 나뉘어 수백 명을 한꺼번에 죽일 수 있는 전설의 활을 손에 쥘 수만 있다면, 어떠한 고생도…… 어려움도…… 다 감수할 수 있을 것만 같다.

아니, 할 수 있다!

관점을 바꾸자 원정대에 대한 생각도 달라졌다.

레나세르는 진심으로 벨란데르의 거짓이 진실로 변한 점을 기뻐했다. 원정대가 무사히 률란도르의 숲에 도착한다면 벨란데르와 노바디는 거기 머무는 녹색의 날개 일족과 만날 테고, 그들과 친분을 쌓을 것이다.

벨란데르와 노바디에게 좋은 일은 바로 그녀 자신에게 도움이 되는 일이며, 마룬타의 레인보우를 얻는 일에도 이익이 된다는 사실은 자명했다.

앞으로의 계획을 생각했다.

현재 무엇이 필요한지, 무엇이 부족한지에 대해서도 고민을 했다.

당장 해야 할 일이 무엇인지 확실해졌다.

레나세르는 복도로 나갔다.

"어디 가는 건데?"

벨란데르가 물었다.

"따라오기나 해."

레나세르는 앞장서서 걷고 있었다.

접속을 끊고 현실로 가서 눈을 붙이려던 노바디도 레나세르에게 이끌려 궁전을 빠져나와 아래로, 아래로 내려가는 중이었다. 국왕이 건넨 통행증 덕분에 늦은 시간인데도 각 층과 층 사이의 성문을 통과할 수 있었다. 레나세르는 두 사람을 데리고 사람들로 북적거리는 마르세르로 내려왔다.

"이상해."

벨란데르가 노바디 곁으로 왔다.

"그냥 나가자."

노바디가 속삭였다.

"……그건 안 돼."

벨란데르는 자기가 레나세르와 같은 집에서 지낸다는 사실을 잊지 않았다. 말없이 접속을 해제한다면 노바디야 편히 쉴 수 있겠지만 자신은 몇 시간이고 잔소리를 들어야 할 것이다.

"왜?"

"성격이 지랄 같은 누나야. 지금은 그냥 따라가자."

벨란데르는 노바디가 제멋대로 접속을 해제하지 않을까 염려했으나, 다행히 덤덤한 태도로 따라왔다.

레나세르가 두 사람을 데리고 도착한 곳은 야시장이었다.

밤에만 열리는 야시장은 사람들로 북적거렸다.

룬트란 왕국 곳곳에서 물건을 팔기 위해 모여든 상인들은 낮에도 사람들을 상대하지만, 밤에 내놓는 상품이 진짜였다. 가끔 1년에 단 하루, 특정한 시간에만 파는 물건이 있는데, 사전에 그 정보를 아는 사람만 구입할 수 있는 희귀한 아이템인 경우가 많았다.

"너, 레벨 몇이야?"

레나세르가 벨란데르를 쳐다봤다.

"왜?"

"레벨."

레나세르의 눈에 힘이 들어갔다.

"……45."

"엉망이네. 너는?"

레나세르는 노바디에게로 눈길을 돌렸다.

"1인데요."

레나세르는 귀를 의심했다. 레벨 1이라고? 콤포를 잡아서 얻은 경험치만으로도 15는 넘었을 텐데. 자이곤 동굴에서 킹 자이곤을 죽였으니 못해도 20은 되어야 정상이다.

"……왜 레벨이 아직도 1이야?"

레나세르는 불끈 솟구치는 짜증을 참으며 물었다.

"죽었으니까요."

"죽어? 언제? 왜?"

"그걸 왜 말해야 하는데요?"

노바디는 차분했다.

그 고요하면서도 차가운 태도가 얼마나 기분 나쁜지 레나세르는 깨달았다. 왜 벨란데르가 노바디와 대화를 하면 화가 나서 미치기 일보 직전까지 몰린다고 했는지 알 것 같았다.

이 녀석 노바디는 상대를 기분 나쁘게 만들면서도 저 순진한 표정을 유지하는 묘한 재능의 소유자였다.

"우리는 같은 원정대지?"

레나세르는 유치원 학생을 다루듯 친절하게, 조금은 가식적으로 물었다.

"네."

"원정대가 무사히 임무를 완수하려면 대원 하나하나가 강해야겠지?"

"그래서요?"

노바디는 귀찮은 듯 턱을 손으로 긁었다.

그 행동에 레나세르는 폭발할 뻔했다. 왜 화가 나는지 모르지만, 그냥 화가 나서 저 녀석을 밟아 두 번 다시 저런 행동을 못 하게 만들고 싶었다. 목적, 그 찬란한 마룬타의 레인보우를 떠올리지 않았다면 이 순간을 기적처럼 이겨 내지 못했을 것이다.

"레벨 1은 약해. 그냥 약한 정도가 아니야. 떨어지는 나뭇잎에 맞아서 죽을 수도 있어. 네가 레벨이 높아야 원정대가 위험에 처할 때 힘을 발휘할 수 있잖아. 안 그래?"

"그건 그러네요."

노바디가 고개를 끄덕이자 레나세르는 활짝 웃었다.

"그렇지? 레벨은 높아야 해. 난 지금 레벨이 99야. 오래전에 페플에서의 게임을 그만뒀는데도 그 정도야. 최강이라 불리는 게이머들의 레벨은 지금 500을 넘었어. 그들이 검을 휘두르거나 마법을 펼치면 건물이 박살 나 버릴 거야."

레나세르의 말에 마음이 동하는지 노바디의 눈빛이 흔들렸지만, 곧 평소의 분위기로 돌아갔다.

"저는 무공을 배우고 있어요."

"원정대장 겔란드에게서 배우는 거 맞지?"

"네."

"내가 알려 줄게. 내게 배우면 넌 열 배는 더 빨리 강해질 거야."

"그건 싫은데요."

이번엔 망설임조차 없었다. 노바디의 마음은 요지부동이었다.

"……왜?"

레나세르는 또 한 번 인내심을 발휘했다.

"대사형께 배우고 있으니까요."

"그, 그러니까 내가 더 빨리 강해지게 해 줄 수 있다니까."

레나세르가 짜증을 내자, 노바디는 뒤로 한 걸음 물러섰다. 그리고 벨란데르를 물끄러미 바라보다가 그 자리에서 사라져 버렸다.

접속을 끊은 것이다.

레나세르는 황당해서 할 말을 잃었다. 천천히 고개를 돌려 벨란데르를 노려보았다.

"내가 뭘 잘못했니?"

"……아니."

이 자리에서 잘못했다고 말할 용기는 벨란데르에게 없었다.

"걔, 왜 저래?"

"워, 원래 그런 애야."

벨란데르는 레나세르 앞에서 노바디의 행동을 설명해야 할 때가 오리라고는 상상도 못 했다.

"밖으로 나와. 좀 진지하게 얘기해 보자."

레나세르가 페플 밖으로 나갔다.

벨란데르는 피곤했지만 오늘만큼은 밤새도록 페플에서 지내고 싶었다. 그러나 그럴 수 없다는 사실은 누구보다 잘 알았다. 조금 있으면 당장 거실로 나오라는 메시지가 밀려들 것이다.

벨란데르는 접속을 해제했다.

"마룬타의 레인보우 때문이지?"

두 시간이나 잠자코 윤태희의 열변을 듣기만 하던 안진후가 갑자기 기습하듯 물었다.

"……뭐?"

"그때와 같아서 그래. 누나도 큰형도, 그때는 제정신이 아니었잖아."

안진후는 '프렌즈'가 해체되었던 당시 곁에서 본 사람들 중 한 명이었다. 그토록 우애가 깊던 파티 프렌즈는 멤버들 각자의 생각이 강렬해서 더 이상 함께할 수 없었다. 손을 흔들며 서로를 보내 줄 수도 있었겠지만, 그때는 그럴 만한 마음의 여유가 없었다.

대판 싸웠고, 그 과정에서 귀중한 레어 아이템이 망가졌으며, 두 번 다시 만나지 말자는…… 서로를 향한 독설과 비난이 난무했다. 그 때문에 게임 매니저가 다섯 명이나 찾아올 만큼 일대 소동이 벌어진 그날을 안진후는 잊을 수 없었다.

"넌 재수 없을 정도로 똑똑해."

윤태희는 맥주 캔을 들고 마시다가 빈 걸 알고는 옆으로 던지고 냉장고로 걸어가서 새 캔을 꺼냈다.

"어떻게 알았니?"

흐르는 맥주를 핥은 후 깊이 들이켠 윤태희가 물었다.

"누나 방 벽에 다시 마룬타의 레인보우 포스터가 붙어 있길래."

"아, 그랬구나. 쳇."

윤태희는 창가로 가서 잠든 도시를 내려다보았다. 얼굴이 화끈거렸다. 할 수 있으면 시간을 되돌려, 아까 저 녀석과 김현 앞에서 보인 추태를 없던 일로 만들고 싶었다.

마룬타의 레인보우.

왜 그 무기를 이토록 갖고 싶어 할까? 스스로 생각해도 답을 찾을 수가 없었다. 그냥 좋았다. 그 무지개 빛깔의 활을 손에 쥘 수 있다면, 그 무엇도 부럽지 않을 것만 같았다.

"도와줘?"

안진후가 물었다.

윤태희가 천천히 고개를 돌려 안진후를 쳐다봤다.

"기분 안 나빠? 난 마룬타의 레인보우를 손에 넣으려고 너희를 이용하려고 한 거야."

"뭐, 살다 보면 한두 번쯤은 헤까닥하잖아, 누구나."

그 말에 윤태희는 화가 나기보다는 웃음이 터져 나왔다.

"너도 그런 적 있니?"

"손목을 그었잖아."

"아."

윤태희는 아무 말도 못 했다.

"그때는 어렸어. 다시는 안 그래."

"어렸다고? 지금도 충분히 어려."

"그런가?"

안진후가 배시시 웃었다.

윤태희는 싱크대로 가서 맥주를 버리고 캔은 재활용품만 모아 놓는 박스로 던졌다. 안진후뿐 아니라 안형준, 안택현 삼형제 모두 비슷한 시기를 겪었다. 암울해서 출구라고는 없는, 긴 터널을 걸어가는 기분이었을 것이다.

안형준은 대학생이 되자마자 외국으로 배낭 하나만 들고 나가 1년이나 연락 두절 상태가 된 적이 있었다. 그을린 얼굴로 귀국한 후로는 과거의 어둠 따위 웬만해서는 보여 주지 않았지만 극단적인 여행을 택할 만큼 마음에 쌓인 것이 많았던 셈이다.

안택현은 스님이 된다고 한바탕 난리를 쳤었다. 지금은 그 결심이 어울리지 않을 만큼 냉철한 사람이지만.

막내 안진후는 자살하려고 손목을 그었다가 메이드가 일찍 발견하는 바람에 병원으로 이송되었다.

"너, 좀 달라졌다."

"뭐가?"

"예전에는 그런 이야기, 아예 꺼내지도 않았어. 텔레비전에서 자살 뉴스나 비슷한 내용의 드라마만 나와도 자리를 피했잖아."

"그랬나?"

안진후는 안주로 꺼내 놓은 오징어를 씹으며 고개를 갸웃거렸다.

안진후가 변했는지 아니면 지금 분위기 때문인지 확인할

방법이 딱 하나 있다. 윤태희는 술김에 그 방법을 선택했다. 평소 제정신이었다면 절대 하지 않을 짓이었다.

"엄마는 자주 만나?"

안진후의 몸이 딱딱하게 굳었다. 엄마 이야기는 누구도 깨뜨릴 수 없는 금기였다.

"난 네 엄마를 이해할 수 없어. 나라면 아들과 같이 살 텐데."

"……누나, 이러지 마."

"왜? 불편해?"

안진후가 갑자기 웃음을 터트렸다. 발작적이고 어딘지 모르게 광기가 서려 있는 웃음은 천천히 진짜 웃음으로 옮겨갔다.

"그렇게 마룬타의 레인보우가 갖고 싶어?"

안진후가 물었다.

"그, 그런 거 없어도 돼."

"알았어. 도와줄게."

"정말?"

윤태희는 자기가 생각해도 정말 어이없을 만큼 순진하게 그 욕망을 드러내고 말았다.

"누나, 큰형과 헤어진 이후 다른 남자 만난 적 없지?"

"……왜 그런 걸 물어?"

윤태희는 눈살을 찌푸렸다.

"항상 누나 옆에서 웃기만 하는 '아는 동생'으로 만족할 수 없어서 그래. 난 누나를 진심으로 걱정하고 있어. 농담이 아니야. 누나는 누구보다도 예쁘고 매력적이야. 잠재력으로 따지면 지금 최고로 잘나가는 연예인 유설만큼 엄청날걸. 하지만 과거의 기억 때문인지 남자들과 어울리지 못하잖아. 누나 입장에서는 어울리고 싶지 않은 것이겠지만."

처음에는 감동적인 내용이라 생각했지만, 이야기가 이어질수록 윤태희의 눈이 커졌다. 안진후를 페플의 라마간으로 끌어들일 때 윤태희가 했던 말을 살짝 바꾼 내용이었다.

"너!"

"마침 잘됐네. 현실에서는 남자를 만나기가 무섭잖아. 다시 깨지면 어떻게 하나 걱정일 테니까. 아무리 멋진 남자가 나타나도 누나가 먼저 달아나 버리면 소용이 없기도 하고."

"페플에서는 가능하다?"

윤태희는 어이가 없어서 저 녀석이 어디까지 가는지 지켜보기로 마음먹었다.

"겔란드가 누나를 좋아하잖아. 내가 봐도 멋진 남자야, 겔란드는. 그런 남자는 페플에서도 드물어."

"……뭐?"

윤태희는 미친 여자처럼 웃었다. 겔란드라니! 그 텁석부리 대장장이 NPC라니!

"나더러 이상해져 보라고 한 사람은 누나야. 나더러 페플

을 진짜 세계로 간주하고 거기 있는 NPC와 친해져 보라고 한 사람이 누나라는 얘기야. 난 누나의 충고를 깊이 새겨서 지금까지 왔어. 거짓말로 원정대를 만들었고, 이제는 진짜 원정대로 뮬란도르의 숲으로 가고 있잖아. 이젠 누나 차례야. 내게 한 조언이 입에 발린 말이 아니었다는 사실을 보여 줘. 직접."

장난기를 걷어 낸 안진후가 차분한 태도로 말했다.

그 분위기는…… 노바디와 비슷했다. 노바디와 어울리더니 못된 것을 배웠다고 윤태희는 생각했지만, 대놓고 싫다는 말은 할 수 없었다. 안진후가 가진, 누나를 향한 깊은 존경심을 잃고 싶지 않았다. 그래도 그 털보 대장장이를 남자로 대하는 일만은 싫었다.

말이 안 된다. 가상 세계에서 남자를 사귀라니.

"누나가 진지하게 노력하겠다고 약속하면, 노바디는 내가 맡아서 설득해 볼게. 누나의 꿈을 이뤄 주겠다는 거야."

"노바디는 꿈쩍도 안 할걸."

"그건 내게 맡겨. 누나는, 누나는 데이트 생각만 해."

안진후는 웃음을 참고 있었다. 어떻게든 레나세르 옆으로 다가서려던 겔란드의 몸짓을 떠올린 것이다.

"넌 개또라이야."

윤태희가 말했다.

"우리 모두 개또라이잖아."

안진후는 웃고 있었다.

벨란데르는 노바디를 설득할 방법을 알고 있었다.

진실이었다.

노바디가 어디 있는지 수소문했다. 겔란드를 찾아갔지만 겔란드는 레나세르가 어디 있는지 되물었다. 노바디가 육사형이라 부르는 콜마에게서 노바디의 위치를 알아냈다.

궁전 뒤뜰 연무장으로 내려간 벨란데르는 붉은 곰 라드와 함께 있는 노바디를 발견했다.

벨란데르는 진실을 털어놓았다.

레나세르가 과거에 유명한 이방인들과 함께 페플 세계를 돌아다녔으며, 몇 가지 이유로 그 무리가 찢어졌다는 이야기부터, 그 충격으로 현실에서 남자를 만나지 않았다는 내용까지 모조리 알렸다.

마룬타의 레인보우를 향한 그 엄청난 욕망에 대해서도 설명했다. 레나세르가 진지하게 겔란드를 만나겠노라고 약속했다는 내용까지 자세히 알린 벨란데르는 노바디의 결정을 기다렸다.

"친누나는 아니지?"

노바디의 얼굴에는 걱정이 어려 있었다. 진심이었다.

"아니야."

"휴우, 다행이다."

안도의 한숨을 내쉬는 노바디.

벨란데르는 웃음을 터트렸다. 노바디와 함께 있으면 웃음이 많아지긴 하는데, 이처럼 그 타이밍은 종잡을 수 없었다. 언제 웃을지 모르기 때문에 더 좋았다.

어젯밤 야시장에서 노바디가 갑자기 접속을 끊어 버렸을 때도, 그 이후 레나세르의 반응을 봤을 때도 평소였다면 깔깔 웃었을 것이다. 벨란데르는 '쟤, 왜 저래?'라고 묻던 레나세르의 얼굴을 따로 저장했다. 우울할 때 보기 위해서였다.

"그러면 내 레벨이 5 올라갈 때마다 레나세르와 겔란드 대사형이 데이트를 하는 게 어떨까? 레나세르도 좋고, 대사형도 좋고."

"와, 그거 좋다."

벨란데르는 기를 쓰고 반대할 레나세르의 표정을 떠올렸지만, 자신도 모르게 박수를 치고 있었다.

"난 잘 모르겠어."

"뭘?"

"그냥 활이잖아. 그렇게 갖고 싶을까?"

"누나에겐 그냥 활이 아닐 수도 있어."

"……그래?"

노바디의 눈이 빛났다.

"우리에게 페플이 단순한 게임이나, 전기신호로 만들어진 신호 뭉치가 아닌 것처럼."

"아!"

노바디는 고개를 끄덕였다. 적절한 설명이라서, 아니라고 할 수 없었다. 벨란데르의 설명은 군더더기가 없어서 듣고 있으면 마음이 가라앉는 느낌을 받을 때가 많았다. 똑똑한 천재가 있다면 벨란데르 같은 사람일 거라는 생각이 들었다.

"왜 그렇게 쳐다봐?"

"도움이 필요해."

왠지 벨란데르가 도와주면 청명도 빨리 돌파할 수 있을 것 같았다.

"내 도움?"

벨란데르의 입이 벌어졌다. 노바디가 도와 달라는 말을 다른 사람도 아닌, 자신에게 할 줄이야.

"레벨을 올리려면 수련 방법을 바꿔야 하거든."

"그 전에는 어떻게 수련했는데?"

그 물음에 노바디는 연무장 한쪽에서 어슬렁거리며 땅을 헤집는 붉은 곰 라드를 가리켰다.

"저 곰과 수련을 했어?"

"빗맞아도 생명력 반이 날아가. 제대로 맞으면 즉사야."

"……그래서 레벨이 1이었구나."

벨란데르는 노바디와 라드를 번갈아 바라보았다.

라마간에서 붉은 곰을 길들인 최초의 게이머 노바디가 자기에게 귀속된 붉은 곰을 상대로 수련을 하다가 수도 없이 죽는 바람에 20이 넘었던 레벨이 1로 떨어졌다는 사실을 누가 상상이나 할 수 있을까?

또 웃음이 삐져나왔다.

이 녀석, 정말 골 때리는 또라이다.

"내가 뭘 하면 되는데?"

"공격해 봐. 사실, 죽여도 되는데…… 대사형의 장밋빛 인생과 그 활을 얻기 위해서는 타격 직전에 멈추는 게 좋겠지."

"아, 그 정도라면."

벨란데르가 자세를 취했다.

손을 앞으로 든 노바디는 주머니에서 두꺼운 헝겊을 꺼내어 눈을 가렸다.

"뭘 하는 거야?"

"이게 내 수련법이야. 청명을 익히는 중이거든."

"청명? 그게 뭔데?"

"겔란드 대사형에게 배우는 무공이야. 수라부월공인데, 거기 청명이라는 게 있어."

"……그래?"

벨란데르는 가슴이 뛰었다.

보통 게이머는 무공을 쉽게 익힌다. 아니, 획득은 쉽다.

무공 비급을 손에 쥐고 상태 창으로 들어가서 '배우기' 버튼을 누르면 저절로 무공 비급의 초식이 상태 창의 무공 칸을 가득 채운다. 그다음에 할 일은 각 초식을 선택하여 숙련도를 올리는 것이다. 초식에 익숙해지면 언제, 어떻게 사용해야 효과적인지 자연스럽게 알 수 있게 된다. 거기서 한 걸음 더 나아가면 다른 초식과의 조합, 즉 콤비네이션을 스스로 만들 수도 있다.

벨란데르가 마법을 익힐 때도, 무공을 배울 때도 같은 방식을 사용했지만, 저 괴팍한 이방인 노바디는 시작부터 완전히 달랐다. 마치 무협 소설의 주인공이 사부에게 혹독한 가르침을 받으며 무공을 익히는 것만 같았다.

"공격해."

노바디가 말했다.

벨란데르는 위력이 약한 초급 무공을 골랐다. 초식 세 개로 이루어진 권법 '태극삼권'이었다. 첫 초식은 극기복례, 두 번째는 우록유복, 마지막 초식은 불생불멸이었다.

벨란데르는 극기복례는 논어에서, 우록유복은 맹자에서, 마지막 불생불멸은 반야심경에서 가져왔다는 사실을 알고 있었다. 자세히 뜯어보면 괴상한 초식 이름이지만, 그런 식으로 따지고 들면 페플과 가상 세계 자체가 흔들릴 수도 있다.

극기복례는 몸의 무게중심을 앞으로 쏟으며 주먹을 뻗는, 기본에 해당하는 공격법이었다. 숙련도가 높아지면 위력이 강해지지만 직선 위주의 공격이라 초보자에게 어울리는 초

식이었다.

벨란데르의 주먹이 코앞에 다가오도록 노바디는 요지부동이었다. 벨란데르가 이 괴상한 수련법을 의심하려는 순간, 노바디는 왼발을 축으로 오른발을 뒤로 옮기며 몸을 비틀었다.

주먹은 정확히 노바디의 눈앞을 지나갔고, 자연스럽게 올라온 노바디의 어깨가 벨란데르의 팔꿈치를 위로 쳐올렸다. 그 단순한 동작에 깃든 충격으로 생명력의 10%가 사라졌다. 레벨 1의 공격이라 할 수 없는 파괴력이었다.

통상 레벨이 5 정도 올라갈 때마다 세 배 가까이 강해진다. 고레벨이 되면 그 비율이 줄어들지만 그래도 레벨이 10 이상 차이가 나면 저레벨 게이머는 좋은 아이템으로 무장하지 않는 한 고레벨을 이길 수 없다. 레벨 30 게이머는 레벨 20 게이머 아홉 명을 한꺼번에 상대할 수 있다고 알려져 있다.

벨란데르는 깜짝 놀라 뒤로 물러섰다.

"……어떻게 한 거야?"

"확실히 라드보다는 네가 읽기 편해."

"읽다니?"

"음, 기척 같은 거."

"안 보이는 거 맞지?"

"써 볼래?"

"줘 봐."

벨란데르는 조금 전 그 부드러운 회피 동작을 떠올리며 대답했다. 눈을 뜬 상태에서도 쉽지 않다고 생각했던 것이다.

노바디가 건넨 헝겊은 두껍고 올이 촘촘했다. 써 보니, 희미한 빛조차 보이지 않았다. 이런 걸 쓰고 태극삼권의 극기복례를 피했을 뿐 아니라 레벨 1 게이머가 레벨 45 게이머에게 생명력 10%의 피해를 입힌 것이다.

노바디는 벨란데르가 던진 그 헝겊으로 눈을 가렸다.

"이번에는 좀 강할 거다."

벨란데르가 말했다.

"얼마든지."

노바디는 두 팔을 여유롭게 늘어뜨린 채 벨란데르가 공격하기를 기다렸다.

벨란데르는 노바디를 깜짝 놀라게 하고 싶었다. 그 얼굴에 약간의 짜증과 분함이 떠오르게 만들고 싶었다. 태극삼권보다 위력 넘치는 무공이나 마법도 있지만, 그래서는 별로 흥이 나지 않을 것 같았다.

'그래, 콤비네이션을 써 보자.'

무엇이든 새로운 이론을 시험하려면 작은 단위부터 시작하는 게 유리하다는 점을 안진후가 깨달은 것은 일곱 살 무렵이었다. 그 지혜는 안진후가 다양한 분야에서 천재적인 능력을 발휘하는 기초가 되었다.

태극삼권은 단 세 초식뿐이지만 거기서 나오는 콤비네이션은 대단히 다양했고, 위력도 천차만별이었다.

"간다."

첫 번째 초식은 극기복례였다. 아까보다 훨씬 빨랐을 뿐 아니라, 주먹에 깃든 힘도 두 배 이상 강해졌다.

노바디는 중심축을 두 번 옮겨 아예 공격으로부터 멀어졌다. 확실히 첫 번째 대응과는 달랐다. 진짜로 주먹에 깃든 힘을 기척으로 감지한 모양이었다.

콤비네이션으로 묶은 두 번째 공격 불생불멸은 매끄럽게 이어졌다.

벨란데르는 주먹을 내지르며 뻗은 다리를 축으로 삼아 앞으로 도약하며 발을 올려 찼다. 붕 소리가 크게 들렸다.

"와아."

감탄사를 내뱉은 노바디는 허리를 뒤로 젖혔다. 턱 끝을 스치듯 발이 지나가자, 노바디는 손을 양쪽으로 뻗어 땅을 짚었다. 허리의 힘만으로는 상체를 세울 수 없었던 것이다.

벨란데르는 속으로 이겼다고 생각했다.

불생불멸 다음이 바로 우록유복이었다. 뻗은 다리는 마치 학이 물가에서 성큼성큼 걸어가듯 바닥에 누워 있는 노바디를 밟았다. 노바디가 몸을 굴렸지만 우록유복의 초식은 끝나지 않았고, 노바디가 몸을 일으키는 순간 극기복례로 연결되었다.

퍽.

노바디는 주먹에 가슴을 맞고 뒤로 날아갔다.

"얏호!"

벨란데르는 콤비네이션이 통했다는 사실에 쾌재를 불렀지만, 일어나야 할 노바디가 그 자리에서 서서히 사라지자 할 말을 잃었다. 힘 조절에 실패한 나머지 노바디를 죽인 것이다.

"이런."

연무장에서의 수련에 깊이 몰입한 탓이었다.

잠시 후, 되살아난 노바디가 달려왔다.

벨란데르에게 미안하다는 말을 할 기회는 없었다. 노바디의 얼굴을 보자 말문이 막혔다.

"그거, 뭐야?"

노바디는 벨란데르의 어깨를 꽉 잡았다.

"그거라니?"

"초식이 연이어 나왔잖아. 깜짝 놀랐어."

"……콤비네이션이야."

"콤비네이션?"

"설마, 처음 듣는 건 아니지?"

"설명해 봐."

한숨을 내쉰 벨란데르는 평범한 게이머가 어떻게 무공을 익히는지, 어떻게 무공을 발전시키는지, 어떻게 무공을 조합하여 색다른 위력을 만들어 내는지 알려 주었다. 사실, 설명하면서도 노바디가 이처럼 뜨겁게 반응할 줄은 상상도 못

했다.

"누구나 가능하다는 거야?"

"그래, 누구나. 무공 초식의 숙련도가 100%에 이르면 콤비네이션으로 만들 수가 있으니까."

"와아!"

노바디의 감탄은 진짜였다. 그래서 벨란데르는 왠지 어깨에 힘이 들어갔다. 딱히 자기가 칭찬을 들을 이유도 없는데, 인정을 받은 느낌이었다.

노바디는 연무장 바닥에 주저앉더니 손가락으로 턱을 긁으며 생각에 잠겼다. 마치 벨란데르가 곁에 있는지도 모르는 눈치였다. 벨란데르도 그 앞에 앉았다.

'콤비네이션이 그렇게 놀라운 건가?'

노바디가 벨란데르를 쳐다봤다.

"한 번 더 보여 줘."

"그, 그래."

벨란데르는 왠지 불길했다. 한번 시작하면 끝을 볼 때까지 멈추지 않을 것 같은 기세였다. 함께 수련을 해야 한다면 자신도 멈출 수 없을 터였다.

왜 불길한 예감은 이토록 잘 들어맞을까?

벨란데르는 자기가 태극삼권의 초식 세 개로 만들어 낸 콤비네이션 세 가지를 질리도록, 두 번 다시 태극삼권은 떠올리기 싫을 정도로 펼쳐야 했다. 나중에는 화가 나서 노바디를 두 번이나 죽였다. 그런데도 노바디는 계속 보여 달라고 재촉했다.

"헉헉."

노바디는 사라겐의 수부로 마지막 남은 마물 '루덴샤'를 죽였다. 마르세르 근처 숲 깊숙한 곳 사냥터에 출몰하는 루덴샤는 사자를 닮았지만 이마에 뿔이 달린 마물이었다.

드디어 레벨 20을 달성했다.

원정대가 마르세르를 떠나기 전까지 레벨을 20까지 올려야 한다고 고집을 부린 레나세르 때문에 노바디는 아침부터 밤까지, 때로는 밤을 새워 마물을 잡았다.

레나세르는 야간 사냥을 추천했다. 마물이 강해지는 밤에 잡아야 레벨이 더 빨리 오르기 때문이다.

"수고했다."

뒤에 있던 벨란데르가 말했다. 벨란데르는 노바디가 위기에 처하면 마법으로 도와주기 위해 와 있었다. 벨란데르 역시 레나세르에 의해 반강제로 사냥터로 쫓기듯 나왔다.

주위는 깜깜했다. 레나세르가 소환하여 노바디와 벨란데르에게 일시적으로 귀속시킨 빛의 정령 광혼이 빛을 뿌리는 범위만 밝을 뿐이었다.

마물의 울부짖는 소리도 더 이상 들리지 않았다. 하도 죽여서 마물도 이 근처로는 접근을 하지 않는 모양이었다.

"데이트, 하고 있을까?"

땀에 젖은 두꺼운 헝겊을 벗어 던진 노바디가 비틀거리며 다가와서 물었다.

"아마도."

서로 눈빛을 교환한 두 사람은 동시에 웃음을 터트렸다.

레벨을 5 올릴 때마다 겔란드와 데이트를 하기로 약속한 레나세르는 벌써 세 번 겔란드를 만났다. 처음에는 차를 마셨고, 두 번째는 가극을 같이 봤으며, 세 번째는 술을 마시기로 했다.

레나세르는 정말 싫은 스타일이라고, 시골 촌구석 총각 분위기라고 불평을 터트렸지만 노바디의 레벨을 확인하고는 약속대로 겔란드와 만났다.

"다시 봤어, 그 누나."

노바디도 레나세르를 누나라고 불렀다. 이곳 페플에서도, 현실에서도 누나뻘이었다.

"잘 보면 괜찮은 사람이야."

"그런 것 같다."

"난 널 다시 봤다."

"왜?"

노바디는 풀숲 중앙에 있는 바위에 걸터앉았다.

"그 헝겊을 끝까지 벗지 않을 줄은 몰랐거든. 내일이 원정대 출발인데 레벨 20을 달성하려면 오늘은 벗을 거라고 생각했어."

"사실, 운이 좋았어. 네가 뒤에서 위험한 순간마다 도와줄 거라고 믿었기 때문이기도 하고."

그 말에 벨란데르는 괜히 기분이 좋아졌다. 왜 노바디의 말은 다른 사람의 말보다 진실되게 느껴지는지, 왜 무겁고 중요하게 느껴지는지 벨란데르는 그 이유를 알 수 없었다.

"우리 꼬맹이들이 여기 있었네."

레나세르가 울창한 나무 사이로 걸어 나왔다.

"데이트는?"

벨란데르가 물었다.

"왕세자 그 건방진 자식이 갑자기 호출하는 바람에 중단됐어. 너희, 오늘은 내 잘못이 아니니까 데이트한 거다."

그 말에 벨란데르는 노바디를 쳐다보았다. 노바디가 천천히 고개를 끄덕였다.

"그건 그렇고, 이렇게 직접 찾아온 이유는 따로 있지."

레나세르는 가방에서 갑옷과 벨트, 구두 따위를 꺼내어 벨란데르와 노바디에게 던졌다. 기자, 블로거로 마르세르를 취재하면서 알아낸 온갖 정보를 총동원해 긁어모은 아이템이었다.

"이것 때문에 레벨 20이 되도록 몰아붙인 거구나."

벨란데르였다.

"맞아. 착용 가능 최소 레벨이 20이거든. 어서 착용해. 이걸 입으면 한 방에 즉사하는 일은 없을 거야. 북쪽으로 올라가면 힘센 놈들이 우글거리니까, 이 정도는 입어야 해."

이번에는 노바디도 한마디 하지 않고 갑옷을 입었다. 중세 기사처럼 몸을 모두 감싸는 풀 플레이트 메일은 아니었다. 가슴과 어깨를 위주로 보호하면서 움직임에는 무리가 없도록 만들어 그리 무겁지도 않았다.

그러나 갑옷, 구두, 벨트, 장갑을 다 착용하자 놀라운 변화가 일어났다. 몸에서 빛이 흐르기 시작한 것이다. 노바디의 몸에는 푸른색이, 벨란데르의 몸에는 녹색의 안개 같은 것이 휘감고 있었다.

"세트라서 그래. 벨란데르 건 유명한 무기 제작자 베스토가 만든 거고, 노바디가 착용한 세트는 룬덴 거야. 펠라록에 비하면 한 수 아래지만 베스토와 룬덴도 대단한 무기 제작자야. 너희 레벨에서는 그보다 더 나은 아이템 조합은 없을 거야. 그러니까 앞으로 이 누나를 알아서 잘 모셔. 그러면 자다가도 떡이 나올 거야."

레나세르는 그냥 넘어가지 않았다.

"고마워."

"고맙습니다."

"이제 얼른 접속 끊고 쉬어. 그래야 내일 지각하지 않지.

어서."

레나세르는 두 사람이 사라지는 모습을 끝까지 지켜보았다.

홀로 숲에 남은 그녀는 조금 전 노바디가 앉았던 그 바위로 가서 엉덩이를 걸쳤다.

가랑비에 옷이 다 젖는다는 말처럼, 어느새 이 페플의 원정대 놀이에 푹 빠져 버렸다. 풋, 웃음이 터졌다.

처음 겔란드를 만날 때는 얼마나 후회했는지, 얼마나 어처구니없는 상황인지 생각하고 또 생각했다. 안진후를 끌어들인 대가를 치르는구나 싶었다. 당연히 대화는 통하지 않았다. 할 말이 없었다. 이건 언어가 다른 남녀가 만난 것보다 더 심했다.

그저 시간을 때운다는 기분으로 그 만남을 버텨 냈다.

두 번째는 그나마 나았다.

가극을 보면서 함께 웃고 울었다. 의외로 겔란드는 섬세한 남자였다. 가련한 여주인공의 심정을 이해하며 눈물을 흘리는 남자는 드물다. 검제 남궁현도, 아니 안형준과 영화를 본 적이 있기에 보통 남자가 로맨스를 얼마나 싫어하는지 그녀는 잘 알았다.

세 번째 만남에서는 처음으로 호감을 느꼈다. 겔란드는 레나세르가 던진 사소한 말도 잊지 않았다. 남자의 배려가 이토록 기분 좋은 것인지 오랜만에 느낄 수 있었다. NPC에 불과하다는 생각을 잠시 잊을 만큼, 겔란드는 부드러우면서도 사내답고 힘 있으면서도 사려 깊은 사람이었다.

왕세자가 부르는 바람에 깨진 그 시간이 약간 아쉬울 정도였다.

늪에 빠져드는 기분이었다.

노바디라는 늪을 보고 신기해서 옆에 있던 벨란데르를 거기 밀어 넣었다. 벨란데르가 그 늪으로 가라앉으면서 자신의 발목을 잡았다. 이제 레나세르마저 그 늪으로 빠져들고 있었다.

문제는 이 늪이 재미있다는 사실이다. 즐거워서 벗어나고 싶지 않았다. 페플을 한낱 게임으로 가볍게 들어왔을 때는 한 번도 느끼지 못했던 감정이다.

심지어 고도로 문명화되어 만나는 사람만 만나는, 서로가 격식을 갖추는 바람에 진심을 내보일 기회가 제한적인 현실보다 오히려 페플에서의 관계가 더 진짜 같았다.

계속 이런 분위기에 빠져들면 어떤 일이 벌어질지 그녀는 잘 알았다.

페플에 무게중심을 두는 시간이 늘어나면 어느 순간, 가상 세계와 현실 세계 사이에 충돌이 일어날 것이다. 둘 중 하나를 택해야 하는 갈림길에서 어떤 선택을 할까?

십중팔구 현실을 부정하게 될 것이다.

사람들에게는 미친 사람으로 보일 터였다.

노바디나 벨란데르는 아직 어려서 그렇다 쳐도, 자신은 어엿한 성인이 아닌가. 불행의 구덩이로 스스로 기어드는 어린 두 영혼을 구해 낼 책임이 있는 어른이다.

지금 여기서 멈출 수 있을까?

마룬타의 레인보우가 떠올랐다.

어떻게 해서든 반드시 손에 쥐고 싶은 최강의 활!

그래, 그 활을 구한 다음에 이 장난을 그만두자. 게이머라면 최고의 무기를 얻기 위해 애를 쓴다. 지극히 자연스럽고 정상적인 반응이다. 그때까지만 이 위험한 장난을 즐기는 것이다.

레나세르도 접속을 끊었다.

출정식

늦은 밤이었다.

김현은 혼자 베란다에 서서 하늘을, 가끔은 저 아래 주차장을 바라보고 있었다. 잠이 오지 않아서였다. 스스로 생각해도 웃기지만, 왠지 잠이 깊이 들면 지금 이 모든 것들이 꿈이라는 사실을 깨닫게 될 것만 같았다. 잠들기가 무섭다고나 할까.

106동과 108동 사이로 가로등이 군데군데 섬처럼 떠 있는 공원이 보였다.

그날 이후 공원에는 가지 않았다. 횡단보도 근처를 서성이며 주위를 두리번거리는 이근상 때문이었다. 끈질긴 이근상은 코에 붕대를 감고 복수를 위해 눈에 불을 켜고 돌아다니고 있었다.

이근상은 더 이상 두려움의 대상이 아니었다. 그저 귀찮은 일에 휘말리기 싫을 뿐이었다.

문득 그 소나무가 생각났다. 손을 올렸을 때, 소나무 안쪽으로 흐르는 기운을 느끼고 깜짝 놀랐었다.

김현은 고개를 돌려 베란다 창 쪽에 줄지어 있는 화분을 쳐다보았다. 엄마는 다양한 종류의 화초를 키우는 중이었고, 그 때문에 베란다는 실내 정원이라고 해도 될 정도로 녹색으로 우거져 있었다.

그중 하나가 눈에 띄었다. 엄마가 부지런히 관리를 했지만 세 개의 율마 화분 중 한 녀석이 바짝 말라 죽기 직전이었다.

김현은 베란다로 나오면 맡을 수 있는, 허브 특유의 향기를 퍼트리는 율마 화분 앞에 쭈그리고 앉았다.

손을 뻗어 마른 잎을 만졌다. 차갑고 건조한 죽음이 느껴졌다. 손을 내려 가지를 꼭 쥐었다. 그리고 눈을 감았다.

아무것도 감지되지 않았다.

김현은 아예 주저앉았다. 발목과 무릎이 아팠다. 왼손으로는 마른 잎을, 오른손으로는 가느다란 줄기를 잡았다.

눈을 감은 채, 김현은 철목에서 느낄 수 있었던 그 무겁고 힘찬 리듬과 소나무 속 깊이 숨겨져 있던 흐릿하면서도 도도한 기운을 떠올렸다. 두 번의 경험 덕분인지, 개미 한 마리가 기어가는 듯한 느낌을 찾아냈다. 기쁜 나머지 김현은 하마터

면 소리를 지를 뻔했다.

끊어졌다가 다시 이어지는 그 여린 숨결을 한참 동안 따라 가던 김현은 힘이 고조되는 순간을 놓치지 않았다. 가벼운 터치에 죽어 가던 율마 내부의 기운이 강해졌다. 두 번, 세 번, 정확한 타이밍에 잎과 가지를 건드리자, 율마 깊은 곳에서 춤이 시작되었다.

율마 깊은 곳에서 이루어지는 그 기이한 힘들의 춤은 결코 익숙해질 수 없는, 적응할 수 없는 수수께끼였다. 아름다워서 넋을 잃을 수밖에 없다. 생소하면서도 묘하게 마음이 편해지는 춤사위였다. 결코 반복되지 않는, 그래서 예측할 수 없는 춤은 영원히 계속될 것 같았다.

김현은 그 춤에 섞여 들었다.

그러다가 깨달았다.

"아!"

탄성이 터졌다.

'나는 지금 율마와 춤을 추는 거야. 페플에서는 룬트란 왕국의 공주와 춤을 췄지만 여기서는 화초와 춤을 추고 있어.'

머리로는 이해할 수 없는 춤이었다. 오직 마음으로만, 몸으로만 이해할 수 있는 춤이었다.

김현은 율마를 알 수 있었다. 율마가 무엇을 원하는지도 느낄 수 있었다. 율마에게 필요한 것이 저절로 김현으로부터 빠져나갔다. 죽어 가던 율마가 녹색 빛을 되찾을수록 김현은 허기가 졌다. 숨소리가 거칠어져도 김현은 그 춤을 멈추고 싶지 않았다.

율마의 가지와 잎이 왼손을 덮을 만큼 무성해졌다. 율마가 뻗은 뿌리의 힘에 주황색 화분이 쩍 갈라지는 순간, 김현은 눈을 떴다.

춤은 끝이 났다.

말라서 죽어 가던 율마는 옆에 있는 다른 율마들보다 더 밝고 짙은 녹색이었다. 크기는 거의 두 배나 되었다.

김현은 기적을 바라보고, 손을 뻗어서 만졌다. 믿기지 않았다. 어떻게 이런 일이 벌어질 수 있을까? 가슴은 이미 이런 결과를 예견했는지 모르지만, 머리는 계속 질문만 던지고 있었다.

가슴이 두근두근 뛰었다.

페플에서 가능한 일이 현실에서도 벌어졌다.

다른 일도 그럴까?

무공이나 마법도? 레벨은?

페플에서 힘 속성을 올리면 현실에서도 힘이 세질까? 지혜는? 명성은?

어디까지 가능한지, 어떤 것은 통하지 않는지 확인하고 싶다.

그때, '꼬르륵' 소리가 우렁차게 울려 퍼졌다.

김현은 입을 막고 웃었다. 엄마가 깰지도 몰라서였다. 주

방으로 간 그는 냄비를 꺼내어 물을 끓였다. 찬장에서 찾아낸 라면 두 개를 끓는 물에 넣고 계란까지 곁들였다.

시원한 김치에 김이 모락모락 오르는 라면을 먹으니 천국이 따로 없었다. 김현은 면발을 흡입하면서도 고개를 들어 그 율마를 바라보았다. 라면을 먹고 나면 베란다에 있는 다른 화초들과도 춤을 추리라.

그러다가 색다른 계획으로 방향을 바꾸었다.

냉장고에 있는 찬밥까지 꺼내어 말아 먹은 김현은 텔레비전 아래 서랍에서 찾아낸 상추 종자를 베란다로 가져갔다. 구석에서 빈 화분을 가져오고, 부대에 담긴 흙을 그 화분에 쏟아부었다. 그리고 상추 씨앗을 심었다.

김현은 그 화분 앞에 두 다리를 쭉 뻗은 자세로 앉았다. 그리고 손바닥을 펴서 흙을 덮었다. 흙 바로 아래 심긴 상추 씨앗을 느끼기 위해서였다. 그 씨앗에 숨겨진 생명과 춤추기 위해서였다.

한 시간이나 버텼는데 아무것도 느껴지지 않았다.

어스름이 가시고 푸르스름한 빛이 창에서 들어왔다. 날이 서서히 밝아 오고 있었다.

부지런한 사람들이 차를 몰고 주차장을 빠져나가는 소리가 들려올 무렵, 김현은 상추 씨앗에 깃든 미묘한 힘을 느낄 수 있었다. 단단하고 안정적이지만 그 크기는 아까 기적을 보여 준 율마보다 훨씬 작았다.

드디어, 춤이 시작되었다.

직접 씨앗을 손가락으로 건드릴 필요는 없었다. 김현의 손가락 내부에서 요동치는 힘이 그 씨앗의 기운과 얽혔던 것이다.

'아, 이건 탐무야!'

김현은 페플에서 콜마로부터 배운 춤에 대한 이론을 떠올렸다. 초반의 춤을 탐무라고 하는데, 서로를 탐색하는 단계였다. 김현은 상추 씨앗이 무엇을 원하는지, 어떤 상태인지 등을 알기 위해 애를 썼다.

곧 씨앗의 뜻, 의도를 느낄 수 있었다. 상추 씨앗은 싹을 틔우기를, 자라나기를, 그래서 씨앗으로서의 의무를 완수하고 싶어 했다.

탐무가 끝나고 운무가 시작되었다.

김현은 상추 씨앗에게 주도권을 맡겼다. 어떻게 해야 씨앗이 싹을 틔울 수 있는지 김현은 알지 못했다. 보통은 적당한 물, 영양분이 담긴 흙 그리고 햇빛이 있어야 씨앗은 싹이 되어서 자란다. 지금은 그 평범한 과정과는 완전히 달랐다.

김현은 그 씨앗이 이끄는 대로 따라갔다. 시원한 폭포수 아래를 통과하는 느낌을 받기도 하고, 하늘로 날아올라 바람을 따라서 흘러가는 깃털이 된 느낌을 받기도 했다.

그러다가 위무에 이르렀다.

씨앗의 껍질이 찢어졌다.

뻗어 나간 뿌리가 싹을 밀어 올렸다.

흙을 뚫고 올라온 싹들은 김현의 손바닥에 닿았다.

김현은 손바닥을 치우고 그 아래에서 자라고 있는 상추 싹을 바라보았다. 절정은 끝이 났다. 결무에 이른 상추 싹은 2센티미터가량 자라면서 춤을 마무리했다.

지쳐서 쓰러질 것 같지만 김현은 힘을 내어 물을 가져왔다. 상추 싹이 충분히 젖도록 물을 뿌리자 왠지 모르게 뿌듯했다. 세계 최초로 상추 씨앗에서 불과 한두 시간 만에 싹을 틔운 것이다. 그 어떤 과학자도 해내지 못한 일일 것이다.

김현은 그 화분을 방으로 가져갔다. 비록 잎을 따다가 샐러드나 쌈으로 먹는 상추지만, 스스로의 힘으로 싹을 틔웠으니 앞으로도 계속 관심을 가지고 지켜보고 싶었다.

흐뭇한 미소를 지으며 상추 싹을 내려다보던 김현은 하품을 했다. 벌써 아침 7시 30분이었다. 잠이 몰려왔다. 피곤 때문인지 눈앞이 어른거렸다. 김현은 소파로 가서 누웠다.

김현이 깊이 잠들 무렵, 머리를 묶으며 거실로 나온 엄마는 베란다를 보고는 할 말을 잃었다. 직접 가서 만져 본 후에야 헛것이 아님을 알 수 있었다.

분명히 어제저녁까지만 해도 말라서 죽어 가던 율무였다. 어떻게 하룻밤 만에 저토록 무성해질 수 있을까?

엄마는 고개를 갸웃거리다가 아침 준비를 시작했다.

두 시간도 못 잔 김현은 하품을 하며 일어나다가 책상 위에 놓인 화분을 보고는 얼어붙었다. 상추는 더 이상 싹이라고 하기 어려울 만큼 자라 있었다. 제법 큰 녀석은 5센티미터나 되었다. 기다란 화분이 좁아 보일 만큼 녀석들의 성장은 빨랐다.

잠은 달아났다.

손을 뻗어 상추의 잎을 만졌다. 살아 있는 잎이었다. 당연한 사실인데도 김현은 번개에 맞은 것처럼 부르르 떨었다. 자기가 무슨 일을 했는지 실감이 났다.

피라미드에서 발견된 씨앗, 즉 수천 년 동안 건조된 상태로 있던 씨앗도 충분한 물과 햇빛, 영양분이 공급되면 싹을 틔운다. 언젠가 그런 이야기를 들은 기억이 난다. 씨앗이 얼마나 강인한지, 얼마나 오랫동안 버틸 수 있는지 당시에 깜짝 놀랐었다.

그러나 다르게 생각하면, 씨앗 스스로는 수천 년이 흘러도 싹을 틔울 수 없다는 뜻이다. 조건이 만족되지 않는 한, 씨앗은 영원히 씨앗일 뿐이다. 그런데 김현은 완전히 다른 방법으로 싹을 틔웠다.

거실로 나갔다.

식탁에는 엄마가 정성껏 요리한 음식이 놓여 있었다. 엄마

가 남긴 쪽지에는 무엇을 데워야 하는지, 오늘은 무엇이 맛있는지가 적혀 있었다.

베란다에는 그 율마가 있었다. 화분은 좀 더 큰 것으로 옮겨져 있었는데, 엄마의 솜씨였다. 엄마는 죽어 가던 율마가 갑자기 무성해져서 깜짝 놀랐을 테지만, 아마도 자신이 착각했다고 생각했을 것이다.

그 율마를 쓰다듬었다.

짜릿한 쾌감이 몸 깊은 곳에서부터 올라왔다.

김현은 옆에 있는 화초들을 바라보았다. 저 화초들과 춤을 춘다면 얼마나 잘 자랄까? 토마토가 주렁주렁 열릴지도 모른다. 선물받은 분재는 진짜 나무처럼 커질 수도 있다.

아쉬움을 뒤로하고 식탁으로 가서 밥을 먹었다.

김치찌개와 계란말이 그리고 맛김의 궁합은 최고였다. 김치찌개의 매콤함을 계란말이가 부드럽게 감쌌고, 두 음식의 조합에서 부족한 고소함을 맛김에서 얻을 수 있었다.

공깃밥 두 그릇을 해치운 김현은 서둘러 욕실로 향했다.

샤워를 하는데 콧노래가 흘러나왔다.

옷도 새것으로 갈아입었다.

"들어가 볼까?"

김현은 페플 커넥터로 향했다.

섬광이 사라졌다.

노바디는 넓은 대리석 광장 수프랑에 서 있는 자신을 발견했다. 저 위로 층층이 올라가는 도시의 상층부가 보였다. 꼭대기에는 햇빛을 받아서 아름답게 반짝이는 왕궁이 자리 잡고 있었다.

수프랑 광장은 사람들로 붐비고 있었다. 분수대 근처는 발 디딜 틈도 없이 빽빽했다. 무슨 행사가 있는 모양이었다.

노바디는 왠지 허전했다. 항상 붙어 다니던 붉은 곰 라드가 없어서였다. 원정대의 규모가 늘어나는 바람에 더 이상 라드를 타고 다닐 수가 없었다. 가쿨라 사사형이 난색을 표했고, 겔란드도 같은 의견이었다.

다행히 귀속된 NPC나 동물의 경우 인벤토리에 보관해 둘 수 있었다. 게이머가 원하면 언제든 부를 수 있는 시스템이었다.

"노바디."

익숙한 목소리.

노바디는 몸을 돌렸다. 역시 벨란데르였다.

"여기서 출발하는 거냐?"

"……왕세자가 널 부른다. 얼른 가 봐."

벨란데르의 얼굴이 그리 좋지 않았다. 무슨 일인지 물어보려는 노바디 앞으로 건장한 남자가 다가왔다. 노바디는 타이밍을 놓쳤다.

"자네가 노바디인가?"

"그렇습니다만."

노바디는 군인처럼 머리카락을 짧게 친, 그래서 단단한 이목구비가 더 견고해 보이는 남자를 쳐다봤다.

"나는 룬트란의 근위 기사단 비브라탄의 부단장 오데르다. 왕세자 저하께서 자네를 부르신다."

"저를요?"

"따라오너라."

오데르는 앞장섰다.

노바디는 그 뒤를 따라가면서 벨란데르를 응시했다. 벨란데르는 고개를 흔들며 한숨을 내쉴 뿐이었다.

오데르가 노바디를 안내한 곳은 수프랑 광장 동쪽 입구에 세워진 거대한 마차 안이었다. 룬트란 왕국의 문양인 곤이 그려진 마차였다. 곤은 사람의 얼굴을 가진 물고기였다.

"예를 갖추어라."

"……네."

노바디는 무도회 참석과 국왕 알현을 앞두고 배운 룬트란 왕국의 예법을 떠올렸다. 안으로 들어갈 때 왼발을 먼저 내디뎌야 한다거나, 눈을 맞춰서는 안 된다거나, 아니라는 대답도 해서는 안 된다는 등 사소한 부분까지 예법에 의해 정해져 있었다.

마차 안으로 들어서자 자욱한 안개가 보였다. 그 안개 너머로 왕세자 론투엘이 푹신한 소파에 앉아 있고, 눈이 휘둥그레질 만큼 아름다운 여인 두 명이 양쪽에서 왕세자의 팔짱을 끼고 있었다. 딱 봐도 어떤 분위기인지 알 수 있었다.

"손님이 오셨네. 너희는 나가 있어라. 멀리 가지는 말고."

"네, 세자 저하."

교태 섞인 목소리로 대답한 기녀들이 노바디에게 추파를 던지며 마차 밖으로 나갔다.

"이쪽으로 앉아."

"저하."

오데르였다.

"부단장은 나가 있어. 난 룬트란 왕국의 안위와 직결되는 문제 때문에 저 이방인을 불렀다."

"알겠습니다, 저하."

오데르는 밖으로 나갔다.

"예법 따위는 무시해. 내가 봐도 한심한 게 많으니까. 그 자질구레한 과거의 폐해 때문에 오히려 대화가 힘들다면, 그건 아니잖아."

론투엘은 친근하게 말했다.

천천히 왕세자 맞은편에 앉은 노바디는 왕세자가 입을 열 때까지 가만히 기다렸다.

"내가 왜 그대를 불렀는지 알고 있나?"

"모릅니다."

"모르는데도 꽤 차분하군."

론투엘의 눈이 빛났다.

이번에도 노바디는 참을성을 발휘했다.

"좋아, 내가 말을 하지. 자네는 이방인으로서 칠건파, 아니 이제 팔건파라고 해야겠지. 아무튼 가쿨라의 사제가 되었다고 하던데."

"맞습니다."

"그렇다면 그대와 나는 아주 가까운 사이야. 가쿨라는 한때 내 호위 기사였으니까. 그대 역시 내 호위 기사라고 생각해도 될까?"

론투엘의 말투는 은근했다.

"그렇게 생각해도 됩니다."

"오호, 시원시원해서 좋아."

론투엘이 활짝 웃었다.

그 순간, 노바디는 론투엘이 친 덫에 걸렸다는 사실을 깨달았다. 무엇이 덫인지 모르지만 론투엘이 자신을 부른 이유가 결코 선의가 아니라는 점은 분명했다.

"그거, 요곤의 반지지?"

론투엘은 노바디의 손가락을 가리켰다.

"……그렇습니다."

"호위 기사의 임무는 바로 호위 대상의 안전이지. 내가 알기로 성자 요곤의 반지를 끼면 귀물은 얼씬도 못 하고, 병에도 걸리지 않으며, 혹시 부상을 당해도 금세 낫는다는데. 내가 호위 기사라면 보호해야 할 분의 안위를 위해 그 반지를 바칠 거야. 자네 생각은 어때?"

론투엘은 이제 노골적으로 의도를 드러냈다.

노바디는 웃을 뻔했다. 이 반지 때문에 원정대가 출발하기 직전인 지금 이 마차로 불러냈다니. 이 거대한 왕국을 이끄는 국왕의 아들, 앞으로 국왕 자리에 오를 인물의 그릇이 저 정도라니.

노바디는 뼈로 만들어진 반지를 빼내 론투엘 앞 원목 탁자에 올려놓았다.

"먼저, 귀속을 풀어야지."

론투엘이 말했다.

노바디는 깜짝 놀랐다. 네이티브가 게이머의 용어를 알고 있을 줄은 상상도 못 했다.

"그냥 두면 하루도 못 되어 그대의 손가락으로 돌아가잖아. 내가 그런 사실도 모르는 바보라고 생각했나? 이거 참 실망인데."

론투엘의 얼굴에서 미소가 사라졌다.

노바디는 그 순간 론투엘에게서 이근상을 볼 수 있었다. 얼굴 윤곽, 눈썹의 모양, 눈동자 색깔, 이목구비의 배치, 목

소리의 느낌 등 그 어떤 것도 이근상과 닮지 않았지만, 가진 힘을 무기 삼아 약자에게서 귀중한 물건을 빼앗을 때의 분위기는 놀랍도록 비슷했다.

이런 녀석이 국왕이 된다면?

노바디는 폭군 론투엘을 떠올렸다. 저 녀석이라면 왕국을 말아먹고도 남을 군주가 될 것이다.

"뭘 하는 거지?"

론투엘이 짜증을 냈다.

노바디는 일단 요곤의 반지를 해방시켰다. 이제 요곤의 반지는 노바디의 소유가 아니었다.

"풀었습니다."

"좋아."

론투엘은 그 반지를 손가락에 끼웠다. 이미 손가락에는 열 개가 넘는 크고 작은 반지들이 자리를 잡고 있었다.

하얀 빛이 론투엘의 몸을 감싸며 사라졌다.

"그대 덕분에 이번 원정이 즐겁겠어. 나가 봐."

론투엘은 더 이상 노바디를 쳐다보지 않고 손짓으로 내쫓았다.

마차 밖으로 나온 노바디 앞으로 오데르가 다가왔다.

"조심해라."

"……뭘 말입니까?"

노바디는 자신도 모르게 사라겐의 수부를 손으로 잡을 뻔했다. 론투엘을 향한 분노의 일부를 눈앞의 사내에게 쏟아붓고 싶었다.

"저기 계신 분의 심기를 건드리지 마라. 그분은 라마간을 불태울 수 있는 분이다."

오데르가 노바디의 어깨에 손을 올리고 내공을 주입했다.

차갑고 날카로운 기운이 어깨와 팔, 가슴을 압박하자 노바디는 무릎을 꿇고 말았다.

"그래, 그런 자세가 자네에겐 어울려. 앞으로도 계속 그렇게 살도록."

오데르는 웃으며 마차 안으로 들어갔다.

레벨 20, 거기에 룬덴 세트까지 착용했는데도 생명력의 32%가 사라졌다.

오데르가 얼마나 강한지 노바디는 실감했다.

비틀거리며 광장으로 들어서는 노바디 앞을 벨란데르가 막았다.

"넌 뭘 빼앗겼냐?"

"……너도?"

"그란투모스."

"그건 네가 아끼는 검이잖아."

노바디는 대사형 겔란드가 부러진 검 그란투모스를 붙이면서 명검이라고 칭찬했던 일을 잊지 않았다.

"너는?"

"요곤의 반지."

"……킹자이곤을 죽이고 받은 그 성자의 반지?"

벨란데르의 눈이 커졌다.

"가만히 있을 건 아니지?"

"어떻게 할 건데? 상대는 룬트란 왕국의 차기 국왕이야. 자칫 잘못하면 네 사형들이 다쳐. 라마간이 사라질지도 모른다고."

"알아."

노바디는 평소처럼 차분했다.

"방법이 있는 거야?"

"천천히 생각해야지. 원정대에 합류한다니까 시간은 많아."

"그 새끼는 우리를 괴롭힐 거야."

벨란데르는 꼬나보는 왕세자 론투엘의 눈을 떠올렸다. 이방인을 향한 증오가 뚝뚝 묻어나는 눈빛이었다.

육사형 콜마가 헐레벌떡 달려왔다.

"여기 있었구나. 얼른 가자. 곧 출정식이 시작된다."

"출정식이라니요?"

"국왕 전하께서 원정대의 안전과 행운을 위해 출정식을 베푸셨다. 이 사람들은 구경하러 온 거고."

노바디는 벨란데르를 쳐다봤다. 벨란데르 역시 몰랐는지 눈만 껌벅거렸다.

두 사람은 콜마의 뒤를 쫓아 달리기 시작했다.

노바디는 하품을 하다가 옆에 서 있는 겔란드, 가쿨라, 콜마 사형들을 살폈다. 겔란드와 콜마는 물론 근엄한 가쿨라도 졸음이 몰려오는지 고개를 주억거리고 있었다.

슬금슬금 뒤로 물러선 노바디는 벨란데르 옆에 섰다.

"이게 다 무슨 짓인지 모르겠다."

벨란데르가 속삭였다.

"맞아. 그냥 떠나면 될 텐데."

노바디는 고개를 돌려 사람들로 가득 찬 광장을 바라보았다. 크고 작은 얼굴들이 보였다. 각각의 얼굴마다 완전히 다른 표정을 짓고 있었다. 얼굴들의 파도가 무대 쪽으로 몰려오는 느낌이었다.

"왕세자 때문이겠지?"

"아마도."

노바디는 차양 쳐진 무대 오른쪽 그늘진 곳에서, 국왕 옆에 앉아 환하게 웃는 왕세자 론투엘을 쳐다봤다. 누가 봐도 잘생긴, 사람 좋아 보이는 왕세자였다. 조금 전 그 불쾌한 경험을 하지 않았다면 노바디도 보통 사람들처럼 왕세자를 평가했을 터였다.

"레나세르 누나는?"

노바디가 물었다.

"어젯밤에 술을 퍼마셨대. 아마 늦게 합류할 거야."

"그래?"

노바디는 현실에서 본 윤태희를 떠올렸다. 기가 센, 그래서 술도 잘 마실 것 같은 여자였다.

"어머니께서 편찮으셨다면서요?"

벨란데르 옆에 서서 기회를 엿보고 있던 엘루스가 조심스럽게 물었다.

"네."

"그것도 모르고. 그동안 미안했어요."

"아닙니다. 저도 뭐 잘한 건 없으니까요."

노바디는 정중했다.

"어이어이, 언제까지 그럴 거야? 듣고 있으려니까 낯간지럽잖아. 편하게 말해, 나한테 하는 것처럼."

벨란데르였다.

"그럴까?"

"그래."

활짝 웃는 엘루스의 얼굴을 보면서 노바디는 확실히 이곳 페플이 현실과 다르다는 점을 실감했다. 여기서는 쉽게 친해질 수 있다. 현실에서도 이럴 수 있을까?

그때, 관복을 입은 사람이 겔란드와 가쿨라 옆으로 다가왔다. 그가 겔란드, 가쿨라에게 뭐라고 말하자, 두 사람은 동시에 고개를 돌려 노바디를 쳐다봤다. 겔란드가 손짓했다.

"가 봐. 무슨 일이 있는 모양이야."

벨란데르였다.

노바디는 서둘러 겔란드 앞으로 걸어갔다.

"원정대의 앞날에 백신님의 가호와 행운이 가득하기를 염원하며, 간단하나마 축사를 마치겠습니다."

무려 30분이나 계속된 연설을 끝마치면서 백신교의 대신관 윈드렌은 무대 아래로 내려왔다.

윈드렌이 고개를 숙이자, 꾸벅꾸벅 졸다가 깬 국왕은 손짓으로 인사를 대신했다. 국왕은 속으로 대신관 자리를 누구에게 넘길까 생각하는 중이었다.

'몇 번이나 짧게 끝내라고 말했건만. 저 새끼는 사람들 앞에만 서면 말이 많아져서 탈이야.'

총리 루스터가 무대 위로 올라갔다. 루스터는 광장을 가득 채운 마르세르의 시민이자 룬트란 왕국의 백성들을 바라보며 잠시 뜸을 들였다.

"원정대 출정 선포에 앞서, 영웅관 수여식이 있겠습니다."

국왕은 몸을 일으켜 차양이 쳐진 곳을 빠져나와 무대 중앙의 연단으로 걸어갔다. 기대한 대로 백성들은 '국왕 전하'를 연호했다.

국왕이 손을 들자 광장은 조용해졌다. 국왕의 위엄 어린 목소리는 마법에 의해 그 침묵을 깨고 멀리 퍼져 나갔다.

"지난 10년 동안 영웅관에 어울리는 인재가 배출되지 않아

서 매우 유감이었소. 허나, 바로 어제 용감하면서도 희생적인 영웅에 대한 이야기를 보고받았소. 오늘 이 자리에서 영웅관 수여식을 하게 된 이유, 그대들은 곧 알게 될 것이오."

국왕은 총리를 향해 고개를 끄덕였다.

"용사 노바디는 무대로 올라오시오."

루스터의 목소리는 궁정 마법사들에 의해 증폭되어 광장 끝까지 뻗어 나갔다.

노바디는 이미 무대 바로 아래에 대기하고 있었다. 가쿨라와 겔란드에게 떠밀린 노바디는 무대 위로 올라갔다. 어리둥절해하는 그를 보며 사람들이 웃기 시작했다.

노바디는 국왕 앞으로 천천히 걸었다.

그동안, 루스터가 설명을 시작했다. 바젠빌을 붕괴 직전으로 몰고 간 사악한 마물 킹자이곤을 죽인 영웅이라는 설명이 이어지자, 더 이상 사람들은 웃지 않았다. 킹자이곤이 얼마나 무서운 마물인지 광장에 온 사람들은 알고 있었다.

국왕은 왕궁의 은밀한 곳에서 자라는 세계수 페노메노스의 가지와 잎으로 만든 관을 노바디의 머리에 씌워 주었다. 그 잎은 절대 시들지 않아서 영웅관은 녹색의 관이라고도 불렸다.

"그대는 이방인이다. 그러나 그대의 수고로 나의 백성이 안전해졌다. 국왕으로서 감사를 표한다."

그 목소리가 광장으로 퍼져 나가자 사람들은 환호했다. 남자들은 팔뚝을 드러내며 주먹을 공중으로 쳐올렸고, 여자들은 쓰고 있던 모자를 던졌다. 아이들도 목청이 떠나가라 소리를 질러 댔다.

노바디는 영웅관을 쓴 채 기뻐하는 사람들을 바라보았다. 가슴이 뜨거워졌다. 이런 환호, 생전 처음이었다. 자신도 모르게 주먹을 뻗었다. 사람들의 고함이 몇 배로 커졌다. 광장이 들썩이는 느낌이었다.

모두가 환영하거나 반가워하는 표정은 아니었다. 몇몇 사람들은 뚱한 표정을 짓고 있었다. 벨란데르는 팔짱을 낀 채 한쪽 입꼬리가 위로 올라가 있었다. 노바디는 그 이유를 즉시 깨달았다.

노바디가 손을 들어 손바닥을 보이자, 광장은 거짓말처럼 고요해졌다.

"저는 영웅관을 받을 자격이 없습니다."

그 말에 국왕도, 총리도, 광장에 모인 사람들도 술렁거렸다.

"왜냐하면 저 혼자 킹자이곤을 죽인 게 아니기 때문입니다. 제 동료 벨란데르가 도와주었기 때문에, 우리는 같이 킹자이곤을 죽일 수 있었습니다. 오히려 벨란데르의 역할이 더 컸습니다. 저는 이 영웅관을 제 동료에게 주고 싶습니다. 국왕 전하, 그래도 되겠습니까?"

국왕은 빙긋 웃고 있었다.

"영웅관은 이미 그대의 것이다. 그대의 뜻대로 해도 된다."

노바디는 손가락으로 무대 가까이 있던 벨란데르를 가리켰다.

겔란드와 가쿨라, 콜마가 서둘러 벨란데르를 무대 위로 밀어 올렸다. 벨란데르는 수천 명에 달하는 군중을 보고는 걷다가 발이 꼬여 넘어졌다. 사람들에게서 웃음이 터졌지만 비웃음은 아니었다.

노바디는 겨우 일어나서 다가오는 벨란데르 앞으로 가서 영웅관을 씌웠다.

"대체 무슨 짓이야?"

벨란데르가 속삭였다.

"사실이잖아."

"그래도 킹자이곤을 죽인 건 너야."

"네가 아끼는 검 그, 란, 투, 모, 스가 부러지도록 킹자이곤을 상대하지 않았다면 난 거기서 죽었을 거야."

노바디는 그란투모스를 강조했다.

벨란데르는 그 미묘한 뉘앙스를 재빨리 알아차렸다.

"킹자이곤을 죽여서 촌장님으로부터 요, 곤, 의, 반, 지를 얻은 건 바로 너잖아."

두 사람은 목소리를 죽여 속삭였지만 마법에 의해 광장에 있는 사람들 모두가 고스란히 들을 수 있었다.

격의 없는, 그러면서도 공을 서로에게 미루는 대화 내용에 사람들은 땅을 구르며 좋아했다. 한 사람이 그란투모스라고 외치자, 또 다른 사람은 요곤의 반지라고 고함을 질렀다. 곧 군중은 그란투모스, 요곤의 반지를 부르짖었다.

총리로서 탁월한 정치적 감각을 지닌 루스터가 끼어들었다.

"위대한 왕국 룬트란의 백성들이 두 분 용사의 검과 반지를 보고 싶어 하는군요."

노바디와 벨란데르는 약속이라도 한 것처럼 동시에 난처한 표정을 지었다. 땀이 나지도 않는데 이마를 소매로 훔치기도 했고, 무서워하는 얼굴로 왕세자를 힐끔 쳐다보기도 했다.

입술을 깨문 왕세자가 몸을 일으켜 걸어 나왔다. 눈치 빠른 오데르는 그란투모스를 들고 따라왔다.

"나 론투엘 바텔세프는 영웅관을 받을 자격이 있는 두 명의 용사에게 큰 선물을 주기 위해 이 검과 반지를 빌렸습니다. 엘프이자 이방인으로서 킹자이곤을 죽이는 데 큰 공을 세운 용사 벨란데르에게는 애검 그란투모스와 어울리는 '비디타스의 반지'를 줄 것이며, 킹자이곤을 죽인 공을 동료와 나누기로 결심한 용사 노바디에게는 요곤의 반지와 한 쌍인 '요곤의 단검'을, 이 자리에서 수여하겠습니다."

론투엘은 손가락에서 빼낸 암녹색의 반지를 오데르가 내민 그란투모스와 함께 벨란데르에게 건넸다. 그리고 활짝 웃으며 새하얀 반지, 자루는 물론 칼날까지 뼈로 된 백색의 단

검을 노바디에게 주었다.

노바디는 차갑게 가라앉은 론투엘의 눈동자 너머에서 이글거리는 분노를 느낄 수 있었다.

"자, 두 분 용사를 위해 소리를 지릅시다!"

론투엘은 주먹을 쥐고 공중을 향해 내질렀다.

군중은 노바디, 벨란데르뿐 아니라 왕세자 론투엘의 이름까지 부르고 있었다.

국왕이 무대로 나왔다.

"뮬란도르 원정대의 출정을 선포하오."

마법으로 만든 불꽃이 광장을 에워싸며 하늘로 솟아올랐다. 그리고 부유한 귀족과 상단이 준비한 다양한 종류의 음식이 광장으로 들어왔다. 당연히 거기에는 맥주를 비롯해 술도 포함되어 있었다.

도시 전체가 축제 분위기에 휩싸여 흥청망청 놀고 있을 때, 마차 일곱 대는 천천히 수도를 빠져나가 북쪽으로 뻗은 가도 라운다바우트로 접어들었다. 드디어 원정이 재개된 것이다.

잎이 굵어서 누르면 탄성이 느껴지는 화초 레마탄은 10센티미터가량 더 자랐고, 선인장 끝에는 조그맣지만 빨간색이

인상적인 꽃이 피었다. 고무나무도 꽤 자라서 잎이 두 개나 더 생겼다. 향이 진한 천리향의 꽃도 올라와 베란다는 물론 집 전체를 향으로 가득 채웠다.

김현은 화초의 종류마다 그 기운이 다르다는 사실을 깨달았다. 레마탄은 통통 튀는 여대생 같았다. 선인장은 까칠한 사춘기 소년과 비슷했으며, 고무나무는 담배 피우는 중년 아저씨 분위기를 가지고 있었다. 천리향은 누구나 좋아할 만한 미녀의 기운을 품고 있었다.

베란다에 있는 화초 위에 손을 얹고 기적의 춤을 출수록 그 묘미에 빠져들었다. 레마탄과 30분, 선인장과 10분, 고무나무와 10분, 천리향과 한 시간 춤을 추면 몸이 나른하면서도 만족감을 느낄 수 있었다. 그 춤에는 마력이 있는지 계속 생각이 났다.

"어?"

바닥으로 뚝뚝 떨어지는 액체.

"……피잖아."

얼른 고개를 뒤로 젖힌 김현은 화장지를 찾아서 코를 막았다. 언제 코피가 터졌는지 전혀 느끼지 못했다. 피는 금세 화장지를 빨갛게 적셨다.

두 번, 세 번 화장지를 바꾸었는데도 피가 멈추지 않자 김현은 덜컥 겁이 났다.

혹시?

베란다 바닥에 떨어진 핏방울을 닦아 내고 방으로 돌아간 김현은 소파에 누웠다. 현기증이 몰려와 천장이 빙글빙글 돌았다. 배가 고팠지만 일어설 힘조차 없었다.

갑자기 힘을 써 버려서 몸이 아픈 것일까?

겨우 피가 멎자 김현은 냉장고 앞으로 가서 우유를 꺼내어 벌컥벌컥 마셨다. 계란을 다섯 개나 삶아서 먹었지만 허기는 사라지지 않았다. 새벽빛이 밝아 올 즈음, 라면 두 개를 끓여서 미친 듯이 흡입했다. 국물까지 마신 후에야 배 속을 할퀴던 발톱이 무뎌졌다.

배는 부른데 몸은 무기력했다. 마치 밑 빠진 독에 물을 채우는 느낌이었다. 아무리 물을 부어도 독 아래의 구멍으로 그 물은 빠져나간다. 마찬가지로 몸 어딘가에 난 구멍으로 먹은 것들이 다 새어 나간 것 같았다.

소파로 겨우 걸어가서 앉았다. 일어설 힘이 없었다. 잠도 오지 않았다. 눈 안쪽이 쿡쿡 쑤셨다.

병원에 가 봐야 할까?

아니, 그럴 수는 없다.

병원에 가서 뭐라고 설명할까? 그저 손을 얹었을 뿐인데 화초가 저절로 자라났다고? 그런 기적을 일으키느라 몸이 축난 것 같다고?

그 말을 듣고 가만히 있을 의사는 없다. 당장 정신과에 연락할 것이다. 그러면 이미 전력이 있는 김현은 엄마의 동의만 떨어지면 그 하얗고 지나치게 안전한 방에 갇힐 터였다.

페플과 현실은 유사하다. 페플에서의 춤이 현실에서의 춤으로 이어졌으니까. 그렇다면 이 끝없는 허기와 무기력증도 페플에서 그 방법을 찾아낼 수 있지 않을까?

엄마와 함께 아침을 먹을 무렵에는 그나마 움직일 수는 있었지만, 몸에 문제가 생겼다는 점은 분명해졌다. 아무리 먹어도 몸에 힘이 생기지 않았다. 출근하는 엄마를 배웅한 김현은 서둘러 페플 접속을 준비했다.

겔란드는 새벽안개 자욱한 숲으로 들어가 평소처럼 수련을 시작했다.

수라부월공 첫 초식 맹부단월부터 일곱 번째 초식 반도이페를 차례로 세 번, 가상의 적을 앞에 두고 일곱 번 펼쳤다. 원래 열 개의 초식으로 이루어져 있지만 나머지 세 초식을 펼치는 일은 매우 드물었다.

안개가 겔란드의 동작에 따라서 갈라지거나 휘어졌다. 동령고송의 초식을 펼치자 사방으로 흩어지기도 했다.

갑자기 동작을 멈춘 겔란드가 한쪽 가지가 부러진 나무를 쳐다보았다.

"누구냐?"

"이거, 실례했소. 그냥 소리가 들려서 와 봤을 뿐인데."

엘프 예언자 셀레스카르였다. 무척 잘생긴 얼굴이지만 이마에는 시간의 흔적이 남아 있는 늙은 엘프는 빙긋 웃고 있었다.

"이제 막 끝났습니다."

겔란드는 가져온 수건으로 얼굴과 목을 닦았다. 가볍게 목례를 하고 야영지로 돌아가려는데, 셀레스카르의 은근한 목소리가 그를 붙잡았다.

"그 아이, 무극지체더군요."

겔란드는 돌아섰다.

"안목이 대단하십니다."

"300년 가까이 살았으니 그 정도 안목은 갖춰야 부끄럽지 않겠지요."

이끼 낀 바위에 앉으며 셀레스카르가 한 말에 겔란드는 깜짝 놀랐다. 엘프가 오래 산다는 말은 들었지만 직접 300년이나 살아온 엘프를 만날 거라고는 기대조차 하지 않았다.

"어떻게 할 생각인가요?"

"……뭘 말씀하시는지?"

겔란드는 무극지체라는 말을 떠올리며 이미 답을 알아냈다. 그 자신도 잘 아는 문제였다.

"붕괴가 시작됐더군요. 내버려 두면 스스로 무너지고 말 겁니다."

"아직 시간이 있다고 생각했습니다만."

"나도 깜짝 놀랄 만큼 진행 속도가 빠르더군요. 뭐, 그래 봐야 이방인이니 죽어도 되살아날 테고, 부작용이 생긴다고 해도 우리와는 다를 테니 상관하지 않아도 문제는 없겠지만 말이에요."

"제 동생입니다. 어찌 상관하지 않을 수 있겠습니까?"

겔란드는 진지했다.

"오호."

셀레스카르의 눈이 반짝거렸다.

"혹시 이방인 중에서 무극지체를 본 적이 있으십니까?"

"있습니다. 딱 한 번 만났지요."

"……어떻게 됐습니까?"

"운이 좋았습니다. 관문을 통과했으니까요."

셀레스카르는 눈을 지그시 감고 과거를 회상했다.

"아!"

탄성을 터트린 겔란드.

"허나, 꽤 오랫동안 보지 못했습니다. 다른 문제 때문에 더 이상 여기로 오지 못하는지도 모르지만요."

"셀레스카르 님, 제 동생을 부탁해도 되겠습니까?"

"무슨 뜻인가요?"

셀레스카르의 눈이 날카롭게 빛났다.

"제가 원정대를 꾸려서 뮬란도르의 숲으로 가는 이유는 딱

하나, 바로 그 녀석 때문입니다. 무극지체이기 때문에 언제 문제가 생길지 모릅니다. 제가 알기로 엘프족에는 무극지체의 단점을 보완할 수 있는 무공이 있다고 들었습니다."

"무엇을 줄 수 있습니까?"

히죽 웃는 엘프 예언자.

"왕국의 법과 도리에 어긋나지 않는다면, 무엇이든 다 하겠습니다."

"이방인을 위해서 모든 것을 걸겠다?"

"그럴 가치가 있다고 생각합니다."

"재미있군요."

"부탁드립니다."

겔란드는 스스로 무릎을 꿇으려 했지만, 서늘한 기운이 그를 떠받치며 일으켜 세웠다.

"무엇이든 다 가능하다고 했나요?"

"그렇습니다."

겔란드는 그 힘이 셀레스카르가 뿜어낸 기라는 사실을 알아차렸다. 말을 하면서도 저런 내공을 유지할 수 있다니.

"그렇다면, 그 아이를 내게 주세요."

"……네?"

겔란드는 당황했다.

"내 제자로 삼겠다는 뜻입니다. 어떤가요?"

"노바디는 이방인입니다만."

"당신도 이방인을 동생으로 삼지 않았나요?"

"무슨 말씀인지 알겠습니다. 감사합니다. 이 겔란드, 셀레스카르 님이 원하시는 일은 무엇이든 다 하겠습니다."

"허허, 당신은 참 올곧은 인간이군요."

"그저 동생의 안위를 걱정할 뿐입니다."

겔란드는 진심이었다.

"난 그 아이를 제자로 삼겠지만, 당분간은 비밀에 부칠 생각이에요. 그 아이에게 아무 말도 하지 않고 그저 무공만 가르치겠습니다. 당신만 이 사실을 알고 있어야 합니다."

"굳이 그렇게 하셔야 할 이유가 있습니까?"

"륨란도르의 숲은 마르세르만큼 복잡한 곳이랍니다."

"……무슨 뜻인지 알겠습니다."

인간이든 엘프든 그 수가 많아지면 이런저런 이유로 의견이 갈리기 마련이다. 엘프 예언자가 이방인을 제자로 삼았다는 사실이 알려지면 암초 같은 저항이 튀어나올지도 모른다. 그 때문에 셀레스카르는 불평을 잠재울 확실한 방법을 찾아낼 때까지 진실을 숨기려 하는 것이다.

"수라부월공, 그 아이에게 얼마나 가르쳤나요?"

"맹부단월 하나만 익혔습니다."

"그렇다면 전부 보여 주세요. 그러면 그 아이는 당신의 등을 보고 빠르게 성장할 겁니다."

"감사합니다. 감사합니다, 셀레스카르 님!"

"나중에 봅시다."

셀레스카르는 뒷짐을 지고 숲으로 사라졌다. 마치 유령이 숲과 하나가 되면서 투명해지는 느낌이었다.

겔란드는 커다란 마음의 짐을 내려놓은 기분이었다. 무극지체처럼 희귀하면서도 그 능력이 탁월한 체질일수록 단명한다거나 갑자기 찾아온 괴질로 몸을 망칠 가능성이 높았다. 셀레스카르가 나선다면 노바디는 재앙에서 벗어날 수 있을 터였다.

야영지로 돌아가려던 겔란드는 거기서 다시 수라부월공을 펼쳤다. 노바디에게 보여 줄 마지막 시범에서 창피를 당하기 싫어서였다.

불가능한 수련

마차가 덜컹거렸다.

노바디는 맞은편에 앉아서 동그란 안경을 낀 채 두툼한 책 약초전서를 읽는 콜마를 바라보았다. 눈 밑에 검은 점 몇 개가 난 콜마는 가끔 코를 씰룩거릴 뿐 그 책에 온전히 빠져 있었다.

"저, 육사형."

"왜?"

콜마는 책에서 눈을 떼지 않았다. 유명한 약초학자 레코르트가 쓴 그 책에는 아름다운 약초가 그림으로 실려 있었다.

"보여 드릴 게 있어서요."

"그래?"

그제야 콜마는 노바디를 쳐다봤다. 그리고 책을 덮었다. 노바디에게서 무언가를 느낀 것이다.

"약초 씨앗, 가지고 계시죠?"

"아무렴. 씨앗에도 약효가 있으니까."

"제게 몇 개만 주세요."

콜마는 노바디를 물끄러미 바라보다가 손을 뻗어 가방에서 약병을 꺼냈다. 거기 약초의 왕이라 불리는 기베렌 씨앗이 가득 들어 있었다. 한때는 만병통치약이라고도 불린 기베렌 씨앗 대여섯 개를 노바디에게 준 콜마는 안경을 벗었다.

"잠시만 기다리세요."

노바디는 눈을 감았다.

콜마는 무릎에 올려놓은 약초전서를 옆으로 옮겼다. 끈질기고 신중한 막내가 무엇을 보여 주려는지 궁금해진 것이다.

"어?"

콜마는 깜짝 놀랐다. 노바디의 손바닥에 놓인 기베렌이 껍질을 뚫고 싹을 틔운 것이다. 기베렌 특유의 보라색 줄기와 잎이 눈에 보일 만큼 빠르게 자라났다.

"휴우."

눈을 뜬 노바디는 콜마를 쳐다봤다.

"……어떻게 된 거냐?"

"실은……."

조그만 씨앗 내부 깊숙한 곳에 있는 기운을 느낄 수 있게

됐으며, 그 덕분에 씨앗과도 춤을 출 수 있게 된 거라는 설명은 노바디 자신도 이해 못 한 부분이 많아서 더듬거릴 수밖에 없었다. 여기서 조금 말하고 저기서 조금 말했지만 콜마는 한 번도 끊지 않고 설명이 끝날 때까지 듣기만 했다.

그리고 허기가 사라지지 않아서 힘들다는 말을 덧붙였다.

콜마는 노바디의 손목을 잡고 맥을 짚었다. 신음을 흘린 그는 흰색 알약을 건넸다.

"이걸 먹어라."

그 알약을 먹자 노바디는 몸이 따뜻해지면서 힘이 솟아올랐다. 허기가 질 때 뜨끈한 설렁탕에 밥을 말아서 먹고 나온 기분이었다.

"백현야라는 단약이다. 기운이 떨어졌을 때 흡수가 빨라서 꽤 도움이 되지."

"아."

노바디는 현실에도 이런 알약이 있으면 좋겠다고 생각했다. 그러면 무기력하게 소파에 앉아 있지는 않았을 것이다.

"그보다, 언제부터 씨앗 내부의 기운을 느낄 수 있게 됐느냐? 아니, 어떻게 느낄 수 있게 된 거냐?"

"……철목을 무너뜨렸을 때, 알게 된 것 같아요."

"그래?"

"그리고 대사형께 수라부월공을 배우면서 더 또렷하게 느낄 수 있게 된 것 같습니다."

"음."

콜마는 수염이 군데군데 난 턱을 손가락으로 긁었다. 진동 때문에 안경이 바닥으로 떨어졌는데도 전혀 개의치 않았다.

노바디가 몸을 숙여 안경을 주웠다.

콜마가 갑자기 물었다.

"수라부월공, 어디까지 배웠느냐?"

"제가 부족해서 맹부단월을 겨우 익혔고, 지금은 청명을 배우는 중입니다."

"청명은 수라부월공 전체를 꿰뚫는 원리니까, 결국 넌 단 한 개의 초식만 배운 셈이구나."

"……네, 육사형."

노바디는 쥐구멍에라도 숨고 싶었다.

"당분간 씨앗을 싹 틔우는 일은 하지 마라. 네 몸이 상할 수도 있어서야. 넌 너 자신의 기운을 이용하여 싹을 틔웠다. 기적과 같은 일이기 때문에, 그만큼 네게 부담이 될 것이다. 알겠느냐?"

"명심하겠습니다."

그때, 뿔 나팔 소리가 울려 퍼졌다. 곧 마차가 느려지다가 멈춰 섰다.

"마침 잘됐다. 난 대사형을 만나야겠다."

콜마가 마차 밖으로 나갔다.

날은 어두워지는 중이었다.

마차에서 내려 팔다리를 뻗으며 몸을 풀던 노바디는 다가오는 벨란데르의 얼굴에 핀 미소를 발견했다.

"그 새끼, 잔뜩 약이 올랐겠지?"

벨란데르는 며칠째 비슷한 말을 했다. 이방인에게서 반지와 검을 빼앗으려다가 오히려 또 다른 반지와 검을 빼앗긴 왕세자를 생각할수록 고소한 모양이었다.

"아마도."

"무대 위에서 어떻게 그런 생각을 했냐?"

"어쩌다 보니."

"흐흐흐, 고맙다."

벨란데르는 비디타스의 반지를 쓰다듬었다.

군중 앞으로 내몰린 왕세자가 어쩔 수 없이 내준 그 반지는 엄청난 아이템이었다. 비디타스는 레드 드래곤 헤라가 인간의 모습으로 세상을 돌아다닐 때 사용했던 이름이다. 즉, 이 반지는 드래곤이 만든 것이었다.

"야, 꼬맹이들."

레나세르였다.

"왜요, 아줌마?"

노바디의 대꾸에 레나세르의 얼굴이 구겨졌고, 벨란데르는 참지 못하고 웃음을 터트렸다.

"아줌마?"

"꼬맹이라면서요?"

"……넌 점점 더 건방지게 변하는구나. 처음 만났을 때는 아주 순수하고 귀여웠는데."

"누나는 처음이나 지금이나 아줌마 같아요."

노바디의 말에 벨란데르는 웃음을 참지 못하고 데굴데굴 뒹굴었다.

레나세르가 벨란데르를 밟았다. 사정없이. 어찌나 세게 짓밟았는지, 그 자리에서 죽고 잠시 후에나 살아났다.

왕세자의 안전을 위해 이곳까지 따라온 근위 기사들이 레나세르가 벨란데르를 죽이는 모습을 보고 수군거리기 시작했다. 천막을 치고 음식을 준비하던 하인, 하녀 들도 레나세르와는 눈도 마주치지 않으려고 애를 썼다.

"왜 무대에서 벨란데르만 언급한 거지? 나도 널 도왔잖아. 내가 빛의 정령을 불러내어 너와 벨란데르가 아주 편하게 자이곤 동굴 깊숙한 곳으로 들어갈 수 있도록 도왔잖아. 설마, 그걸 잊은 거니?"

레나세르는 숨도 쉬지 않고 말했다.

"누나는 출정식에 오지 않았잖아요."

"바빠서 못 갔을 뿐이야."

"바빠서요?"

"……급히 취재할 일이 생겼어."

"술 마셨다면서요?"

그 질문에 레나세르는 아무 말도 할 수 없었다. 그저 고개

를 돌려 입이 싼 벨란데르를 찾았다.

"그러면 이걸 가지실래요?"

노바디가 요곤의 단검을 뽑았다.

"……정말?"

눈이 휘둥그레진 레나세르.

"당연히 농담이죠."

다시 단검을 검집에 꽂은 노바디는 손짓하는 콜마를 발견했다.

노바디는 얼굴이 붉으락푸르락 바뀌는 레나세르를 남겨두고 콜마와 겔란드가 서 있는 첫 번째 마차 쪽으로 달렸다. 다행히 레나세르는 쫓아오지 않고, 어디엔가 있을 벨란데르를 찾고 있었다.

원정대는 일곱 대의 마차로 구성되어 있었다.

선두에 있는 마차에는 겔란드와 레나세르, 벨란데르 그리고 엘프 예언자 셀레스카르르가 탔다. 가장 크고 화려한 두 번째 마차에는 왕세자 론투엘과 부단장 오데르 그리고 가쿨라가 타고 있었다. 세 번째 마차는 근위 기사단 비브라탄의 기사들이 차지했고, 네 번째 마차는 유독 고약한 냄새를 풍기는 약초를 가득 챙긴 콜마와 조용한 곳을 원하는 노바디가 올라탔다. 나머지 세 대의 마차에는 천막과 식재료 따위가 실려 있거나 요리사, 하인, 하녀 등이 타고 있었다.

겔란드는 달려온 노바디를 쳐다보며 손을 내밀었다. 손에는 싹 난 기베렌 씨앗이 놓여 있었다.

"정말이냐?"

"네, 대사형."

"따라오너라."

겔란드는 노바디를 데리고 라운다바우트 가도를 벗어나 울창한 숲으로 들어갔다.

커다란 바위 뒤로 제법 넓은 터가 나왔다. 번개 맞아서 타버린 나무가 뒹굴고 있었다.

"일단, 알고 싶은 게 있다. 왕세자 저하께서 요곤의 반지를 왜 가지고 있었느냐? 솔직하게 말해도 된다."

"……빼앗겼습니다."

"후후, 그 버릇, 여전하구나."

겔란드는 웃었다.

"그러면 대사형도?"

"네가 가지고 있는 사라겐의 수부를 빼앗길 뻔했다."

"아!"

왕세자가 감히 대사형의 물건에 눈독을 들였다는 사실에 노바디는 깜짝 놀랐다.

"그건 그렇고. 깜짝 놀랐다. 네가 손바닥에서 씨앗의 싹을 틔웠다는 이야기를 듣고 말이다. 무극지체는 어마어마한 잠재력을 지니고 있다는 말은 들었지만, 실제로 보니 과연 놀랍구나."

또 무극지체라는 말이 나왔다. 노바디는 지난번에 들어서 알고 있는데도, 왠지 처음 듣는 것 같았다.

"콜마가 네게 말한 것처럼, 함부로 네 힘을 사용하여 씨앗의 싹을 틔워서는 안 된다. 왜냐하면 지금 상태로는 네 수명이 줄어들기 때문이야."

"네?"

노바디는 화들짝 놀랐다.

"네 수명의 일부를 나눠 준 거지. 다행히 씨앗을 자라게 하는 데는 그리 큰 기운이 필요 없지만, 만약 네가 그보다 훨씬 큰 동물이나 사람을 살리려 했다면 오히려 네가 죽고 말았을 것이다. 어쩌면 넌 이방인이니까 쉽게 되살아날지도 모르지만, 심각한 부작용이 생길 수도 있기 때문에 조심해야 한다."

"알겠습니다, 대사형."

중요한 충고였다. 페플에서 수명이 줄어든다면, 현실에서도 마찬가지일 것이다.

"지금 네게 수라부월공을 전수할 것이다."

"전 아직 청명도 제대로 익히지 못했습니다."

"일단 봐라."

앞으로 세 걸음 걸어간 겔란드는 허리에 걸어 놓았던 손도끼를 뽑았다. 그리고 수라부월공을 펼치기 시작했다.

첫 번째 초식 맹부단월이 펼쳐지자 서늘한 바람이 일어났다. 손도끼는 공간을 자르는 것처럼 위에서 아래로 떨어졌다.

두 번째 초식 박비위중은 마치 도끼를 가벼운 비수처럼 사용하면서도 거기에 무거움을 더하는 동작이었다. 겔란드의 손에서 도끼는 빈틈을 노리고 파고드는 비수와 방패도 찢어 놓는 무거운 거월 사이를 넘나들었다.

세 번째 초식 비어초목은 자세를 낮추는 동시에 회전하며 상대의 발목, 무릎, 허리를 공격하는 동작이었다. 마치 풀을 베는 듯한 초식이 펼쳐지자, 시꺼먼 재가 공중으로 떠올라 안개 형태를 이루었다.

네 번째는 동령고송이었다. 이전 초식까지는 같은 자리에서 펼쳤으나, 동령고송에 이르자 겔란드는 기이한 방식으로 움직였다. 그러다가 몸을 띄워 도끼를 휘둘렀다. 그 충격파는 검은 안개를 흩어 버렸을 뿐 아니라 땅에 깊고 뚜렷한 흔적을 남겼다.

다섯 번째는 작이변풍이었다. 겔란드는 손도끼를 던졌다. 빙글빙글 회전하는 손도끼는 부메랑처럼 돌아왔다. 겔란드는 그 손도끼를 잡지 않고 앞으로 돌진하면서 스치듯 지나갔다. 예리한 손도끼는 겔란드의 귀를 스치듯 지나갔고, 겔란드는 가상의 적을 상대로 비어초목을 펼쳤다.

여섯 번째 불리위구는 배후의 공격, 즉 기습에 대응하는 초식이었다. 빙그르르 회전하면서 상대를 노리는데, 비어초목과 관련이 깊었다.

일곱 번째 반도이폐는 손도끼의 회전을 이용하여 갑자기 방향을 바꾸거나 동작을 멈추는 초식이었다. 도끼를 휘둘러 그 힘을 이용하여 인체의 한계를 뛰어넘는 방식이었다.

겔란드는 다시 처음 맹부단월부터 반도이폐에 이르기까지 한 번 더 시범을 보였다. 톱니바퀴처럼 맞물리며 이어지는 초식의 향연에 노바디는 입을 쩍 벌렸다. 수라부월공의 위력은 자신의 상상 이상이었다.

"휴우, 잘 봤느냐?"

"……전 평생 배워도 대사형처럼 못할 것 같습니다."

노바디는 솔직하게 말했다.

"넌 나를 뛰어넘을 거다. 반드시 그래야 한다. 그리고 지금부터 보여 주는 세 개의 초식은…… 나도 그 진가를 알지 못한다. 내게 수라부월공을 가르쳐 주신 분도 완성하지 못했던 초식이란 말이다. 잘 봐라."

숨을 헐떡거리던 겔란드는 손도끼를 든 채 가만히 서 있었다. 바닥에서 흙먼지가 위로 떠올라 겔란드의 몸을 에워싸며 천천히 돌기 시작했다. 부서진 낙엽, 자잘한 흙, 조그만 곤충의 사체 등이 겔란드가 뿜어내는 기의 흐름에 따라서 움직였던 것이다.

"수라부월공 여덟 번째 초식 징칙유원이다."

겔란드가 입을 열자 기가 흩어졌고, 떠올랐던 것들도 땅으로 떨어졌다.

“다음은 불동이경이다.”

징칙유원과 달리 불동이경은 그 어떤 초식보다 맹렬한 동작이 요구되었다. 휘두르는 손이 보이지 않을 만큼 빨랐다. 손도끼는 사라지고 그 서늘한 빛이 한 올 한 올 모여 암회색의 막을 형성했다.

“……도끼로 만드는 무형의 방패다. 부막 혹은 부순이라 부르는데, 도끼에서 기를 뽑아내어 형체를 만들 수 있어야 진정한 불동이경이 펼쳐진 것이다. 난 거기에 이르지 못했다.”

지친 겔란드는 주저앉았다. 그는 노바디가 다가가려고 하자 손을 들어서 막았다.

“아직 아니야. 마지막 초식 불언이신이 남았다.”

겨우 몸을 일으킨 겔란드는 심호흡으로 숨을 가다듬은 후 도끼를 던졌다. 회전하는 도끼는 공터를 벗어나 울창한 숲 너머로 사라졌다. 그 경로는 부메랑의 곡선과 달리 똑바른 직선이었다.

‘대사형이 실수했을까? 아니야, 그럴 리는 없어.’

노바디는 기다렸다.

잠시 후, 왼쪽에서 탁탁 나뭇가지 부러지는 소리가 들렸다. 그 소리는 이제 뒤에서도 들렸다.

노바디는 몸을 돌리며 그 소리를 따라갔다. 툭툭 부러질 때 나는 소리는 원을 그리고 있었다.

겔란드가 손을 앞으로 뻗자, 손도끼가 날아왔다. 기력이

떨어진 겔란드는 맹렬히 돌아오는 손도끼를 제대로 잡지 못했다. 손도끼는 겔란드의 손바닥을 가르며 지나가 반대편 나무에 푹 박혔다.

"대사형!"

"호들갑 떨지 마라."

주저앉은 겔란드는 품에서 꺼낸 약을 바르고 붕대로 감쌌다. 마치 이런 부상을 예상한 사람처럼 전혀 흔들림이 없었다.

겔란드의 안전을 확인한 노바디는 마지막 초식 불언이신의 위력에 젖어들었다. 도끼는 손에서 떠났지만 여전히 겔란드와 연결되어 있었다. 그렇지 않다면 손으로 돌아올 수 없었을 것이다.

'이기어검이야!'

무협 소설에는 기로 검을 자유자재로 움직이는 무공 혹은 경지가 존재한다. 이기어검이라 불리는 그 경지에 오르면, 검은 스스로 허공을 날아다니며 수많은 적을 죽일 수도 있다. 조금 전 본 마지막 초식 불언이신은 바로 이기어검의 도끼 버전, 즉 이기어부라 할 수 있었다.

"어떠냐?"

"……대사형은, 정말 대단하십니다."

"내가 알기로 이방인에게는 한번 본 것은 언제든 다시 떠올릴 수 있는 특별한 능력이 있다던데."

"아, 네."

노바디는 왕세자도, 겔란드도 이방인에 대해 잘 알고 있다는 사실에 깜짝 놀랐다.

“네게는 두 번 다시 수라부월공을 가르치지 않을 것이다. 그러니 넌 내가 보여 준 시범을 반복해서 떠올리며 스스로 익혀야 한다.”

“대사형, 왜 그런 말씀을 하십니까?”

“지금부터 네가 익혀야 할 무공은 따로 있기 때문이다. 셀레스카르 님, 이쪽으로 오십시오.”

숲에서 엘프 예언자가 걸어 나왔다.

“역시 대단하시오. 부월명덕의 솜씨에 탄복했어요.”

“놀라운 혜안이십니다.”

“그저 귀를 열어 두었기 때문이지요.”

“제 동생을 부탁드립니다.”

“최선을 다하겠소.”

셀레스카르는 빙긋 웃었다.

늙은 엘프에게 고개를 숙인 겔란드는 어리둥절해하는 노바디 앞에 섰다. 노바디의 어깨에 손을 올린 겔란드가 말했다.

“널 위해서다. 저분이 널 도와주실 테니까, 좋은 기회를 놓치지 마라. 알겠느냐?”

“……대사형.”

“난 널 믿는다.”

겔란드는 노바디를 남겨 두고 숲으로 사라졌다.

셀레스카르는 바위에 걸터앉아 있었다. 이미 어둠이 몰려왔지만 달빛이 밝아서 불편하지는 않았다.

"앉게."

"……저는 대사형을 이해할 수 없습니다."

노바디는 서서 말했다.

"자네가 무극지체라는 건, 알고 있겠지? 바로 그 몸 때문이라네. 무극지체가 지닌 잠재력은 무한하지. 음, 어떻게 설명을 해야 자네가 이해할 수 있을지 모르겠군. 아, 그렇지. 자네는 잠재력이라는 바람을 가득 불어 넣은 풍선이야. 현재 구멍이 나서 잠재력이 흘러나오는 중인데, 까딱 잘못하면 풍선이 터질 수가 있네. 자네 대사형이 내게 자네를 부탁한 이유는 바로 자네 몸이 언제 터질지 모르는 풍선 같은 형편이기 때문일세."

그제야 노바디는 셀레스카르 앞에 앉았다. 대사형의 고민이 무엇인지 조금은 알게 된 것이다. 대사형을 위해서라도 최선을 다할 생각이었다.

"제가 무엇을 하면 됩니까?"

"앙쿠알라."

"처음 듣습니다만."

"기마 자세를 알고 있나?"

"……네."

"앙쿠알라가 바로 기마 자세라네. 자네는 지금부터 기마 자세를 취해야 하네. 가능하면 온종일. 이 세계에서도, 자네 세계에서도.”

그 말에 노바디의 눈이 커졌다. 셀레스카르는 페플뿐 아니라 현실에서도 같은 수련을 요구하고 있었다.

“그냥 자세만 취해서는 곤란하지. 자넨 수라부월공의 정수 중 하나인 청명을 어느 정도 익혔으니, 마보 상태에서 발을 통해 올라오는 모든 기운을 헤아리게. 절대로 씨앗 장난은 해선 안 돼. 그건 풍선의 구멍을 넓혀서 자네를 위태롭게 할 뿐이니까.”

“알겠습니다, 어르신.”

“마지르라고 부르게. 엘프어로 스승이라는 뜻이니까.”

“네, 마지르.”

“자, 시작하지.”

“……지금, 여기서요?”

“어서.”

셀레스카르가 인상을 쓰자 위엄이 피어올랐다.

노바디는 달빛 비치는 공터 중앙에서 무릎을 굽혔다. 두 팔은 어깨너비를 유지하며 앞으로 내밀고, 허리는 꼿꼿이 세웠다.

“엉덩이를 더 아래로.”

셀레스카르가 지적했다.

노바디는 ‘널 믿는다’는 겔란드의 말을 떠올리며 그 자세를

유지하려고 애를 썼다.

땀이 바닥으로 뚝뚝 떨어졌다.

김현은 부들부들 떨리는 다리에 억지로 힘을 주었지만, 곧 몸 전체가 흔들렸다. 마보 혹은 기마 자세라 불리는 이 수련은 생각보다 훨씬 힘이 들었다. 무엇보다 현실에서도 같은 자세를 취해야 한다는 점이 어려웠다.

엄마가 문을 열고 방으로 들어왔다.

"현아, 괜찮니?"

"……응."

김현은 엄마를 쳐다보는 일도 힘겨웠다.

"운동하는 거니? 차라리 엄마가 헬스클럽 회원권을 끊어 줄까? 거기 가서 운동하면 편할 텐데."

"난 여기가 좋아."

"간식을 식탁에 올려놨으니까, 나중에 먹어. 엄마는 잔다."

"고마워, 엄마."

엄마가 나가는 순간, 김현은 주저앉았다. 그리고 허벅지와 종아리 그리고 발가락을 덮친 경련에 비명을 지를 뻔했다. 근육이 뒤틀리는 듯한 고통, 즉 쥐가 난 것이다.

주먹으로 허벅지를 때렸다. 손가락으로 꼬집었다. 경련은 한참 후에야 잦아들었다.

"……이건 불가능한 수련이야."

겨우 소파로 올라간 김현은 누워서 천장을 올려다보았다. 어찌나 힘이 들었는지 아직도 숨이 거칠었다. 호흡이 편해질 때까지만 쉬리라 마음먹었던 김현은 그대로 자 버렸다.

다음 날 아침, 식사 준비하느라 분주한 엄마 덕분에 잠에서 깬 김현은 아뿔싸 생각했지만 몸을 일으키지는 않았다. 이 편안한 기분을 깨뜨리고 싶지 않아서였다. 비빔밥에 콩나물국을 신나게 먹어 치운 김현은 푹 쉰 다음에 페플로 접속했다.

섬광이 사라지자, 약 냄새 진동하는 그 마차였다. 원래 콜마와 노바디만 타고 있었는데 승객이 한 명 늘었다. 바로 셀레스카르였다. 오늘은 콜마 대신 셀레스카르 혼자만 그 마차에 타고 있었다.

노바디의 얼굴을 살핀 셀레스카르는 빙긋 웃었다.

"아무래도 자네 대사형을 만나야겠군."

"……왜요, 마지르?"

"이렇게 스승 말을 듣지 않는 제자는 처음이니까. 여기서만 수련을 하겠다?"

"어, 어떻게 아셨습니까?"

노바디는 깜짝 놀라서 말까지 더듬었다.

“중요한 건 그게 아니지. 당장 자네 대사형을……”

“잘못했습니다. 다시는 마지르를 속이지 않겠습니다.”

노바디는 당장 무릎을 꿇었다.

“앞으로 잠은 다섯 시간만 자게. 그 세계와 이곳에서의 하루를 통틀어서. 나머지는 앙쿠알라를 하게. 약속할 수 있겠나?”

“……네, 약속합니다.”

노바디는 속으로 죽었다고 생각했다.

“자, 시작하지.”

“여기서요?”

마차는 흔들리고 있었다.

“어서.”

셀레스카르는 조금도 사정을 봐주지 않았다.

노바디는 마보, 엘프어로는 앙쿠알라 자세를 취했다. 벌써부터 허벅지에 경련이 일어나는 기분이었다. 왠지 저 늙은 엘프 때문에 페플 접속이 싫어질 것만 같았다.

“엉덩이를 더 내려. 허리에는 힘을 주고.”

“……네, 마지르.”

노바디는 이를 악물었다.

김현은 페플 커넥터를 노려보고 있었다.

꾸역꾸역 다섯 시간의 수면과 앙쿠알라 자세로 하루를 보냈지만 몸은 점점 힘들어져 한계에 다다르고 말았다. 잠깐 휴식을 취해도 몸에서는 땀이 흘러내렸다. 마치 땡볕 아래 스웨터를 입고 장갑을 낀 것 같았다. 밥을 먹을 때도 땀이 뚝뚝 떨어져, 엄마의 눈에 걱정이 어렸다.

들어가지 않으면 그만이다.

한 번 들어가지 않으면, 앞으로 영영 들어가지 못할 것이다. 두 번 다시 사형들을 만나지 못할지도 모른다.

한숨을 내쉰 김현은 페플 커넥터 앞으로 걸어갔다. 아무리 힘이 들어도 페플을, 사형들을, 그곳에서의 삶을 포기할 수는 없었다.

마보 자세를 취하면 느리지만 꾸준히 생명력이 줄어든다. 그 자세를 풀지 않으면 하루를 넘기지 못하고 죽는다.

셀레스카르는 노바디가 언제 죽는지 잘 알고 있었다. 죽기 직전에야 콜마가 만든 백현야를 한 알씩 주며 쉬라는 말을 건넸다. 노바디가 그 약을 먹고 회복되면, 다시 수련이 시작되었다.

마차가 움직이면 마차 안에서 마보를 취했다.

마차가 멈추면 밖으로 나와 마보 자세로 시간을 보냈다.

원정대원들이 가도를 벗어나 깊은 숲으로 들어가서 마물을 사냥할 때도 노바디는 취미 삼아 콜마에게서 빌린 약초전서를 읽는 셀레스카르 옆에서 땀을 흘려야 했다.

몇 번이나 지쳐서 쓰러지기 직전에 이르렀지만 셀레스카르는 죽지 않는 이상 쳐다보지도 않았다. 오기가 생긴 노바디 역시 셀레스카르를 무시하고 그 자세에 빠져들었다.

마보 수련은 간단했다.

먼저, 발을 어깨너비로 벌린다. 그와 동시에 몸의 무게중심을 아래로 낮춘다. 무릎을 굽히지만 허리를 세워야 한다.

두 팔을 앞으로 벌려 가볍게 주먹을 쥔다.

그 자세로 끝까지 버틴다.

죽을 때까지.

마보에 익숙해진다면 발을 통해 기운이 들어오는지 살펴볼 수 있겠지만, 이 단순한 자세는 도저히 적응할 수 없었다. 무릎을 굽히는 순간 허벅지와 종아리에 묵직한 바위가 매달리는 느낌이었다. 몸 전체가 딱딱하게 굳어 버려, 부드러운 사고 자체가 불가능했다.

버티는 게 고작이었다.

"그런 식으로는 백날 해 봐야 소용없지."

셀레스카르가 중얼거렸다.

노바디는 그 말을 무시했다. 흔들리는 마차 안에서도 균형을 잡으며 마보 자세를 유지하느라 바빴다.

"음, 무식하면 이래서 문제야."

셀레스카르는 두꺼운 책을 덮고 노바디 옆에서 마보 자세를 취했다. 심지어 그는 왼쪽 발을 오른쪽 무릎 위에 올렸다. 오른쪽 다리로만 선 것이다. 조금만 흔들려도 넘어질 것 같은 그 자세를 취한 셀레스카르는 노바디를 보며 빙긋 웃었다.

노바디는 셀레스카르를 쳐다보지 않으려 애를 썼다. 점점 호흡이 가빠 왔다. 그에게 페플은 보통 게임과 달랐다. 진짜로 힘이 들었다. 고통은 점점 커지는 것 같았다.

털썩 주저앉은 노바디는 셀레스카르를 쳐다봤다. 그리고 할 말을 잃었다. 한쪽 다리로 마보를 취한 셀레스카르는 꾸벅꾸벅 졸고 있었다. 그런데도 흔들리는 마차 속에서 전혀 위태롭지 않았다.

엘프라서 힘이 들지 않을까? 그렇다면 인간은 죽었다 깨어나도 저런 자세를 유연하게 취할 수는 없을 것이다.

셀레스카르가 눈을 감은 채 말했다.

"의문이 생겼으면 해결해야지. 자네 동료를 데려오게. 그 건방진 엘프 녀석 말이야."

"벨란데르 말입니까?"

"맞아, 그 녀석."

"……알겠습니다."

노바디는 때마침 마차가 멈추자 벨란데르를 찾아서 마차로 데려왔다. 물론 이유는 밝히지 않았다.

벨란데르는 영문도 모른 채 마차에 올라탔고, 곧 강요와 부탁에 의해 마보 자세를 취했다. 벨란데르 덕분에 엘프라서 마보가 쉬운 게 아니라는 진실이 밝혀졌다. 벨란데르는 노바디보다도 지속 시간이 짧았다.

고집 센 벨란데르는 이제 노바디에게 이기기 위해 마보 자세를 취했다.

"빌어먹을."

벨란데르는 자기보다 세 배는 더 오래 버티는 노바디 때문에 화가 났고, 실실 웃으며 한 번도 쓰러지지 않는 셀레스카르 때문에 기절초풍할 뻔했다. 이 약 냄새 지독한 마차 밖으로 나가고 싶지만, 자존심이 허락하지 않았다. 게다가 마차는 다시 움직이고 있었다.

"……어떻게 해야 합니까, 마지르?"

결국 노바디가 셀레스카르에게 물었다.

"자네, 날 밀어 보게."

셀레스카르가 벨란데르에게 말했다.

기분이 나빴던 벨란데르는 늙은 엘프를 힘껏 밀쳤다. 기대와 달리, 어깨에서 반탄력이 튀어나와 벨란데르를 뒤쪽 벽으로 날렸다. 벨란데르는 거꾸로 처박혀 아래로 굴러떨어졌다.

"이런, 힘이 너무 약하구먼."

셀레스카르가 속삭였다.

화가 난 벨란데르는 달려가 어깨로 엘프를 밀었다. 엘프는 거목처럼 그 자리에 서 있고, 벨란데르가 다시 뒤로 튕겨 나갔다. 벨란데르는 그 충격으로 죽을 뻔했다.

노바디의 눈이 커졌다.

셀레스카르는 허리를 세우고 무릎을 펴면서 일어섰다. 관절을 풀 필요조차 없는지 기다란 의자에 앉아서 약초전서를 가져왔다.

"모르겠습니다, 마지르."

노바디는 무릎을 꿇었다.

"시작도 없고 끝도 없는 것이라네."

수수께끼 같은 말은 그게 끝이었다. 셀레스카르는 더 이상 노바디에게 시선도 주지 않고 두꺼운 책을 읽었다.

노바디는 셀레스카르의 말을 힌트라고 믿었다. 시작도 없고 끝도 없는 것이라는 그 수수께끼를 풀면 어떻게 셀레스카르가 외다리 마보 자세를 취하고도 벨란데르를 날려 버렸는지 알 수 있을 것이다.

노바디는 무릎을 굽히며 손을 앞으로 뻗었다.

아름다운 그림에 감탄하던 셀레스카르가 고개를 들어 어색한 태도로 앉아 있는 벨란데르를 쳐다봤다.

"뭘 하는 건가?"

"……마차가 멈추기를 기다리는 중입니다만."

"요즘 젊은이들 사이에서는 의리라는 단어가 사라진 모양이야. 쯧쯧, 이래서야 동료라고 할 수 없지. 마음대로 하게."

셀레스카르는 다시 책을 읽었다.

입술을 깨문 벨란데르는 노바디 옆으로 가서 마보 자세를 취하며 속삭였다.

"이게 다 너 때문이야."

"넌 똑똑하잖아. 그러니까 시작도 없고 끝도 없는 것이 무엇인지 말해 봐."

"내가 그걸 어떻게 알아?"

"넌 아는 게 없구나."

"야!"

목소리를 높였던 벨란데르는 이쪽을 노려보는 셀레스카르의 눈빛에 기가 죽었다. 이 순간 셀레스카르는 엘프 예언자가 아니라 광기의 드래곤 같았다.

결국 노바디와 벨란데르는 원정대가 야영을 할 때까지, 아니 접속을 끊고 현실로 나올 때까지 셀레스카르 앞에서 마보로 있어야 했다.

셀레스카르는 페플 밖으로, 현실로 나가려는 노바디와 벨란데르를 불렀다.

"음, 자네는 여기서만 해도 되겠군."

셀레스카르가 벨란데르를 보고 한 말이었다.

벨란데르는 고개를 돌려 노바디를 쳐다보았다. 그리고 셀레스카르의 말에 숨겨진 의미를 알아냈다. 노바디는 여기서만이 아니라 다른 곳에서도, 그러니까 현실에서도 마보 수련을 계속해야 한다는 뜻이었다.

그제야 벨란데르는 노바디가 접속을 해제하는데도 왜 전혀 기뻐하지 않는지 알 수 있었다.

'세상에, 말도 안 돼.'

셀레스카르에게서 벗어난 벨란데르가 축 늘어진 어깨로 터벅터벅 걷는 노바디 옆으로 다가갔다.

"……밖에서도 그 수련을 하는 건 아니지?"

"휴우."

"설마?"

"설마가 사람 잡는 중이다."

"그걸 왜 하는 거야?"

"저 엘프, 내가 밖에서 수련을 했는지 빈둥거렸는지 귀신같이 알아낸다. 미치기 일보 직전이야. 수련을 못 하겠다고 하면 당장 대사형에게 달려가서 내가 게으르다는 둥, 성실과는 담쌓은 놈이라는 둥 이상한 소리를 할 게 분명해. 그러니까 아까 그 수수께끼, 무슨 뜻인지 좀 알아봐. 부탁이야."

노바디의 입에서 부탁이란 말이 튀어나왔다. 웬만해서는 나오지 않는 단어였다.

"알았어."

"먼저 간다."

앞으로 걸어가던 노바디가 투명해졌다.

벨란데르도 접속을 끊고 나왔다.

거실로 나오자 라면 냄새가 코를 찔렀다. 안진후는 씩 웃으며 주방으로 향했다. 역시 윤태희가 라면을 끓이고 있었다.

"개코."

윤태희가 라면 먹을 때면 꼭 나타나는 안진후를 향해서 한마디 했다.

"헤헤."

안진후는 젓가락과 숟가락을 챙겨서 식탁에 앉았다. 배에서 꼬르륵 소리가 났다.

"요즘 뭐 하냐?"

"말도 마."

안진후는 고개를 흔든 후에 오늘 어떤 일을 겪었는지 설명했다. 계란을 넣던 윤태희의 눈이 커졌다. 이어서 웃음이 터져 나왔다.

"셀레스카르에게 무술을 배우는 거네?"

"……그런 셈이지. 더 놀라운 건, 그 예언자 때문에 노바디는 현실에서도 마보 수련을 하고 있다는 거야."

"뭐?"

"진짜야."

"에이."

윤태희는 불을 끄고 냄비를 식탁으로 가져갔다.

"걔, 어쩌면 페플을 포기할지도 몰라. 왠지 그런 얼굴이었거든. 그만큼 힘들다는 뜻이야."

안진후는 라면 냄새를 맡으며 눈을 지그시 감았다.

"노바디는 겔란드에게 무공을 배우고 있었지 않나?"

"겔란드 대사형이 노바디를 셀레스카르에게 맡긴 모양이야."

접시로 면발을 크게 한 번 집어 올린 안진후가 말했다.

"그래?"

"못 들었어?"

"안 물어봤으니까."

"겔란드 대사형, 공과 사가 분명한 사람인가 보네. 음, 확실히 그 부분은 큰형보다 낫다."

안진후는 면발을 후루룩 빨아들였다.

두 사람은 라면을 다 먹도록, 찬밥을 말아서 국물까지 다 해치울 때까지 한마디도 하지 않았다.

"난 진하게."

윤태희는 거실로 갔다.

종이컵에 커피 두 잔을 탄 안진후가 거실 소파에 앉아서 야경을 바라보는 윤태희 옆으로 걸어갔다. 두 사람은 달고 진한 커피를 마시며 라면의 여운을 지웠다.

입을 먼저 연 사람은 윤태희였다.

"영웅관에 대해 생각해 봤어."

"……아직도 그 이야기야?"

"이 누나를 속 좁은 사람으로 만들지 말아 줄래? 섭섭해서 하는 말이 아니라는 뜻이야. 좀 더 넓게 생각해 봐. 왜 룬트란의 국왕은 원정대 출정식을 그렇게 성대하게 열었을까?"

"그야 아들이 원정대에 참가하니까 그런 거잖아."

"넌 역시 단순해."

"그럼, 뭔데?"

안진후는 다 마신 종이컵을 구겨서 던졌다. 코너에 있는 휴지통에 정확히 들어갔다.

"몇 가지 생각해 봤어. 일단 들어 봐. 첫 번째는 급변하는 마룬타 대륙의 정세와 관련이 있어. 중명 제국에서 벌어진 전쟁, 기억나지? 검제 남궁현도가 이끄는 저항군이 황제군에 의해 궤멸된 전쟁 말이야."

"당연히 기억하지, 가족 일인데."

마룬타 대륙 최고의 퀘스트여서 페플 게이머 중 그 전쟁을 모르는 사람은 간첩이었다.

"마룬타 대륙 곳곳에서 새로운 변화가 일어나고 있어. 아마도 라마간에서 있었던 일이 도화선 역할을 한 것 같아."

"도화선?"

안진후는 고개를 갸웃거렸다. 아직은 감을 잡을 수 없었다.

"NPC와 친분을 쌓았다는 이유만으로 고급 아이템을 얻은 게이머 노바디에 대한 소문이 대륙 전역으로, 심지어 바다

건너까지 퍼졌잖아. 그 소문을 접한 게이머들 중에 그 일에서 힌트를 얻어 새로운 방식으로 페플을 즐기기 시작한 사람들이 나오기 시작한 거지."

"그래서?"

안진후의 눈이 반짝거렸다. 호기심이 생긴 것이다.

"룬트란 왕국은 물론 중명 제국과 레나르카 왕국, 라모넬린 공국, 펠라쿠린 공국 등 마룬타 대륙을 구성하는 여러 국가의 깊숙한 곳으로 이방인들, 그러니까 게이머들이 진출하기 시작했다는 거야. 사냥이나 퀘스트 수행으로 레벨을 올리던 스타일 대신 페플에 녹아들어 NPC들을 진짜 사람처럼 여기는, 적어도 그런 척이라도 하는 이방인들의 수가 확 늘어난 셈이지."

"오호."

안진후의 머리는 이제 빠르게 돌아가고 있었다. 이방인은 더 이상 대륙 정치의 방관자가 아니었다. 오히려 제국과 왕국, 공국의 관계를 좌우할 만큼 중요한 세력이 된 것이다.

"룬트란 국왕은 그 변화를 알고서 너와 노바디에게 영웅관을 수여한 거야. 믿을 만한 이방인을 포섭하려는 목적으로. 어쩌면 너와 노바디 뒤에 내가 있다는 사실을 알았기 때문일 수도 있지."

"두 번째 이유는?"

안진후는 첫 번째 이유에 대한 관심을 잃었다. 방향만 확

실해지면 안진후는 윤태희보다 몇 배는 더 빨리, 더 넓게, 더 깊이 생각할 줄 알았던 것이다.

"재수 없다, 너."

놀라거나 감탄하기는커녕 다음으로 넘어가는 안진후의 태도에 윤태희는 짐짓 화난 척했다.

"이유나 말해."

"함정을 판 거야."

"……함정?"

"국왕이 왕세자를 미끼로 삼고 대어를 낚으려는 거지."

"말도 안 돼."

아들을 함정으로 몰아넣는 아버지는 없다. 그러나 곧 안진후는 그 생각이 틀렸음을 깨달았다. 그런 아버지도 있기 때문이다.

"원정대에 합류한 근위 기사단 기사들은 합쳐서 예닐곱 명이야. 하지만 거리를 두고 은밀히 따라오는 기사들은 무려 백 명이 넘어. 근위 기사단뿐 아니라 궁정 마법사도 이번 일에 동원됐어. 내가 직접 확인한 거니까, 토를 달 생각은 하지도 마."

안진후는 냉장고에서 맥주 캔을 가져와서 마시는 이 사람이 얼마나 지혜로운지 깨달았다. 자신과 노바디가 눈앞의 일에 집중하는 동안, 윤태희는 대륙 전체를 꿰뚫고 있었다.

팔짱을 낀 안진후가 윤태희를 칭찬했다.

"누나, 많이 똑똑해졌다."

"뭐?"

"그렇다면 두 번째 마차에 탄 왕세자는 가짜겠네."

"그건 아니야. 진짜가 아니면 미끼를 물지 않을 테니까. 아마도 다른 방식으로 대비를 했겠지."

윤태희가 말했다.

"국왕은 아무런 설명도 하지 않고 우리를 함정에 밀어 넣은 거고."

안진후는 근엄한 표정의 국왕을 떠올렸다.

"그래도 가쿨라는 알고 있는 눈치였어. 겔란드도 가쿨라에게 들어서 알고 있을 가능성이 높아."

"……그래?"

안진후의 마음이 가라앉았다. 겔란드, 가쿨라마저 알아낸 사실을 자기만 몰랐다니. 그 순간, 생각 하나가 번개처럼 떠올랐다.

"누나는 함정에 빠질 놈들이 누군지 알지?"

"조금."

"우와."

안진후는 진심으로 감탄했다. 왜 다들 윤태희를 페플이 낳은 최고의 기자라고 말하는지 알 것 같았다. 이렇게 다양하면서도 통찰력 넘치는 시각으로 페플을 돌아다니면 누구도 쓰지 못하는 기사를 쓸 수 있을 것이다.

그 순간, 안진후는 윤태희가 아직 말하지 않은 내용을 알아차렸다.

“게이머들이지?”

“너도 많이 똑똑해졌다.”

“퀘스트 내용은?”

“타임어택일 거야. 정해진 시간 내에 섬멸하는 게 퀘스트 완료 조건이겠지.”

“길드가 참가하겠네?”

“적룡회야.”

“네임드 게이머 드래고니아가 이끄는?”

안진후는 룬트란에서 명성이 높은 길드 적룡회가 한꺼번에 몰려오면 지금의 원정대는 한 시간도 버티지 못하고 전멸할 거라는 사실을 알고 있었다.

한 시간 안에 근위 기사단 본대와 궁정 마법사가 도착한다면 적룡회를 상대로 충분히 버텨 낼 수도 있을 것이다.

물론 드래고니아보다 훨씬 유명했던 네임드 게이머 레나세르가 가세한다면 이야기는 달라진다. 전장의 여우 레나세르는 특히 대규모 전투에서 발군의 실력을 드러내기로 유명했다.

“만약 원정대가 이기면 누가 보상을 내걸고 퀘스트를 의뢰했는지 알아낼 수 있을 거야. 반대의 결과가 나오면 원정대 자체가 무너지고 말겠지만.”

윤태희는 다 마신 맥주 캔을 휴지통으로 던졌다. 골인이었다.

"언제 시작될까?"

"음, 길어야 며칠일걸. 라운다바우트 가도를 벗어나기 전에 치는 게 적룡회로서는 더 이익일 테니까."

"큰형을 부르는 건 어때?"

검제 남궁현도가 원정대에 가세한다면 적룡회 할아버지가 몰려와도 소용없을 것이다.

"죽을래?"

"농담이었어."

안진후는 씩 웃으며 방으로 돌아갔다. 침대에 누워 팔베개를 한 채로 우직하게 마보 수련을 계속하는 노바디와 아무것도 하지 않는 듯하면서도 전체를 매의 눈으로 훑고 있었던 레나세르를 떠올렸다. 그런 사람들과 페플을 즐기고 있다는 게 기적처럼 느껴졌다.

안진후는 뒤척이지 않고 곧바로 잠이 들었다.

"원 같은데."

엄마가 말했다.

"원?"

젓가락으로 겨우 김치를 집어 올리던 김현이 엄마를 쳐다봤다. 시작도 없고 끝도 없는 것에 대해 던진 질문에 대한 엄마의 답은 원이었다.

"일단 한번 그려 놓으면 시작도 끝도 없잖아."

"아, 그러네."

깊이 파고들 만한 아이디어라고 김현은 생각했다. 셀레스카르처럼 편하게 마보를 취할 수만 있다면 무엇이든 할 생각이었다.

"아들, 요즘 보기 좋아. 운동도 열심히 하고."

"그래?"

김현은 쓴웃음을 지었다.

밥을 다 먹고 방으로 들어온 김현은 소파에 앉아 무럭무럭 자라는 상추를 바라보았다. 한숨이 흘러나왔다.

그래도 마보 수련에 매달리다 보니 그 강렬한 허기와 무기력증에 더 이상 시달리지는 않았다. 마보가 도움이 된 모양이었다.

앉아 있으면 계속 쉬고 싶어질 것 같았다.

얼른 몸을 일으킨 김현은 페플 커넥터와 소파 사이에 자리를 잡았다. 마보 자세를 잡지도 않았는데 벌써 몸이 겁을 먹었는지 팔다리에 가벼운 경련이 일었다. 등은 뻐근했고, 허리는 아팠으며, 장딴지가 당겨서 금세라도 쥐가 날 것 같았다.

"……원이라."

다리를 원으로 만들어야 하나?

아니다.

셀레스카르는 학처럼 다리 하나만으로도 마차의 진동을 이겨 낼 만큼 견고한 마보를 직접 보여 주었다.

이렇게 생각해도 안 되고, 저렇게 생각해도 답이 나오지 않았다. 김현은 꾸역꾸역 마보 수련을 계속할 수밖에 없었다. 일단 몸으로 부딪쳐 보면 언젠가는 답이 나오리라 믿었다.

페플 커넥터 안으로 들어간 김현은 저장해 둔 영상을 불러

냈다. 바로 대사형 겔란드가 보여 준 수라부월공이었다. 아무리 봐도 질리지 않는, 진짜 무공이 눈앞에서 펼쳐졌다.

강렬한 맹부단월, 빠르면서도 무거운 박비위중, 회전을 가미한 공격인 비어초목, 도약하는 동령고송, 공격을 피하며 전진하는 작이변풍, 기습에 대항하는 불리위구, 도끼를 적극적으로 방향 전환에 이용하는 반도이폐는 그 자체로 완벽한 동작이었다.

나머지 세 초식, 징칙유원과 불동이경 그리고 불언이신은 그저 바라볼 수밖에 없는, 흉내조차 불가능한 경지였다.

마보로 몸이 축 늘어져도 이 영상을 보면 힘이 불끈 솟았다. 지금 당장은 마보 수련에 집중해야 하기 때문에 시간이 없지만, 언젠가 여유가 생기면 수라부월공이라는 바다로 뛰어들 생각이었다.

한 번 더 영상을 본 후에야 김현은 페플에 접속했다.

마차 안은 텅 비어 있었다.

밖으로 나간 노바디는 공터에 세워진 천막들을 발견했다. 라운다바우트 가도는 대략 50미터 떨어져 있었다. 아무래도 오늘은 움직이지 않는 모양이었다. 왕세자의 가세로 원정대의 이동속도는 형편없을 만큼 느렸다. 차라리 걷는 게 더 빠를 정도였다.

천막 쪽으로 걸어가니, 볼거리가 있는지 사람들이 모여 있었다. 근위 기사들도, 종자들도, 하인들과 하녀들도 거기 서 있었다.

벨란데르를 찾기 위해 두리번거리며 거기로 간 노바디는 왕세자 론투엘에게 얻어맞고 있는 벨란데르를 볼 수 있었다. 론투엘의 팔꿈치가 가슴을 강타하자, 벨란데르는 피를 뿌리며 뒤로 날아가 처박혔다.

비틀거리며 일어서는 벨란데르의 턱을 론투엘은 발뒤꿈치로 차올렸다. 벨란데르는 허공으로 떠올랐다가 내려오면서 서서히 투명해졌다.

웃음이 터져 나왔다. 박수 소리가 들렸다.

론투엘은 손을 흔들며 환호에 답했다.

그때, 노바디를 본 근위 기사가 크게 외쳤다.

"여기, 그 이방인이 있습니다!"

다들 몸을 돌려 노바디를 쳐다보았다.

노바디는 영문을 몰랐지만, 달려든 근위 기사들에 의해서 앞으로, 론투엘 앞으로 끌려 나갔다. 부단장 오데르 옆에 서 있는 사사형 가쿨라를 쳐다봤지만 그는 고개를 숙일 뿐이었다. 겔란드나 콜마는 보이지도 않았다.

론투엘이 앞에 다가와 섰다.

"계속 마차 안에 있었더니 좀이 쑤셔서 말이야. 도와줄 수 있지?"

안 된다고 말할 수 있는 분위기가 아니었다.

노바디는 대련을 위해 룬덴 세트를 벗었다. 사라겐의 수부와 요곤의 반지는 물론 요곤의 단검까지 몸에서 내려놓아야 했다. 그 물건들은 모조리 부단장 오데르가 맡았다. 돌려주지 않을 게 뻔했다.

접속을 끊고 나가 버릴까 생각하는 그에게 론투엘이 속삭였다.

"사라지기만 해 봐. 널 믿은 놈들이 다칠 테니까."

노바디는 아무 말도 하지 않았다.

론투엘은 빠르고 강했다. 주먹 하나, 발길질 하나에 강한 힘이 담겨 있어 맞는 순간 충격이 몸 전체로 퍼져 나갔다. 대련이 아니었다. 일방적인 굴욕이며, 사악한 장난이었다.

노바디는 세 번 연속으로 죽었다.

부활한 노바디는 자기 대신 론투엘과 맞붙는, 아니 당하고 있는 벨란데르를 발견했다.

날이 어두워지도록 노바디와 벨란데르는 번갈아 가며 론투엘의 노리개 노릇을 했다. 노바디의 레벨은 7로 떨어졌고, 벨란데르도 사정은 비슷했다. 구경꾼은 사라진 지 오래였다. 무엇이든 한쪽이 지나치게 강하면 재미가 없어지기 마련이다.

론투엘은 웃으며 천막으로 가 버렸다. 오데르는 예상대로 아무것도 돌려주지 않았다. 참으로 멋진 콤비였다.

"어떻게 할 거냐?"

벨란데르가 누워서 하나둘씩 나오는 별을 올려다보며 물

었다.

"생각 중이야."

"가쿨라는 그저 지켜보더라."

"……알아."

노바디는 론투엘에게 당한 것보다 가쿨라의 무심한 시선이 더 아팠다. 겔란드, 콜마에 대해서도 섭섭했다. 원정대가 시작된 이후, 두 사람이 한꺼번에 자리를 비운 적은 한 번도 없었다.

"그래도 다행이다. 누나가 오늘 바빠서 못 들어왔거든. 누나라면 저 비겁한 왕세자를 죽이고 룬트란 왕국을 무너뜨리는 쪽으로 계획을 바꿀지도 몰라."

"그건 그러네."

노바디는 피식 웃었다.

"근데, 그 새끼 강하더라."

"맞아."

론투엘은 실력으로 벨란데르와 노바디를 뭉갰다. 그 점에 대해서는 노바디도 부정할 수 없었다.

"이길 수 없을까?"

벨란데르가 물었다.

"이겨? 한 대도 못 때렸다."

"……나도."

두 사람은 서로를 보며 웃었다.

"론투엘, 진짜 빨라. 일단 그 속도를 따라갈 수 없어서 진 거야."

노바디가 나름대로 분석을 내놓았다.

"힘도 좋아. 한 대 맞으면 충격 때문에 연속으로 얻어맞아. 그러면 끝이고."

"기분, 더럽다."

하늘이 맑아서, 별이 많아서 노바디는 더 기분이 나빴다.

"나도."

"차라리 마보 수련이 낫겠어. 이런 식으로 지는 것보다는."

"셀레스카르에게 물어볼까?"

"왕세자를 이기는 방법에 대해서? 마보 수련이나 제대로 하라고 할걸."

"하긴."

그때, 셀레스카르가 별이 총총 뜬 밤하늘을 배경으로 쑥 나타나 두 사람을 내려다보았다.

"잘 아는구먼."

"마지르."

노바디는 반사적으로 벌떡 일어섰다. 벨란데르도 마찬가지였다.

"그 아이를 이기고 싶냐?"

"네!"

노바디가 대답했다.

"자네는?"

"그 자식의 면상을 뭉개고 싶습니다!"

벨란데르였다.

"후후, 좋아. 그 정도 의지라면 충분히 특별 수련을 해낼 수 있겠군. 자, 이걸 받게."

셀레스카르는 하얀색 구슬을 노바디에게 건넸다. 노바디가 구슬을 받자 셀레스카르는 뒤로 물러섰다.

"무사히 잘 다녀오게."

셀레스카르가 손을 흔드는 순간, 백색의 구슬에서 나온 빛이 노바디와 벨란데르를 삼켰다.

두 사람은 사라지고 구슬만 남았다.

셀레스카르는 웃으며 그 구슬을 집어 주머니에 넣었다. 주위를 살핀 늙은 엘프는 뒷짐을 지고 휘파람을 불었다.

섬광은 서서히 사라졌다.

정신을 차린 노바디는 몸을 일으키다가 하늘을 보고는 얼어붙었다. 뒤늦게 일어선 벨란데르도 마찬가지였다.

"……달이 다, 다섯 개야."

"내 눈에도 그렇게 보여."

노바디가 말했다.

페플도 현실처럼 달이 하나뿐이라는 사실은 게이머라면 모두 다 알고 있었다. 마룬타 대륙이든 트레미타스 대륙이든 수페르 제도든, 페플 세계에서는 달이 오직 하나뿐이어야 한다.

벨란데르는 달이 다섯 개인 세계에 대해서는 들어 본 적이 없었다. 페플 회장의 아들이라는 특수 관계 덕분에 페플 내에서의 변화를 보통 게이머보다 훨씬 빨리 알 수 있는 그조차도 모르는 세계가 존재했던 것이다.

"어떻게 된 거지?"

벨란데르가 물었다.

"아까 마지르가 준 구슬에서 빛이 뿜어져 나왔잖아."

"맞아."

"그렇다면?"

"……그 엘프가 우리를 여기로 보낸 거야."

벨란데르와 노바디는 다섯 개의 달이 빛을 뿌리는 낯선 세계를 둘러보면서 자연스럽게 서로의 등을 의지했다. 뒤를 상대에게 맡긴 것이다.

두 사람이 선 곳은 울창한 숲에 둘러싸인 넓은 공터였다. 풀이 웃자라 허리까지 올라왔고 숲은 나무들로 빽빽해서, 저 환한 달빛조차 파고들지 못해서 아래쪽은 암흑 그 자체였다.

"왕세자를 이기게 해 준다고 하지 않았어?"

벨란데르가 속삭였다.

"……어쩐지 불길한데."

노바디였다.

그때, 억새풀을 닮은 풀잎들이 저 멀리서 물결을 쳤다. 바람은 불지 않았으니 무언가 다가오고 있다는 뜻이었다.

"내가 앞을 맡을게."

벨란데르가 말했다.

"오케이."

노바디는 뒤쪽에서 접근하는 움직임이 없는지 확인하면서도 고개를 돌려 벨란데르를 덮치려는 게 무엇인지 살폈다.

늑대 한 마리가 공중으로 뛰어올랐다. 보통 늑대가 아니었다. 사자라고 해도 될 만큼 큰 놈이었다.

벨란데르가 발로 걷어찼지만 오히려 늑대에게 깔리고 말았다. 늑대는 정확히 벨란데르의 목을 물어뜯었다. 벨란데르는 즉사했다.

노바디는 발에 차인 돌멩이를 집어 들어 늑대의 정수리를 내리찍었다. 피가 흘러내렸지만 늑대는 이빨을 보이며 오히려 달려들었다. 돌멩이를 든 팔이 뜯겨 나갔다.

노바디도 곧 죽었다.

부활한 노바디는 하늘을 올려다보는 벨란데르를 발견했다. 위에는 다섯 개의 달이 줄지어 빛을 뿌리고 있었다.

커다란 늑대에게 물려서 죽은 장소가 아니었다. 군데군데 풀이 있지만 들판은 황량했고, 침식작용으로 깎인 듯한 황갈색 버섯 형태의 바위 수십 개가 비석처럼 서 있었다. 저 멀리서 정체를 알 수 없는 동물의 울음이 희미하게 들려왔다.

벨란데르가 고개를 돌려 노바디를 쳐다봤다. 벨란데르는 울상을 짓고 있었다.

"무슨 일이야?"

노바디가 다가섰다.

"……밖으로 나갈 수가 없어."

"뭐?"

"접속 해제 메뉴가 사라져 버렸어."

그 말에 손을 올려 설정 창을 불러낸 노바디는 할 말을 잃었다. 있어야 할 버튼이 보이지 않았다. 게임 매니저를 호출하는 메뉴가 없어졌다. 처음 있는 일이라서 노바디 역시 깜짝 놀랐다.

설정 창도 달라져 있었다. 생명력은 볼 수 있지만, 레벨은 사라지고 없었다.

그러나 염려는 딱 거기까지였다. 당장 나갈 수 없다는 사실 때문에 깊이 고민하지는 않았다. 문제가 생겨서 페플에 갇힌다면 엄마가 가만히 있지 않을 것이다. 아침까지도 커넥터 안에 있으면 엄마는 페플 그룹에 전화를 걸 터였다.

심상찮은 소리가 들렸다.

노바디는 소리가 나는 쪽으로 걸어갔다가 화들짝 놀라며 물러섰다.

뱀이었다.

세모꼴 대가리의 뱀은 길이가 1미터 남짓이었다. 그런 뱀 수십 마리가 땅바닥에 흔적을 남기며 다가오고 있었다.

노바디는 침을 꿀꺽 삼켰다. 주위를 살핀 노바디는 그 버섯 바위 위로 올라갔다. 두 번은 미끄러졌으나 세 번째에 올라가는 데 성공했다.

"벨란데르, 뱀이야!"

노바디는 버섯 바위 위에 서서 몰려오는 뱀 떼를 가리켰다.

나갈 수 없어서 실망하던 벨란데르는 몰려드는 독사를 보자마자 당장에 달려왔고, 노바디가 그 손을 잡아 위로 끌어 올렸다.

노바디는 수천 마리의 뱀이 쉭쉭 소리를 내며 버섯 바위 주위를 가득 채우는 광경을 말없이 지켜보았다. 일부는 바위의 벽을 타고 올라왔지만 대부분 중간에 힘을 잃고 아래로 떨어졌다. 등정에 성공한 몇 마리의 뱀은 노바디의 발에 걷어차여 멀리 날아갔다.

"이제 어쩌지?"

벨란데르가 물었다.

"기다려야지."

"뭘?"

“커넥터 안에 갇혀서 나가지 못하면 가족이 걱정할 테고, 그러면 페플 서비스 기사가 집으로 찾아오겠지. 그러면 문제 될 건 없잖아.”

“그건 그러네.”

벨란데르는 괜한 걱정으로 마음을 태웠다는 사실을 깨달았다.

바위 가장자리를 돌아다니며 올라오는 뱀을 족족 발로 차서 떨어뜨리던 노바디는 뱀 떼가 또 다른 먹잇감을 노리고 이동하자 바위 중앙 벨란데르가 주저앉은 곳으로 왔다. 뭘 할지 고민하던 노바디가 마보 자세를 취했다. 벨란데르의 눈이 커졌다.

“여기서도 그걸 하겠다?”

“달리 할 일도 없으니까.”

“하긴.”

벨란데르 역시 노바디 옆으로 걸어갔다.

밤이 되고, 해가 뜨고, 다시 밤이 되었다. 별이 하늘을 가득 채웠다가 구름이 그 자리를 대신했지만 다시 별이 돌아왔다. 그런 식으로 며칠이 훌쩍 지나가 버렸다.

“어쩌지?”

벨란데르가 물었다.

노바디는 아무 말도 하지 않고 버섯 바위 가장자리에 서서 먼 곳을 바라보고 있었다. 아무리 생각해도 이해가 되지 않는다. 여기 페플에 갇힌 지 적어도 사흘이 지났다. 엄마가 사흘이나 커넥터 밖으로 나오지 않는 아들을 내버려 둘 리는 없을 텐데.

온갖 짓을 다 해도 설정 창의 접속 해제 버튼은 생겨나지 않았다. 페플에 갇힌 것이다.

기다려도 아무 변화가 없을 것 같다고 노바디는 생각했다.

"가자."

"어쩌려고?"

"이방인을 찾아서 우리 사정을 알리자."

"소용없어."

벨란데르는 바짝 마른 입술을 겨우 움직여서 말했다.

"무슨 뜻이야?"

"여긴 디월드야. 이방인도, 네이티브도 없어. 단 한 명도. 여긴 텅 빈 세계야."

벨란데르는 황갈색 버섯 바위 꼭대기에 누워 다섯 개의 달이 뜬 까만 하늘을 올려다봤다. 목이 말라서 미칠 것 같았다. 실제로 갈증을 느끼는 게 아니라는 사실을 알면서도 물을 마실 수 있다면 무엇이든 할 수 있을 것 같았다.

"디월드?"

"곰곰이 생각했는데, 가능성은 그것 하나뿐이야. 달이 다섯 개라는 것도 수상하고."

"디월드가 뭔데?"

노바디는 벨란데르 옆에 앉았다.

"개발 중인 세계를 보통 디월드라고 불러. 어떤 도시든 국가든 대륙이든, 한때는 디월드였다가 엄격한 테스트를 거친 후에 페플의 일부가 되니까. 그게 정상적인 절차야."

"오호."

처음 듣는 내용이었다.

"아마도 여긴 뎁스가 깊은 곳일 거야."

"뎁스는 또 뭐야?"

김현은 벨란데르가 페플 그룹과 관련이 있는 사람이 아닐까 속으로 생각했다. 그렇지 않고서야 이런 비밀을 이토록 잘 알 수는 없을 것이다.

"시간 흐름."

"그래서?"

"페플은 뎁스 0이야. 시간이 흘러가는 속도라는 측면에서 현실과 페플이 같다는 뜻이야. 뎁스 원 디월드에서의 이틀은 현실의 하루라고 알려져 있어. 뎁스 투에서는 나흘이 현실의 하루고."

벨란데르는 해킹을 통해 알아낸 중요한 정보를 노바디에게 알려도 되나 생각했지만, 같이 이 괴상한 세계에 갇혔기 때문에 그 이야기를 들을 자격이 있다고 판단했다.

"뎁스가 깊을수록 시간이 느리게 흐른다는 거네. 어떻게 그럴 수 있지?"

"복잡한 설명은 해도 못 알아들을 거잖아. 뇌 과학의 발달, 신경망과 인공지능의 적용, 무의식 세계에 대한 깊은 이해, 양자 정보이론과 양자 컴퓨팅 등이 이리저리 합쳐져서 만들어 낸 영역이야. 실제로 존재하지 않지만 사람의 뇌를 속여서 몇 배의 시간을 얻어 낼 수 있다는 게 이론적으로는 밝혀졌거든. 사람이 하루 스물네 시간에 매여 있는 이유는 전적으로 몸 때문이야. 페플은 그 몸과 직접적으로 상관이 없으니, 몇 배나 많은 시간을 확보할 가능성이 그만큼 높은 거지."

벨란데르는 귀찮아하면서도 중요한 부분을 간략하게 알려 주었다.

"아! 그래서 아직 우리가 여기 그대로 있는 거구나. 이곳에 비하면 현실의 시간은 엄청나게 천천히 흐르니까. 맞지?"

"영 바보는 아니네."

벨란데르는 히죽 웃었다.

"그럼, 우리가 할 수 있는 일은 하나뿐이라는 거냐?"

"맞아. 기다리면 돼."

"얼마나 기다려야 한다고 생각해?"

"몰라."

벨란데르는 속으로 작은형을 욕했다. 디월드에서 뎁스 관련 테스트를 진행하는 게 바로 안택현이었다. 작은형의 실수로 자신이 이 테스트 공간에 갇혔다고 생각한 것이다.

설명을 다 들은 노바디는 몸을 일으켰다.

"뭘 하려고?"

"수련."

노바디는 다리를 벌리고 무릎을 굽히면서 두 팔을 앞으로 내밀었다. 바로 마보였다.

벨란데르는 할 말을 잃었다.

노바디는 버섯 바위에서 내려와 들판을 헤맸다. 물과 음식을 찾기 위해서였다. 갈증과 허기는 급속도로 생명력을 갉아먹는 주범이었다. 몸에 힘이 빠지면 수련도 힘들었다.

조그만 웅덩이를 발견하고 다가가서 그냥 물을 마셨다가 그 자리에서 죽었다.

잠시 후, 버섯 바위에서 되살아난 노바디는 웅크리고 앉아 있는 벨란데르를 발견했다.

"어이없게 죽었다. 물을 마셨는데 바로 죽……."

"야!"

고개를 든 벨란데르가 달려와 노바디를 꽉 안았다. 하마터면 버섯 바위 아래로 굴러떨어질 뻔했다.

"뭐냐?"

"너 사흘 만에 나타난 거야. 난 사흘이나 혼자 지냈고."

"사흘이나? 난 조금 전에 죽었는데."

노바디가 어떻게 죽었는지 그 과정을 설명하자, 벨란데르의 얼굴이 딱딱하게 굳었다.

"왜 그래?"

"큰일 났다."

"무슨 일인데?"

"휴우, 여긴 뎁스 파이브 같아."

"뎁스 파이브?"

"현실의 하루가…… 뎁스 파이브에서는 무려 백 년이야."

그 말에 노바디는 할 말을 잃었다.

벌떡 일어선 벨란데르가 하늘을 올려다보면서 소리쳤다.

"안택현, 이 새끼야! 대체 뎁스 파이브를 왜 만든 거야? 그냥 이론적인 구상이라면서? 그건 그렇다 쳐. 대체 왜 디월드를 페플에 붙인 거야?"

목소리는 저 멀리까지 퍼져 나가며 여러 동물들을 깜짝 놀라게 만든 후에야 힘을 잃고 사라졌다.

주저앉은 노바디는 엄마가 아침에 일어나 아들을 찾을 때까지 여섯 시간이 걸린다고 했을 때, 적어도 25년 이상을 이

황량한 세계에서 보내야 한다는 결론에 이르렀다. 너무나 황당해서 사실로 받아들일 수가 없었다. 노바디는 고개를 흔들며 벨란데르를 올려다봤다.

"누군가 우리에게 이상이 생겼다는 사실을 알고 페플 서비스 회사에 연락을 하려면 줄잡아 30년은 있어야 해. 그동안 우리는…… 이 세계에서 살아야 하고."

벨란데르는 다시 고개를 들고 하늘을 노려보며 안택현을 욕했다.

누워서 한참 동안 아무 말이 없던 노바디가 입을 열었다.

"안택현은 누구야?"

"멍청한데 야망만 큰 새끼야."

"아는 사람?"

"디월드 책임자야. 안택현 그 새끼 때문에 우리가 이 생고생을 하는 거야. 뎁스 파이브를 왜 만들어? 미친 새끼."

벨란데르는 있는 힘껏, 생명력이 빠르게 감소할 만큼 크고 우렁차게 욕을 해 댔다.

"안택현이라는 사람이 디월드에 문제가 생겼다는 사실을 이미 알고 있을 수도 있겠네."

"이런 종류의 사고는 드물어. 아무리 빨리 문제를 해결해도 몇 시간은 걸릴 거야. 현실의 한 시간은 이곳에서 무려 4년이야, 4년. 정확하게는 4.17년이라고. 그 새끼, 죽여 버릴 거야."

벨란데르는 길길이 날뛰었다.

노바디는 똑바로 앉으면서 이게 꼭 나쁜 일인가 생각했다.

현실의 김현은 4년이라는 세월을 그 방에 갇혀서 지냈다.

바깥세상은 4년 동안 어마어마하게 달라졌다. 낡은 주택을 부수고 번쩍거리는 빌딩이 세워지기도 했고, 유행어도 물갈이됐으며, 텔레비전에 나오는 사람들의 얼굴도 바뀌었다. 중학교 1학년 친구들은 이제 고등학교 2학년이 되었다.

그러나 그 방에 스스로를 가둔 김현에게 그 4년은 아무런 의미가 없었다. 절망의 구덩이를 더욱 깊이 파고들어 간 시간에 불과했다. 생각할수록 혼자만 뒤떨어진 느낌을 받았다.

인생을 마라톤이라 비유한다면, 또래의 다른 사람들보다 4년이나 뒤처진, 그래서 희망마저 가질 수 없는 신세 같았다.

이제 정반대의 상황이다.

저 바깥세상의 하루가 이곳에서는 백 년이다. 한 시간은 약 4년이나 된다. 그렇다면 잃어버린 시간, 스스로 내다 버린 시간을 이곳에서 되찾을 수 있지 않을까?

"웃어? 지금 웃음이 나와?"

벨란데르는 기가 찼다.

"넌 이해 못 해."

"야!"

"내겐 기회 같거든, 지금 이 모든 것이."

"……미쳤냐?"

"전혀."

"너도 한번 사흘 동안 혼자 있어 봐라."

그렇게 말한 벨란데르는 버섯 바위에서 몸을 날렸다. 아래로 떨어진 벨란데르는 피를 흘리다가 투명해졌다.

노바디는 돌멩이를 서로 부딪쳐 돌칼을 만들었다. 박물관에 갔다가 본 석기 관련 설명을 기억해 낸 덕분에 그리 오래 헤매지는 않았다. 한쪽 면이 예리해서 제법 쓸 만한 돌칼을 손에 쥔 노바디는 주위를 살피며 천천히 걸었다.

그 웅덩이가 보였다.

웅덩이 근처에 동물 사체가 몇 구 있었다. 진작에 봤다면 웅덩이에 고인 저 더러운 물을 마시지 않았을 것이다.

웅덩이를 뒤로하고 먼지가 날리는 들판을 걷자 키가 4미터에 이르는 선인장이 나타났다. 선인장은 숲을 이룰 만큼 그 수가 많았다.

노바디는 선인장 하나를 발로 차서 쓰러뜨린 후 돌칼로 잘랐다. 시행착오로 두 시간을 허비했지만 선인장 안에 있는 수분으로 목을 적실 수 있었다. 꽤 많은 물이 선인장에 저장되어 있었다.

"……살 것 같다."

15%였던 생명력은 단숨에 27%로 올라갔다.

선인장 숲을 지나자 협곡이 보였다. 한때는 강이 흐르며 절벽 기슭을 갉아 낸 흔적이 고스란히 거기 남아 있었다. 협곡 안쪽에는 뜨거운 햇살을 피하기에 적당한 동굴이 하나 있었다. 그늘이라 쉴 수 있으리라 기대하고 찾아간 그 동굴에는 이미 주인이 있었다.

하이에나였다.

하나, 둘, 셋…… 모두 합쳐서 일곱 마리였다.

하이에나는 재빨리 노바디를 둘러쌌다. 주위를 빙글빙글 돌면서 크고 튼튼한 이빨을 보이며 위협했다.

'라드가 여기 있다면 좋을 텐데. 아, 그렇지!'

노바디는 서둘러 인벤토리 창을 열었다. 사라겐의 수부, 요곤의 반지, 요곤의 단검 그리고 룬덴 세트는 몽땅 왕세자에게 빼앗겼지만 라드는 인벤토리 구석에 귀여운 얼굴로 남아 있었다.

노바디의 부름을 받고 나온 붉은 곰 라드는 달려든 하이에나를 앞발로 내리쳤다. 하이에나의 대가리가 부서졌다. 그 장면을 본 하이에나들은 뒤도 돌아보지 않고 달아났다.

노바디는 라드의 목을 꽉 안았다.

"미안하다. 잠시 널 잊었어."

라드는 노바디를 핥았다.

잠시 후, 노바디는 죽은 하이에나를 끌고 동굴로 들어갔다.

덩치 큰 라드 덕분에 이제 야생동물을 걱정할 필요는 없다.

축 늘어진 하이에나를 동굴 벽으로 던져 놓은 노바디는 웅크린 라드의 몸에 기댔다. 긴장이 풀려서인지 졸음이 몰려왔다. 햇살이 강한 낮 동안에 할 수 있는 일은 휴식뿐이었다. 노바디는 라드를 믿고 눈을 감았다. 곧 코골이 소리가 울렸다.

저녁 무렵 일어난 노바디는 힘겹게 애를 쓴 덕분에 불을 피울 수 있었다. 말라붙은 풀이나 나뭇가지는 꽤 많았다. 돌칼로 가죽을 벗기는 데 엄청나게 오랜 시간이 필요했지만 그 아래에 있는 고기를 막대기에 꿰어 불에 굽자 고생한 기억은 사라졌다.

하이에나 고기는…… 맛이 없었다.

"양념이 없어서야."

그래도 고기를 씹어서 넘기니 생명력은 54%로 뛰어올랐다. 이제 더 이상 배가 고프진 않았다. 계속 잘 먹으면 80% 이상으로 유지할 수 있을 것이다.

라드를 데리고 선인장 숲으로 가서 물을 충분히 마셨다. 라드의 앞발 한 방이면 선인장은 수수깡처럼 쓰러졌다.

동굴로 돌아왔다. 암사자가 어슬렁거렸지만 라드를 보더니 줄행랑을 놓았다.

장작을 충분히 던져 놓은 노바디는 라드를 동굴 입구에 두고 마보 수련에 들어갔다. 어차피 이곳에 오랫동안 있어야 한다면, 자투리 시간도 낭비하고 싶지 않았다. 너무나 많은 시간을 잃어버렸기에 이 기회를 날려 버릴 마음은 조금도 없었다.

"시작도 없고 끝도 없는 것."

생각을 거듭해도 엄마가 말한 원 외에 딱히 떠오르는 건 없었다.

노바디는 언젠가는 알게 될 거라는 희망을 품고서, 마보 자세로 최대한 버텼다. 땀이 뚝뚝 흘러도, 다리가 후들거려도, 심장이 팔딱팔딱 뛰어도 수련 자체를 멈추지는 않았다. 죽을 것처럼 힘들면 잠시 쉬면서 회복되기를 기다릴 뿐이었다.

하이에나 고기와 선인장의 수분 그리고 마보 수련으로 사흘은 금세 지나갔다.

부활한 벨란데르는 아늑한 동굴 입구에서 탁탁 소리를 내며 타는 모닥불을 발견했다. 그 옆에는 눈에 익은 붉은 곰이 웅크리고 누워 있었다. 라드라는 사실을 깨닫는 순간, 벨란데르는 자신의 기대와 달리 노바디는 지난 사흘 동안 전혀 외롭지도, 마음 졸이지도 않았다는 결론에 이르렀다.

괜히 심술이 났다.

과연 노바디는 수련 중이었다.

"야."

"왔냐?"

노바디가 얼굴을 찡그리며 무릎을 폈다.

"넌 혼자서도 잘 사는구나."

"아니, 혼자라서 외로웠어."

"……거짓말, 너무 티 난다."

"좀 그렇지?"

노바디는 씩 웃었다.

"너 정말 얄밉다."

"널 위해서 내가 준비한 거야."

노바디는 모닥불 옆에 놓인 훈제 고기를 가져왔다.

"어, 고기잖아?"

벨란데르는 즉시 고기를 낚아채서 물어뜯었다. 누린내가 있었지만 먹을 만했다. 고기 덕분에 뼛속 깊이 파고드는 허기가 잠잠해진 느낌이었다.

빨리 먹다가 목이 막힌 벨란데르에게 노바디가 선인장을 내밀어 어떻게 수분을 빨아 먹는지 알려 주었다. 벨란데르는 급히 마시려다 가시에 찔려 아프다면서도 꿀꺽꿀꺽 잘도 마셨다.

"아, 살 것 같다."

"내일은 협곡을 따라서 내려가자. 그러면 강이 나올 테고, 강 주변에는 초원이 펼쳐져 있을 거야. 훨씬 맛있는 고기를 맛볼 수 있다는 뜻이지. 그리고 강에는 당연히 물고기도 있을 테고."

"너 적응력 완전 짱이다."

벨란데르는 진심이었다.

"주어진 시간을 낭비하고 싶진 않으니까."

"알았다, 알았어."

"쉬어."

노바디는 다시 안쪽으로 들어가서 마보 자세를 취했다.

지켜보며 압박을 주는 셀레스카르가 옆에 없어도 노바디는 진지했다. 이곳에서는 학교를 다닐 수도 없다. 공부를 하고 싶어도 가르쳐 줄 선생님도, 읽을 책도 없다. 할 수 있는 건 단 하나, 수련뿐이었다.

지쳐서 나가떨어진 노바디는 저장해 둔 영상을 불러냈다. 바로 겔란드의 수라부월공 시범이었다. 시간은 넉넉하다. 마보를 수련하면서 틈틈이 수라부월공을 익힐 생각이었다.

"도끼가 있어야겠지?"

노바디는 구석기시대 하면 떠오르는 돌도끼를 든 원시인을 상상했다.

노바디가 던진 돌도끼가 빙글빙글 회전하면서 날아가 도망치던 영양의 옆구리에 박혔다. 영양이 고꾸라지자 기다리

던 라드가 그 커다란 몸집을 끌고 달려갔다. 근처를 맴돌던 하이에나 무리는 라드를 보고는 의욕을 잃고 사라졌다.

라드는 사냥개처럼 영양을 물고 노바디에게로 돌아왔다.

"너, 진짜 원시인 같다."

벨란데르가 말했다.

"폼 나지?"

상체를 드러낸 노바디는 돌도끼를 들어 올리며 빙긋 웃었다.

"언제까지 여기 있어야 할지 모르는데, 넌 안 답답해?"

벨란데르는 하루하루 수련과 사냥으로 시간을 보내는 노바디의 태도가 신기했다.

"답답해도 할 수 없잖아."

노바디는 돌칼로 슥슥 영양의 가죽을 벗겼다. 아직도 따뜻한 내장은 이곳 초원의 터줏대감을 위해 옆에 남겨 두었다.

암사자는 자기 차례를 기다리고 있었다.

노바디가 고개를 끄덕이자 라드가 영양을 물고 따라왔다.

"넌 정말 별종이야."

"나도 그렇게 생각해."

노바디는 속으로 4년이나 혼자 방 안에 갇힌 사람만큼 별종도 드물 거라고 생각했다.

"나는 안진후야."

벨란데르는 갑갑함을 참지 못하고 현실에서의 이름을 밝

혔다.

노바디가 벨란데르, 아니 안진후를 쳐다봤다.

"계속 벨란데르로 지내다가는 미쳐 버릴 것 같아서 그래. 벌써 보름이 넘도록 벨란데르로 살아왔잖아. 난 도저히 못 하겠어. 벨란데르의 삶도 좋지만, 난 안진후야. 안진후가 있어야 벨란데르도 있는 거니까."

"음, 일리가 있네. 난 김현이야."

김현은 손을 내밀어 악수를 청했다.

"뭐야?"

"안진후는 처음 만나는 사람이니까."

"싱겁긴."

안진후는 김현의 손을 잡았다. 왠지 기분이 이상했다. 현실에서 김현이라는 사람을 만난 느낌이었다.

동굴에 도착한 김현은 영양의 다리를 잘라서 한쪽은 라드에게 주고, 한쪽만 굽기 시작했다.

"디월드를 만든 안택현, 가족이지?"

"……어떻게 알았어?"

안진후의 눈이 커졌다.

"욕을 하는데도 왠지 친근한 느낌이 들었거든. 평소에도 욕하던 사람 같달까."

김현은 초원 지대에서 가져온 이름 모를 잎사귀를 잘라서 영양의 다리에 발랐다. 양념 대신이었다.

"작은형이야. 페플 그룹 회장 안종화가 아버지고."

안진후는 조심스럽게 진실을 털어놓았다.

"오호."

김현의 반응은 딱 거기까지였다.

"다른 사람들은 깜짝 놀라면서 왜 그동안 숨긴 거냐고 따지던데, 넌 다르네."

"좀 놀라긴 했어. 그 유명한 페플 그룹 회장이라면 재벌이잖아. 재벌 2세가 내 앞에 있다니. 상상도 못 한 경우니까."

"재벌 2세? 웃긴다."

누구도 자기 앞에서 재벌 2세라는 말을 대놓고 하지 않았다. 속으로 그런 생각을 할지는 몰라도 직접 말한 사람은 김현이 처음이었다.

"나가면 잘 부탁해."

"야! 또 거짓말이잖아."

"아무래도 여기 있는 동안 거짓말 잘하는 방법을 수련해야겠다. 네가 날 가르치면 되겠다."

"뭐?"

안진후는 어이가 없었다.

"재벌 2세라면 능청스럽게 거짓말은 잘할 거 아니야?"

"그래, 난 재벌 2세다. 넌 뭐냐?"

"나?"

"그래, 너!"

"난 그냥 나야."

김현은 지난 4년 동안 어떻게 지냈는지 말하고 싶었지만 창피해서 도저히 입을 열 수가 없었다.

상대는 재벌 2세에다가 볼수록 똑똑한 사람이었다. 그런 이야기 자체를 이해 못 할 가능성이 높다.

"쳇."

삐친 안진후.

김현은 기름기가 흐르는 영양 다리 고기를 안진후 앞으로 가져갔다. 고기를 본, 거기서 풍기는 향에 취한 안진후는 자신도 모르게 손을 내밀었다.

"많이 먹어."

"……애 취급하는 거냐?"

"설마."

모닥불 옆으로 돌아온 김현은 뗀석기에서 간석기로 진화한 돌칼로 영양의 옆구리 살을 발라서 입에 넣었다. 허브 특유의 맛과 향이 배어 있어서 그런지 고기의 풍미도 살아난 느낌이었다.

라드에게 영양의 뼈를 던져 준 김현은 수련을 시작했다.

잠시 후, 안진후가 다가와 김현 옆에서 마보 자세를 취했다.

안진후는 동굴 벽에 가로선을 그어 '바를 정'을 완성했다.

정 하나가 닷새를 뜻했다. 벽에 새겨진 정은 모두 합쳐서 열다섯 개, 그러니까 디월드 뎁스 파이브에 갇힌 지 일흔닷새나 지났다는 뜻이다.

고개를 돌려 동굴 입구를 쳐다보았다. 두 개의 말뚝 사이에 나무껍질로 만든 밧줄이 걸려 있고, 그 줄에 물고기와 얼룩말 다리가 걸려 있었다. 파리 떼가 달려들었는데, 옆에 있던 라드가 가끔 손을 흔들어 파리를 쫓아냈다.

김현은 동굴 그늘에서 마보 수련을 하는 중이었다.

동굴 밖으로 나간 안진후는 하늘을 올려다보았다. 이곳에는 태양도 두 개였다.

"빌어먹을."

하늘만 보면 작은형에게 욕을 퍼붓고 싶어진다. 이 생고생은 모두 그 새끼 때문이다. 무식하면 용감하다더니, 딱 그 꼴이었다.

하늘은 화창했다. 그래서 더 기분이 나빴다.

"계속 여기 있을 거야?"

"아니면?"

김현이 자세를 유지한 채 되물었다.

"디월드가 어떻게 생겨 먹었는지 알아야겠어. 가능하면

엉망으로 만들고 싶거든."

"음, 좋아. 음식과 물을 챙겨서 내일 떠나자."

안진후는 김현 앞으로 걸어갔다. 그 앞에 쭈그리고 앉아 김현을 올려다보았다.

"너, 되게 끈질기다."

"그냥 하는 거야."

"뭘 해도 넌 성공했겠다. 공부도 잘했지? 전교 1등을 한 번도 놓치지 않은, 그런 우등생 아니야?"

김현에게서는 아무런 대답도 돌아오지 않았다. 오히려 불편해하는 분위기가 느껴졌다.

뻘쭘해진 안진후는 풀을 푹신하게 깔아서 만든 임시 침대로 가서 누웠다. 심심해서 미칠 것 같았다. 가끔 김현 옆에서 마보 수련을 했지만, 김현처럼 끈질기게 하루도 빼놓지 않고 할 수는 없었다.

벽에 세워 둔 돌도끼가 눈에 띄었다.

안진후는 슬금슬금 그쪽으로 가서 돌도끼를 살폈다. 동물의 힘줄을 말아서 꼰 줄로 석기와 나무 자루를 단단히 고정시켰지만, 개선할 부분은 남아 있었다. 줄을 풀어서 석기의 위치를 옮겼다. 훨씬 쥐기도 편하고, 던질 때는 더 강하게 박힐 것이다.

한번 보면 웬만해서는 잊지 않는 안진후는 동굴 주위를 돌아다니면서 다양한 종류의 돌을 구해 왔다. 모닥불 근처에

앉아 뚝딱뚝딱 화살촉, 돌낫, 돌삽, 창 촉 등 여러 가지 용도의 석기를 만들었다. 꽤 재미있었다. 시간 가는 줄 모를 정도였다.

제대로 된 활을 만들고 싶은데, 재료가 마음에 들지 않았다. 뼈는 탄성이 부족했다. 이 근처에서 구할 수 있는 나무는 쉽게 구부러지거나 부러졌다.

그런 안진후 앞으로 김현이 물소의 뿔을 가져왔다.

"활 만드는 거지?"

"……어."

"각궁 한번 만들어 봐."

"각궁?"

"예로부터 우리 민족은 활로 유명했잖아. 물소 뿔로 만드는 각궁은 그중에서도 최고였대."

"그래?"

'최고'라는 말이 안진후를 자극했다.

그날부터 안진후는 최고의 활을 직접 만들겠다는 목표를 향해 맹렬하게 질주하기 시작했다.

협곡의 끝에 이르렀다.

김현은 입을 벌렸다. 할 말을 잃었다. 저 아래에 펼쳐진 풍경 때문이었다.

아마존처럼 거대한 강이 밀림을 한 마리 뱀처럼 흘러가고 있었다. 그제야 지금까지 지낸 곳이 평평한 고원지대였다는 사실을 깨달았다.

“저, 저길 봐.”

안진후가 손가락으로 밀림 상공을 가리켰다.

“……설마.”

“이쪽으로 오는데.”

“피해!”

다가올수록 커지는 몸집을 본 김현이 라드를 데리고 바위 뒤쪽으로 숨었다. 안진후도 서둘러 몸을 숨겼다.

잠시 후, 거대한 그림자가 그들을 덮으며 지나갔다. 한쪽 날개 길이만 5미터에 달하는 거대한 괴물이었다. 와이번을 닮았지만 오히려 익룡에 가까운 외양이었다.

그 괴물은 다시 밀림으로 날아갔다.

밖으로 나온 김현은 밀림과 뒤쪽 초원을 번갈아 바라보았다. 지내기 편한 곳은 당연히 초원이었다. 강에는 물고기가 풍부했고, 초원에는 사냥거리도 충분했다. 라드가 곁에 있으니 사자 같은 맹수도 전혀 두렵지 않았다.

그러나 호기심을 자아내는 곳은 저 아래 밀림이었다. 조금 전 본 익룡 같은 몬스터가 우글거리는 세계가 지평선 너머까지 펼쳐져 있었다.

안전을 추구한다면 게이머가 아니다.

김현은 안진후를 쳐다봤다.

“가자.”

“당연하지.”

두 사람은 가파른 절벽을 내려가기 시작했다.

내가 하지

안진후는 팔베개를 하고 누워서 구름이 흘러가는 하늘을 바라보고 있었다. 커다란 새를 잡으려고 쫓아가는 익룡 뒤를 그보다 훨씬 큰 익룡이 쫓고 있었다. 이곳 밀림의 삶은 그야말로 먹고 먹히는 약육강식의 세계여서, 팍팍하기 이를 데 없었다.

처음 한 달 동안은 밥 먹듯이 죽었다. 밀림에는 익룡뿐 아니라 공룡을 닮은 몬스터가 득시글거렸다. 안진후는 티라노사우루스를 닮아서 티라노사우루스라고 이름 붙인 그 몬스터에게 쫓기다가 나무 위로 올라갔지만 놈의 꼬리가 나무를 한 방에 무너뜨리는 바람에 먹히고 말았다. 김현도 몇 번이나 죽었다가 살아났다.

"안진후!"

저 밑에서 소리가 들렸다.

안진후는 몸을 굴려 지상에서 50미터 높이나 되는 오두막 가장자리로 가서 아래를 내려다보았다.

김현이었다. 그 옆에는 라드가 운 나쁜 동물의 두개골을 핥고 있었다.

"왜?"

"내려와."

"싫다."

밀림의 바닥은 축축할 뿐 아니라 각종 벌레, 특히 모기로 들끓었다. 50미터 상공은 에어컨을 틀어 놓은 것처럼 상쾌했다.

김현은 말없이 돌도끼를 꺼내어 오두막을 지탱하는 나무의 밑동을 때리기 시작했다. 내려오지 않으면 무너뜨리겠다는 의지의 행동이었다.

라드는 두개골을 놓아두고 주인처럼 그 나무를 두 발로 때렸다. 지난달에 버티다가 진짜로 나무가 쓰러지는 바람에 오두막과 함께 추락한 적이 있었다.

"알았어."

안진후는 밧줄을 두 손으로 꽉 잡고 발로 한 번 꼬아서 속도를 조절하며 50미터를 내려갔다. 하강은 쉽다. 올라갈 때가 고역이다. 안진후는 저 오두막으로 올라가다가 발을 헛디

며 세 번이나 죽었다.

지나치게 빨라서 앞으로 고꾸라진 안진후가 몸을 일으켰다.

"뭔데?"

"따라와. 기가 막힌 걸 발견했어."

김현은 이미 달리고 있었다. 라드가 포효하며 뒤를 쫓았다.

그 뒤를 따라가던 안진후는 약간 불안했다. 김현에게 기가 막힌 것이라고 해도 안진후 자신에게도 같은 의미는 아니었다. 티라노사우루스에게 먹힌 이유도 기가 막힌 걸 발견했다는 김현을 따라갔기 때문이었다.

이번에는 진짜였다.

어른 몸통처럼 굵은 덩굴이 똬리를 틀며 거목을 타고 올라가는데, 그 아래에 문이 있었다. 정확히 직육면체의 돌을 깎아 제대로 쌓아서 만든 문이었다.

"어때?"

"……던전 입구지?"

안진후는 깜짝 놀랐다. 초원 지대에서도, 이곳 밀림에서도 인공 건축물은 처음 본 셈이다.

"맞아."

"저 안에 뭐가 있을까?"

"들어가 보자."

"지금?"

"준비를 갖춰서."

"기름이나 밧줄, 약초 따위는 모두 오두막에 있잖아."

"가져와."

"……내가? 왜?"

"던전 입구를 내가 발견했으니까."

김현은 똑똑한 안진후조차 반박할 수 없는 이유를 댔다.

"이럴 거면 왜 내려오라고 한 거야? 아예 아래에서 말을 하면 됐잖아."

"아, 그건 그러네."

"좀, 생각 좀 해라."

안진후는 투덜거리며 오두막이 있는 곳으로 향했다.

홀로 남은 김현은 마보 자세를 잡았다.

마보 수련을 시작한 지 6개월이 지나자 몸에 희미한 변화가 생겼다. 여전히 '시작도 없고 끝도 없는 것'이 무엇인지 알 수 없지만, 마보 수련이 조금씩 편해졌다. 심지어 그 자세를 취한 채로 생각도 할 수 있었다.

안진후가 짐승 가죽으로 만든 가방을 메고 걸어왔다. 자세를 푼 김현은 횃불을 붙여 던전 안으로 들어섰다. 김현이 선두, 안진후가 중간, 라드가 후위를 맡았다.

바깥은 덥고 축축한데 던전 내부는 서늘하고 건조했다. 땅바닥은 바싹 말라 있어서 발바닥에 보드라운 흙먼지가 묻었다. 신발은 닳아서 떨어진 지 오래였다. 이곳 밀림에서는 맨

발이 편할 때가 많았다.

안진후는 고심해서 만든 활 3호 시위에 화살을 메겼다. 각궁은 아니었다. 대나무와 비슷한 형태의 나무를 쪼갠 후 불에 달구어 굽혀서 만든 활이었다.

직접 활을 만들기 전까지는 각궁 따위 하루 이틀이면 뚝딱 완성할 수 있으리라 확신했다. 해 보니, 복합궁인 각궁은 엄두도 내지 못했다. 만드는 방법을 알아도 적당한 재료를 찾기도 어렵고, 미묘한 제작 과정을 따라갈 자신도 없었다.

안진후는 간단한 형태부터 시작해서 조금씩 활과 화살을 업그레이드하고 있었다. 활 1호는 사정거리가 10미터에 불과했다. 활 3호는 30미터 범위의 동물을 맞힐 수 있고, 위력도 훨씬 강했다.

각궁을 완성한다면 무려 1킬로미터 이상의 사냥감도 잡을 수 있겠지만, 아직은 흐릿한 목표에 불과했다.

김현은 뼈도끼를 들고 있었다. 돌보다 단단한 대형 몬스터의 뼈를 이용한 도끼였다. 자루도 날도 모두 몬스터의 뼈로 이루어진 그 도끼는 던지기도 쉽고, 가벼워서 휘두르기도 좋았다.

던전은 갈림길이 꽤 많았다. 한번 길을 잃으면 영영 나올 수 없는 미로의 분위기가 느껴졌다.

"크레타 미궁 같다."

안진후가 속삭였다.

"크레타 미궁?"

"그리스신화에 나오는 거 있잖아. 미노타우로스를 가두기 위해 만든 미로 말이야."

김현은 아무 말도 하지 않았다.

안진후는 고개를 흔들었다. 반년 가까이 함께 있다 보니 사람의 장점은 물론 단점까지 알 수 있었다. 김현의 적응력은 단연 최고였으나, 몇 가지 점은 고치라고 조언해 주고 싶을 만큼 문제였다.

그중 하나가 상식이었다. 정상적으로 학교를 다녔다면 자연스럽게 알아야 하는 이야기를 건네면 김현은 입을 다물었다. 안진후는 대체 왜 그러는지 이해할 수 없었다.

학교에 대한 언급도 마찬가지였지만, 안진후 자신도 학교에 대해 좋은 기억이 없기 때문에 큰 문제가 되지는 않았다.

"뭔가 있다."

앞서 걷던 김현이 멈췄다.

안진후는 시위를 당겨 언제든지 화살을 쏠 준비를 했다.

횃불이 뿌리는 빛의 범위 밖에서 무언가가 꿈틀거리고 있었다. 김현이 두 걸음 앞으로 나가며 횃불을 내밀자, 빛이 그것을 비추었다.

"……슬라임이야."

안진후가 말했다.

"죽이는 방법은?"

"일반적으로는 불로 태우거나 냉기로 얼려야 해. 내부에 핵이 있는데, 그걸 찔러도 되고."

"화살로도 가능할까?"

김현은 어느새 4미터 앞까지 다가온 암녹색의 슬라임을 보며 물었다.

"해 보지 뭐."

안진후는 꿈틀거리는 젤리 형태의 슬라임 내부의 핵을 향해 화살을 쏘았다. 공기를 가르며 날아간 화살은 정확히 원하는 곳에 박혔으나, 손가락 한 마디 정도 파고들었을 뿐이다. 핵에 닿으려면 적어도 50센티미터 깊이로 박혀야 했다.

공격을 받은 슬라임이 갑자기 달려들었다.

김현은 뼈도끼를 맹부단월의 초식으로 휘둘렀다. 슬라임이 둘로 갈라졌으나 곧 하나로 합쳐졌다. 아래로 빠르게 접근하는 슬라임은 비어초목으로 막아 냈다. 그러나 벽과 천장을 타고 오는 슬라임을 놓치고 말았다.

뒤에 있던 라드가 앞으로 달려 나와 그 슬라임을 앞발로 쳐 냈다. 발톱에 찢긴 슬라임은 뒤쪽의 본체로 물러났다.

"오두막까지 혼자 돌아갈 수 있지?"

김현이 물었다.

"어쩌려고?"

"해 보고 싶은 게 있어서. 실패하면 죽을 거야."

김현은 뼈도끼를 꽉 쥐며 말했다.

"……알았어."

안진후는 또 사흘 동안 혼자 지내야 한다는 사실에 한숨을 내쉬었다.

한 사람만 죽으면 사흘 후에 그 사람 옆에서 부활한다. 그러나 두 사람이 같이 죽으면 디월드 어딘가에서 함께 부활한다. 처음부터 다시 적응해야 한다는 뜻이었다.

밀림에 들어선 지 닷새 만에 그런 일이 벌어졌다. 두 사람은 끝없이 펼쳐진 모래사막에서 되살아났다. 생존은 불가능한 곳이었다. 상의 끝에 같이 죽음을 택했다.

다음 장소는 눈보라 치는 빙판이었다. 사방은 은색의 설원으로 지평선까지 온통 눈으로 덮여 있었다. 두 사람은 어떻게든 방법을 찾아내려 했지만, 곧 얼어서 죽고 말았다.

이곳 디월드에서의 죽음은 페플에서의 죽음과 느낌이 달랐다. 진짜로 죽는 기분이었다. 고통 때문이 아니라, 살고자 하는 의욕을 갉아먹는 효과가 있었다.

김현도 안진후도, 누군가 뎁스 파이브 세계의 문제를 발견할 때까지 계속 죽으면서 시간을 보내고 싶은 유혹을 느꼈다. 힘겹게 사는 것보다 손쉽게 죽는 편이 간단해 보였던 것이다.

그러나 둘 다 그 갈망을 입에 올리지 않았다. 둘 다 한번 포기하면 얼마나 큰 대가를 치러야 하는지 잘 알았기 때문이다.

김현은 스스로 방에 갇힘으로써 4년이라는 시간을 잃었

다. 과거의 기억도 사라졌다. 엄마가 4년 동안 지옥에서 살게 만들었다.

안진후는 정상적인 교육을 거부함으로써 친구 하나 없는, 혼자만의 사춘기를 보내야 했다. 고민을 나눌 상대도 없고, 가족에게는 끈기가 없다는 비난을 들어야 했으며, 스스로도 중요한 무엇인가를 잃어버린 느낌에 혼란을 겪어야 했다.

그 때문에 둘은 이곳이 진짜 세계가 아니며 이곳에서의 죽음은 진짜 죽음이 아님을 잘 알았지만, 기를 쓰고 죽지 않으려고 노력했다. 불가피하게 죽더라도 둘 중 하나는 이곳에서 살아남기를, 그래서 부활할 때까지 이곳에서 생존하기를 서로에게 원했다.

안진후가 뒤로 물러서자 김현은 횃불을 건넸다.

"웬만하면 죽지 마라."

"그러고 싶다."

그렇게 말한 김현은 웃으며 슬라임 앞으로 달렸다. 몸을 공중으로 띄운 김현은 뼈도끼를 들어 올렸다. 뼈도끼로 슬라임을 내리치는 동시에 발로 땅을 굴렀다.

탕.

뼈도끼는 수라부월공 네 번째 초식 동령고송의 위력을 담아낼 만큼 견고하지 않았다. 슬라임 내부로 파고들었지만 곧 부서지면서 산산조각이 났다. 각각의 조각은 슬라임을 찢으며 사방으로 흩어졌지만 핵은 아직 살아 있었다.

슬라임이 다시 붙으려 하는 찰나, 화살 하나가 날아와 두꺼운 외피가 벗겨진 탓에 노출된 핵에 박혔다.

핵에 금이 가며 쪼개졌다.

슬라임은 부르르 경련을 일으키더니 축 늘어졌고, 곧 끈적끈적한 액체가 되었다.

김현은 몸을 돌려 안진후를 쳐다봤다. 활을 쥔 안진후가 숨을 몰아쉬고 있었다. 김현은 엄지를 들어 올렸다.

"명중이었어."

"내가 좀 쏘잖아."

두 사람은 동시에 웃었다.

김현은 그 액체를 작대기로 건드려 봤다. 아교처럼 굉장히 끈적거렸다. 각궁을 완성하려면 민어의 부레로 만든 풀이 필요하다는데, 이 액체라면 그 대신 사용할 수 있을 것 같았다. 그 이야기를 했더니, 안진후가 당장 와서 액체를 살폈다.

"음, 괜찮을 것 같다."

안진후는 그 액체를 조그만 가죽 주머니에 담았다. 아직은 경험도 실력도 부족하지만 언젠가 제대로 된 각궁을 만들기 위해서였다.

몸을 일으키던 그는 바닥에 난 발자국과 거기서 뻗어 나간 금을 발견했다. 바로 김현이 슬라임을 공격한 흔적이었다.

안진후는 그 옆에서 발을 굴렀다. 김현의 발자국은 깊고 뚜렷해서 화석 같지만, 자신이 낸 발자국은 얕게 쌓인 눈에 난

발자국 같았다. 손으로 만져 보니 땅바닥은 돌이라고 해도 될 만큼 딱딱했다. 이런 곳에 저토록 깊은 발자국을 내다니.

보는 사람이 질리도록 꾸준히 행한 마보 수련 때문일까?

김현은 가죽 장갑을 끼고 쪼개진 핵을 꺼냈다. 당구공 크기로 빨간색이었다. 어떻게 해야 할지 몰라 안진후를 불렀다.

"일단 가지고 나가자."

안진후가 내린 결론이었다.

두 사람은 1차 탐험을 끝내고 던전 밖으로 나갔다.

오두막으로 올라온 둘은 서로를 쳐다보았다. 두 사람 앞에는 던전에서 죽인 슬라임의 핵이 놓여 있었다.

"내 차례야."

김현이 깨끗이 물로 씻은 반쪽의 핵을 집어 들었다. 두 사람은 처음 보는 몬스터의 몸에서 나온 핵, 또는 내단은 번갈아 가면서 맛을 보기로 룰을 정해 놓았다.

"행운을 빈다."

"휴우."

김현은 핵을 입에 넣고 오물거렸다. 내단이라고 해도 될 그 붉은 덩어리는 입안에서 사르르 녹아 목구멍 너머로 사라졌다.

"윽!"

목을 손으로 감싼 김현이 옆으로 쓰러졌다. 곧 몸에서 경련이 일어났다.

"왜 그래?"

벌떡 일어선 안진후.

"우와, 진짜 맛있다. 너도 먹어 봐. 눈이 맑아지는 기분이야."

장난을 친 김현이 웃으며 나머지 반쪽을 안진후에게 내밀었다.

"……걱정했잖아."

안진후는 그 핵을 입에 넣었다. 김현의 말대로 정신이 번쩍 들 만큼 시원하고 달콤했다.

안진후가 두려워하는 건 홀로 남겨지는 상황이었다.

사흘 동안 혼자 있어야 한다는 생각만으로도 가슴 안이 서늘해졌다.

슬라임의 내단 덕분에 생명력은 100%로 차올랐다. 맛도 좋고 몸에도 좋다는 뜻이었다.

두 사람은 팔베개를 하고 하늘을 바라보았다. 노을이 진 하늘로 어둠이 몰려들고 있었다.

"나, 중학교 1학년 때 학교를 관뒀어."

안진후였다.

"……뭐?"

깜짝 놀라서 몸을 일으켜 안진후를 내려다보는 김현.

그 태도는 평소 김현이 보여 주던 스타일과는 너무 달랐다. 안진후는 김현 역시 자신처럼 학교를 그만두었다는 사실을 깨달았다.

"너도, 그런 거야?"

"이거 참."

김현은 고개를 흔들며 누웠다. 4년 만에 페플로 접속해서 친해진 진짜 사람이 저 녀석인데, 안진후도 중학교 1학년 때 학교를 나왔다니. 이런 우연이 다 있을까 싶었다.

"난 월반으로 몇 년을 건너뛰는 바람에 도저히 같은 반 녀석들과 어울릴 수가 없었어. 날 꼬맹이 취급했거든. 심심하면 때리기도 하고. 넌 왜 그만둔 거야?"

"……기억이 안 나."

안진후의 진실을 들었기 때문에 김현도 솔직하게 말했다.

"기억이 안 나? 말하기 싫은 게 아니고?"

안진후는 항상 자기가 먼저 개인적인 이야기를 꺼냈기 때문에 그 부분에 불만이 컸다. 김현은 같이 있으면 재미있고 신뢰할 만한 친구지만 속을 알 수 없는 사람이기도 했다.

"최근에 듣기로는 나 때문에 사람이 죽었대."

"뭐?"

안진후는 깜짝 놀라 상체를 일으켜 누워 있는 김현을 바라보았다. 기억이 안 난다는 말은 진실이었다.

"정말 떠오르는 게 없어. 하지만 사실일 가능성이 높아. 그때 일로 난 4년을 방 안에 갇혀 지냈거든. 나 스스로 방에 갇힌 거야. 나 때문에 엄마가 무지무지 고생하셨어."

평생 누구에게도 말하지 않을 것 같았던 이야기를 털어놓자, 김현은 어깨가 가벼워지는 느낌을 받았다.

안진후는 아무 말도 할 수 없었다. 자기가 죽었을 때 왜 김현은 사흘 동안 혼자 지내면서도 전혀 외로워하지 않았는지, 그 이유를 이제 알 것 같았다. 4년을 혼자 방에 처박혀 지냈으니 사흘쯤은 아무것도 아닐 테니까.

"한심하지?"

김현이 쓴웃음을 지었다.

"전혀. 그만큼 충격을 받았던 거야."

"내가 그런 이야기를 한 적이 있잖아, 이곳 디월드 뎁스 파이브에서의 시간이 내겐 기회 같다고."

"기억나."

"진심이었어. 지금도 그렇게 생각하고. 난 다른 사람들이 열심히 살 동안, 4년을 잃어버렸어. 아니, 잃은 게 아니라 내가 던져 버렸어. 그래서 난 이 시간을 허투루 보내고 싶지 않은 거야."

안진후는 김현이 어떤 사람인지 이제야 알 것 같았다. 왜 그런 성향을 가지고 있는지, 어떻게 그토록 차분할 수 있는지, 어떻게 그리 빨리 적응할 수 있는지 도저히 이해 못 했는

데, 과거 이야기는 퍼즐을 완성시키는 중요한 조각이었던 것이다.

유유상종.

안진후는 그 말을 떠올리며 빙긋 웃었다. 김현과 친해진 이유는 닮아서였다. 공감할 수 있는 지점을 두 사람이 가지고 있어서였다.

“아, 그래서 크레타 미궁이 무엇인지 몰랐구나.”

안진후는 일부러 장난기를 담아서 말했다. 그래야 분위기가 지나치게 무거워지지 않을 것 같았다.

“미노타우로스가 무엇인지는 안다.”

“만화책에서 봤겠지.”

“……맞아.”

김현은 허를 찔렸다.

“인수분해는 할 줄 알아?”

안진후의 기습적인 질문에 김현은 아무 말도 안 했다. 모른다는 뜻이었다.

“인수분해가 무엇인지는 알지?”

이번에도 김현의 반응은 같았다.

안진후는 낄낄 웃어 댔다.

슬며시 몸을 일으킨 김현이 라드를 불러냈다. 그 커다란 덩치가 오두막에 나타나자 균형을 잃고 흔들렸다. 라드는 김현의 명령을 받아 안진후 앞으로 다가섰다.

"야, 농담이야, 농담."

"나도 농담이야."

김현은 웃으며 라드를 돌려보냈다.

두 사람은 배가 아프도록 웃어 댔다. 그냥 웃음이 나왔다.

둘 다 무거운 짐을 말없이 지고 지금까지 살아오다가 처음으로 그 짐을 내려놓을 상대를 만난 것이다. 같은 짐을 져 왔기에 굳이 많은 설명으로 자기의 마음과 생각을 알릴 필요도 없었다.

"좋은 아이디어가 생각났어."

안진후였다.

"뭔데?"

"넌 내게 수라부월공을 가르치는 거야. 대신에 난 네게 공부를 가르치고."

"……뭐?"

김현은 그 제안을 생각조차 해 보지 않았다.

"웬만한 교사보다는 내가 나을 거야. 원한다면 중학교, 고등학교는 물론 대학교 과정도 알려 줄 수 있어. 낮에는 네게 무공을 배우고, 밤에는 내가 널 가르치는 거지. 그러면 디월드 밖으로 나가는 데 오랜 시간이 걸린다고 해도 전혀 지루하지 않을 뿐 아니라, 서로에게 도움이 되지 않을까?"

"수라부월공은 안 돼."

"왜?"

"겔란드 대사형의 무공이니까. 대사형의 허락도 없이 마음대로 가르쳐 줄 수는 없어. 대신, 다른 걸 알려 줄게."

"다른 것? 뭐?"

"이런 것."

김현은 오두막의 바닥을 이루는 나무를 손으로 잡고 눈을 감았다. 잠시 후, 그 잘린 나무에서 가지가 나오고 잎이 달렸으며 꽃이 피었다. 불과 5분 남짓한 시간 동안에 일어난 변화였다.

"……마법이잖아!"

"마법은 아니야. 아무튼, 이걸 알려 줄게. 어때?"

"나야 땡큐지."

안진후는 박수를 치며 좋아했다.

소문난 일식집에 가서 초밥으로 저녁을 먹고 디룸 식스로 돌아온 손지철은 깜빡거리는 붉은 빛을 보고는 처음엔 헛것이라고 생각했다. 손등으로 눈을 거칠게 비빈 후에야 실제 상황이라는 사실을 깨달은 그는 문제가 생긴 구역을 확인했다.

"……뎁스 파이브?"

신음을 흘린 손지철은 오류인지 확인했다. 절차대로 차근차근 살핀 그는 소매로 이마의 땀을 닦았다.

고민을 거듭했지만 방법은 하나뿐이었다. 그는 급히 전화를 걸었다. 이 문제를 해결할 수 있는 유일한 사람이 이곳으로 당장 와야 할 만큼 중대한 사고였다.

다행히 안택현 이사가 곧 전화를 받았다.

"손지철입니다. 사고가 났습니다."

–사고?

"뎁스 파이브에 게이머 두 명이 들어갔습니다."

–말도 안 돼. 손 팀장, 당신이 착각한 거야. 뎁스 파이브는 이론으로만 가능한 세계야. 작업은 진행했지만, 실제로 구현되었는지 아직 확인도 거치지 않았다고.

"저도 그랬으면 좋겠습니다."

–알았어. 당장 가지.

안택현이 오는 동안, 손지철은 오류 가능성을 염두에 두고 다시 한 번 디월드 시스템을 체크하기 시작했다. 확인할수록, 깊이 파고들어 살펴볼수록 오류는 아니었다. 깜빡이는 두 개의 점은 뎁스 원에 접속한 테스트 요원들과 유사한 데이터를 쏟아 내고 있었다.

기본 설정이 뎁스 제로인 페플에서의 시간은 현실과 같다. 페플의 하루는 곧 현실의 하루인 것이다. 뎁스 원에서 시간은 두 배로 늘어난다. 현실의 하루가 페플에서는 이틀이 되는 것이다.

뎁스 투는 나흘, 뎁스 스리는 여드레였다.

이론의 영역인 뎁스 포는 현실의 하루가 무려 백 일이었고, 뎁스 파이브에서는 백 년이었다.

현재 테스트는 뎁스 원을 거쳐 뎁스 투가 진행 중이었다.

"뎁스 파이브에서의 하루는 백 년이야. 그러면 한 시간은 대략 4년이지. 누가 어떻게 기어들어 갔는지 몰라도, 그렇게 오랫동안 접속도 끊지 못하고 디월드에 있게 되면…… 미쳐 버릴 거야."

손지철은 뎁스 투에 테스터로 나섰다가 호되게 당한 경험이 있었다. 하루를 나흘처럼 사용할 수 있어서 처음에는 오히려 좋아했지만, 몸이 느끼는 시간과의 괴리 때문에 그 후유증이 만만치 않았다. 커넥터에서 나온 이후 계속 편두통에 시달렸고, 음식물 섭취에도 장애가 생겼다. 무엇보다 현실감각에 문제가 생겨, 며칠 입원으로 안정을 취해야 했다.

"개발 중인 디월드를 허락도 받지 않고 페플과 붙여서 연동했다는 사실이 알려지면, 난 모가지야. 이사님은 든든한 빽이 있으니 무사할 테지만."

발을 동동 구르던 손지철은 디월드 룸으로 들어오기 위해 보안 시스템을 통과하는 안택현을 발견했다.

"이사님."

"확인은 했겠지?"

"보십시오."

손지철은 옆으로 빠졌다.

키보드를 두드려 직접 만든 툴로 상황을 판단하던 안택현의 눈빛이 흔들렸다.

"어떻게 할까요?"

"시간이 얼마나 지났지?"

"15분가량 지났습니다. 뎁스 파이브에서는…… 1년이 흘렀을 겁니다."

"음, 게이머의 신상 정보를 찾아내."

"……그렇게 하려면, 페플 경영지원부 사람들이 디월드에 문제가 생겼다는 사실을 눈치챌지도 모릅니다."

경영지원부의 실세이자 그룹 회장의 장남인 안형준이 알게 된다는 의미였다.

"그도 그렇군. 뎁스 파이브를 셧다운시킬 수는 있나?"

"……가능하지만, 그렇게 하면 디월드에 접속한 게이머가 큰 충격을 입을지도 모릅니다."

손지철은 속으로 열에 아홉은 죽는다는 말을 하려다 멈췄다. 이글이글 타오르는 안택현의 눈 때문이었다.

"내려."

안택현은 명령했다.

"하지만……."

"내가 하지."

안택현은 터미널을 띄워 명령어를 입력했다.

엔터 키만 누르면 뎁스 파이브의 디월드는 사라진다. 세계

가 붕괴되면 거기 접속한 게이머는 강제로 쫓겨난다. 그 과정에서 심각한 뇌 손상의 염려가 있지만, 안택현은 멍청한 두 명의 게이머 때문에 뎁스 시스템이 망가지거나 아예 사라지는 상황을 도저히 받아들일 수 없었다.

페플 커넥터에서 죽는 사람은 매일 수백 명에 달한다. 대부분 심장마비였다. 때로는 이유를 알 수 없는 사망도 있는데, 그 때문에 세계 곳곳에서 소송이 진행 중이었다.

그 수에 두 명이 추가된다고 해서 전체 흐름이 달라지지는 않는다. 이 죽음 또한 지루한 법정 공방에 묻히고 말 것이다.

안택현은 손지철을 쳐다봤다.

"자넨 나와 같은 배를 탄 거야."

"……네, 이사님."

그 대답을 들은 안택현이 엔터 키를 눌렀다.

—뎁스 파이브 디월드를 폐쇄합니다.

모니터에 메시지가 떴다.

"뎁스 파이브는 처음부터 존재하지 않은 거야."

"알겠습니다."

안택현이 디룸 식스를 빠져나가자, 손지철은 뒤처리를 시작했다. 뎁스 파이브와 관련된 모든 자료, 문서를 파기했던 것이다.

이근상은 다시 한 번 그 공원 주위를 돌았다. 그 일 이후 공원 근처 아파트나 주택 지역, 골목 등을 훑는 건 일종의 습관으로 자리 잡았다. 그러나 아무리 찾아도 그 녀석 김현의 그림자도 보지 못했다.

"그 새끼, 잡히기만 하면 죽여 버릴 텐데."

침을 탁 뱉는데, 할머니가 지나가며 혀를 끌끌 찼다.

"뭘 봐?"

이근상이 그 할머니를 노려보았다.

할머니는 못 본 척하며 서둘러 골목 안쪽, 가로등 빛이 닿지 않는 곳으로 사라졌다.

"대놓고는 아무 말도 못 하는 늙탱이 주제에."

언제부터인가 건드리기만 하면 폭발할 것처럼 마음이 예민했다. 왜 그렇게 되었는지는 이근상 자신도 몰랐다. 그저 자신과 비슷한 부류와 어울렸을 뿐이다.

그때, 핸드폰 벨이 울렸다.

– 왜 안 와?

"지금 가는 중이야."

– 또 거기지?

놀리는 말투였다.

"……아니야."

– 아니긴 뭐가 아니야. 너도 대단하지만 그놈도 보통 놈은 아닌 모양이다. 그렇게 홅었는데도 아직 나타나지 않은 걸 보면 말이야.

"끊어."

이근상은 공원을 끼고 도는 큰길을 건너 철물점 옆 골목으로 들어섰다. 지하로 내려가자 술 냄새가 코를 찔렀고, 록 음악이 문틈으로 비집고 나오는 중이었다.

"내일이야."

이근상을 본 백정현이 말했다.

"그 퀘스트?"

요즘 백정현은 보상이 큼직한 퀘스트에 관심이 많았다. 이근상은 자주 들었기 때문에 바로 알아맞혔다.

"절대 실패할 수 없는, 실패해서는 안 되는 퀘스트라는 건 너도 알지? 초반에 죽으면…… 진짜로 죽여 버린다."

백정현은 실실 웃었지만 이근상은 장난으로 받아들일 수 없었다. 진짜 죽이진 않겠지만 반쯤 죽일 놈이었다, 저 녀석은.

"그 원정대에 게이머도 끼어 있다면서?"

이근상이 물었다.

"약한 놈들이야."

이미 사전 조사를 끝낸 모양이었다.

이근상은 이상한 놈이라는 말을 하려다가 참았다.

라마간에서 NPC로부터 사라겐의 수부와 검제의 무공 비급을 얻어 낸 게이머 노바디가 바로 원정대의 일원이었다.

라마간 주위에 출몰하는 붉은 곰을 길들인 최초의 게이머도 바로 노바디였다.

"정확한 시간은?"

"내일 오전 7시."

"그렇게 일찍?"

"그래야 놈들도 속수무책으로 당할 테니까."

"길드원들이 제대로 모일까?"

"상금을 걸었어. 참가하면 10만 원, 중반까지 버티면 30만 원, 타임어택을 성공할 때까지 활약하면 50만 원. 한 놈도 빠지지 않고 나올걸."

백정현은 탁자에 다리를 올리며 하이네켄 병맥주를 마셨다.

이근상은 고개를 끄덕이며 옆에 있는 컴퓨터 앞에 앉았다.

솔직히 백정현 같은 새끼가 그 유명한 네임드 게이머 드래고니아라는 사실은 생각할 때마다 기분이 더러워졌다. 노력으로, 혹은 절묘한 재능으로 실력을 쌓아 올린 게 아니라 돈으로 처발랐기 때문이다. 누구든 백정현처럼 돈을 뿌린다면 드래고니아처럼 강력하고 유명한 캐릭터를 만들 수 있을 터였다.

지하실에서는 네댓 명이 술을 마시며 페플을 즐기고 있었다.

백정현이 아지트로 삼은 이곳은 적룡회 멤버만 들어올 수

있었다. 술을 마음껏 마실 수 있을 뿐 아니라 콕핏형 커넥터가 구비되어 있어서 많은 게이머들이 적룡회 멤버가 되고 싶어 했다. 게다가 이곳에는 늘씬한 여자들이 자주 놀러 왔기 때문에 인기는 높을 수밖에 없었다.

"어?"

이번 퀘스트와 관련해서 모아 놓은 정보를 살피던 이근상의 눈이 여자 엘프를 보고 커졌다.

"왜?"

백정현이 다가왔다.

"……레나세르야, 이 엘프."

"전장의 여우."

백정현은 조금도 놀라지 않았다.

"알고 있었어?"

"당연히."

"레나세르가 원정대에 있으면 타임어택은 실패할 거야. 전장의 여우는 적룡회가 다 덤벼도 한 시간 이내엔 꺾을 수 없어."

"그래서 비장의 카드를 준비했지."

"카드?"

"레나세르조차 어쩌지 못할 강자가 내일 올 거야. 레나세르는 그 사람에게 맡기면 돼."

"……그런 사람이라면 꽤 비쌀 텐데."

"내가 개인적으로 부탁한 거야."

백정현은 웃으며 대형 냉장고로 걸어갔다. 거기 술과 과일 따위가 채워져 있었다.

이근상은 모니터에 떠 있는 레나세르를 쳐다보았다. 한때 마룬타 대륙 전역으로 명성을 떨쳤던 레나세르는 갑자기 사라졌다가 최근에야 다시 나타났다.

이번 퀘스트, 왠지 느낌이 좋지 않았다. 그래도 백정현에게 말할 수는 없다. 괜히 입을 열었다가 혹시 퀘스트가 실패하면 불똥이 자신에게 튈 것이다. 잠자코 있는 게 지혜롭다.

이근상은 컴퓨터를 끄고 빈 커넥터로 걸어갔다.

—뎁스 파이브 디월드의 폐쇄가 취소되었습니다.

손지철은 그 메시지를 믿을 수가 없었다. 안택현처럼 명령어를 입력하고 실행했지만 결과는 마찬가지였다.

실험적인 프로젝트에서 제일 중요한 부분 중 하나는 폐쇄할 필요가 있을 때 언제든지 삭제가 가능해야 한다는 점이었다.

분명히 폐쇄 명령에는 문제가 없었다. 뎁스 파이브 디월드 자체에 문제가 생긴 것이다.

손지철은 시계를 보았다. 한 시간이 넘었다. 뎁스 파이브에 접속한 게이머들은 이미 거기서 4년이라는 세월을 보낸 것이다. 그들이 제정신을 유지할 가능성은 거의 없었다.

접속 해제가 불가능하다는 사실을 아는 순간, 다수의 게이머는 폐소공포증 비슷한 심리 현상을 일으킨다. 페플에서 영원히 빠져나가지 못한다는 가상의 두려움에 정신이 마비되는 것이다.

무엇보다 두 게이머는 그들이 보낸 4년이 현실로는 한 시간에 불과하다는 사실을 모를 것이다. 앞으로 얼마나 더 오랫동안 뎁스 파이브 디월드에서 버텨야 하는지 모르기에 두려움은 수십 배로 증폭되어 그들의 정신을 덮칠 터였다.

손지철은 핸드폰을 들었다.

안택현에게 알리기 위해서였다.

슬라임은 이제 손쉬운 사냥 대상이었다. 안진후가 김현의 도움을 받아서 만든 소형 화로로 철광석을 녹여 만든 도끼 덕분이었다.

진흙을 덮어서 온도를 높여야 철광석에서 순수한 철을 뽑아낼 수 있는데, 그 과정에 첨가하는 재료에 따라서 강철의 성질이 결정되었다. 안진후는 수십 번에 달하는 시행착오 끝에 슬라임을 단번에 박살 낼 만큼 단단하면서도 예리한 도끼를 만드는 데 성공했다.

복합궁으로 쏜 화살도 슬라임을 뚫고 들어가 핵을 꿰뚫었다. 슬라임이 남긴 액체와 몇 가지 탄성이 좋은 나무를 이어 붙여서 만든 그 활은 6호였다. 아직 물소의 뿔을 사용하지는 않았다.

던전 깊은 곳에 이르자 슬라임을 능가하는 몬스터가 등장했다.

거대한 뿔이 비스듬히 자라고, 고릴라처럼 듬직한 어깨에 무시무시한 이빨을 자랑하는 몬스터는 맷집이 좋았다. 김현이 수라부월공 중 위력으로 따지면 최고의 초식인 동령고송을 백 번이나 펼친 후에야 안진후가 '클루라 악투'라 이름 붙인 이 몬스터를 쓰러뜨릴 수 있었다.

자이곤과 흡사한 뱀, 라드와 닮았으나 덩치가 훨씬 큰 흑곰, 거대한 바위 같은 거미 등이 차례차례 두 사람을 기다렸다.

4년 동안 조금씩 조금씩 던전 깊숙이 내려간 두 사람은 드디어 끝에 이르렀다.

넓은 홀에서 두 사람을 기다리는 존재는…… 사람이었다. 아니, 사람 같은 몬스터였다.

"이곳까지 내려오다니, 대단해요."

새까만 날개를 펼쳐 공중으로 날아오른 그 여자가 말했다.

"조선왕조 제7대 왕은?"

안진후가 물었다.
“……그걸 꼭 지금 대답해야 할까?”
“반사적으로 대답할 수 있어야 진짜 안 거라고 했을 텐데.”
“세조.”
“군주론의 저자는?”
“마키아벨리.”
“마키아벨리가 군주론을 써서 바친 사람은?”
“……로렌초 데 메디치?”
김현은 자신이 없었다.
“오호, 맞았어.”
안진후가 손을 올리자, 김현은 날갯짓을 하며 허공에 떠 있는 여자를 바라보면서 하이파이브를 했다.
“지금 뭘 하는 거죠? 감히 날 무시하는 건가요?”
뱀파이어 파스나트가 말하자, 그 진동이 홀을 가득 채워 기이한 분위기를 만들었다.
“그럴 리가.”
김현이 말했다.
“지표에서 깊이 30킬로미터에 있는 불연속면의 이름은?”
안진후가 또 물었다.
“……모호로비치치.”
“2,900킬로미터 깊이에는?”
“구텐베르크 불연속면.”

“딩동댕. 정확해.”

두 사람은 또 하이파이브를 했다.

화가 난 파스나트는 더 이상 참지 않고 두 팔을 앞으로 뻗었다. 홀 천장에 붙어 있던 수천 마리의 흡혈박쥐가 일제히 날개를 펼치며 두 사람을 향해 돌진했다.

김현은 도끼를 앞으로 내밀며 강하게 땅을 밟았다. 쿵 소리가 나며 거기서부터 사방으로 가느다란 선이 뻗어 나갔다. 그 힘을 고스란히 위로 끌어 올린 김현은 도끼를 휘둘러 부막을 만들었다. 수라부월공의 아홉 번째 초식 불동이경을 펼친 것이다.

그 막은 완전하지 않아서 안으로 흡혈박쥐 몇 마리가 들어왔지만, 안진후의 칼질에 싹둑 잘려 바닥에 수북이 쌓였다.

“지금이야.”

김현이 속삭였다.

고개를 끄덕인 안진후가 마법을 펼쳐 방어막을 만드는 순간, 김현은 부막을 거두며 앞으로 달려 나갔다. 땅을 박차며 공중으로 뛰어오른 그는 동령고송을 펼쳐 파스나트의 가슴을 갈랐다.

기습에 당했지만 한 방에 죽을 파스나트가 아니었다.

같은 생각을 한 김현은 비어초목으로 파스나트의 날개를 잘라 냈다. 그리고 발목을 꺾어 버렸다. 아래로 떨어진 파스나트는 버둥거렸지만 톱니바퀴가 맞물리듯 돌아가는 수라부

월공의 초식 세례에 오래 버티지 못하고 죽어 버렸다.

"휴우, 생각보단 약하네."

김현이 파스나트를 바라보며 말했다.

"여기까지 내려오려고 기를 쓴 우리가 강해진 것일지도 몰라."

안진후였다.

씩 웃은 김현은 홀을 뒤졌다. 이곳 디월드는 페플처럼 완전한 게임 세계가 아니어서 던전에도 약물이 든 상자 하나 없었다. 몬스터를 죽여도 아이템을 얻지도 못했다. 그래도 몬스터의 몸에 있는 핵, 혹은 내단은 상당한 효과가 있었다.

"어?"

숨겨진 방에서 제법 큰 구슬을 찾아냈다. 타조 알만큼 컸는데, 표면에 복잡한 문양이 새겨져 있었다.

안진후가 다가왔다.

"누구 차례지?"

"너."

김현은 거대한 두꺼비의 내단을 먹었다가 사흘이나 아무 말도 못 할 만큼 고생한 기억을 떠올렸다.

"좋아."

안진후가 히죽 웃었다.

"여기서 할래, 아니면 나가서?"

"여기서 하지 뭐. 뒤로 가 있어."

그 말에 김현은 대략 10미터 정도 거리를 두고 안진후를 지켜보았다.

안진후는 맨손으로 구슬을 잡아서 들어 올렸다. 그 순간, 섬광이 안진후를 감쌌다.

안진후는 사라졌다.

"죽었나? 사흘 후에나 볼 수 있겠네."

김현은 몸을 돌려 던전 입구를 향해 걷기 시작했다.

"……사라졌습니다."

손지철은 모니터를 가리켰다. 두 개의 붉은 점 중 하나만 남아 있었다. 그게 무슨 뜻인지 잘 아는 손지철은 이를 악문 안택현을 쳐다보았다. 지금이라도 페플위원회에 알려야 하지 않을까 생각했지만 먼저 그런 이야기를 꺼낼 엄두가 나지 않았다.

"오래 버텼어."

안택현의 입가에 희미한 미소가 걸렸다. 뎁스 파이브 디월드의 존재를 증명할 수 있는 두 명 중 하나가 죽었다. 나머지 하나가 사라지는 것도 시간문제였다.

"이사님."

"할 말, 있나?"

"……아닙니다."

"자네는 나만 믿고 따라와."

"알겠습니다."

이제 와서 페플위원회 혹은 경찰에 신고할 수는 없다. 끝에 무엇이 있든 저 남자와 같이 걸어갈 수밖에 없다.

"연봉이 얼마지?"

"1억 초반입니다만."

"고과 산정을 다시 해야겠어. 그리고 나머지 하나도 사라지면, 보고하도록."

그 말을 남긴 안택현은 평소처럼 당당하게 디룸 식스를 빠져나갔다.

지하 주차장으로 내려간 그가 자동차에 타려는데, 핸드폰 벨이 울렸다. 페플 그룹 차기 회장 후보 중 서열 1위 안형준이었다.

"무슨 일이셔, 바쁘신 형님께서 친히 동생에게 전화를 다 주시고?"

– 막내가 집을 나간 건 알고 있지?

"소문을 통해 듣긴 했지."

– 아버지가 데리고 들어오라신다.

"아버지가?"

차에 타서 시동을 걸던 안택현의 눈썹 끝이 위로 올라갔다. 웬만한 일로는 자식들에게 관심을 주는 법이 없는 사내가 웬일로 셋째 녀석을 챙길까? 혹시 그 녀석을 후계자로 지목할 생각일까?

–어디 있는지는 아냐?

"윤태희 집이겠지."

–녀석을 데리고 집으로 와라.

"내가?"

–막내는 둘째가 챙겨야지.

"……뭐?"

–아버지께서 그렇게 말씀하셨다.

전화는 그대로 끊겼다.

안택현은 하마터면 핸드폰을 던져서 박살 낼 뻔했다. 그러나 곧 평소의 표정을 되찾은 그는 차를 몰고 지하 주차장을 빠져나갔다. 아버지가 원하신다면 막내를 강제로라도 끌고 집으로 가야 한다.

안택현은 질주를 시작했다.

13년

안진후는 주위를 두리번거리다가 숲 위로 둥실 떠 있는 달을 보고는 할 말을 잃었다.

"……하나야."

새까만 하늘에는 오직 하나의 달이 빛을 뿌리고 있었다.

어렴풋한 기억이 서서히 형체를 갖추었다. 안진후는 이곳이 어디인지 깨달았다. 바로 원정대 야영지였다. 엘프 예언자 셀레스카르에게서 구슬을 받았던 그곳이다.

그렇다면?

뎁스 파이브 디월드에서 빠져나온 것이다!

급히 상태 창을 열었다. 그토록 원했던 접속 해제 버튼이 살아나 있었다. 안진후는 고함을 지르며 온몸으로 기뻐했다.

그러다가 자기만 혼자 여기 서 있다는 사실을 깨달았다.

"……이런."

안진후는 급히 페플 접속을 끊었다.

커넥터 밖으로 나온 안진후는 비틀거리다가 주저앉았다. 현실 시간으로는 한 시간 남짓이지만 디월드 기준으로 본다면 4년이 넘도록 초원 지대와 밀림에서 살았다. 갑작스러운 환경 변화에 정신이 혼란을 느끼고 있었지만, 억지로 몸을 일으켰다.

김현 때문이었다.

이곳의 15분이 그곳의 1년이다.

책상 위에 올려놓은 핸드폰을 들어 작은형 안택현에게 전화를 걸려는 순간, 초인종 소리가 들렸다. 핸드폰을 손에 든 채 현관으로 걸어가는데 쾅쾅 문 두드리는 소리가 들렸다.

큰형 안형준이 찾아온 게 아닌가 생각하는데, 이번에는 맹렬하게 회전하는 드릴의 소음이 들렸다.

밖에서 자물쇠를 따고 있었다.

안진후는 문으로 가서 조그만 구멍을 통해 밖을 살폈다. 안택현이 팔짱을 끼고 서 있었다.

"쳇, 알고 왔구나."

안진후는 작은형이 뎁스 파이브 디월드에 누가 접속해 있는지 알고 이곳으로 찾아왔다고 생각했다. 그렇다면 김현의 집으로도 전문가들을 보냈을 것이다. 김현도 곧 그 지긋지긋

한 밀림에서 벗어난다는 뜻이다.

누나의 방으로 향했다. 방은 비어 있었고, 커넥터의 불빛도 꺼져 있었다. 외출한 모양이었다.

소파에 앉은 안진후는 드릴 소리를 들으며 작은형에게 전화를 걸었다. 안택현은 즉시 받았다.

– 아버지께서 찾으신다.

안택현이 말했다.

"……아버지가?"

안진후는 그 진지한 말투에 안택현이 이곳으로 온 이유가 뎁스 파이브 디월드가 아니라는 사실을 깨달았다.

– 윤태희 집에 있지? 문 부수기 전에 나와라.

"알았어."

안진후가 대답하고 5초 후, 드릴 소리가 멈췄다.

외투를 챙겨서 밖으로 나간 안진후의 뺨을 안택현이 후려쳤다.

엘리베이터가 오기를 기다리던 철물점 주인은 깜짝 놀랐지만 끼어들지 않고 오히려 못 본 척했다. 다년간의 경험으로 언제 나서야 할지, 언제 쥐 죽은 듯 조용히 있어야 하는지 잘 알았던 것이다.

안진후는 천천히 고개를 들며 작은형을 쳐다보았다. 흥분하여 소리부터 지르던 과거와는 사뭇 달랐다.

"왜 전화를 안 받은 거냐? 페플에 접속한 것도 아니던데."

안택현은 무테 안경을 콧등으로 밀어 올렸다.

화끈 달아오른 뺨도, 수치스러운 마음도 사라졌다. 안진후는 안택현이 아무것도 모른다는 사실을 확인했다. 이곳으로 온 이유는 순전히 아버지의 호출 때문이었다. 뎁스 파이브 디 월드에 두 명의 게이머가 접속해 있으며, 그중 하나가 동생이라는 사실을 알고 있다면 저런 행동은 하지 않을 테니까.

"미안."

안진후는 생글 웃었다. 그리고 뺨을 어루만지며 말을 이었다.

"그래도 너무하잖아. 하나밖에 없는 동생인데, 뺨을 때리고. 그것도 다른 사람 앞에서."

안진후는 고갯짓으로 철물점 주인을 가리켰다. 여기 가족 외에 다른 사람이 있다는 사실을 안택현에게 넌지시 알린 것이다.

"험험."

안택현은 헛기침을 했다. 흥분한 나머지 실수를 저질렀다. 사소한 일이 대업을 그르칠 수도 있음을 잊으면 안 된다.

"아, 참. 내 정신 좀 봐. 요 아래에서도 연락이 왔는데. 저는 계단으로 내려가겠습니다."

철물점 주인은 플라스틱 도구함을 들고 계단으로 내려갔다.

엘리베이터가 올라왔고, 문이 열렸다.

안택현이 먼저 탔다.

안진후는 표정 관리를 하면서 안택현 옆에 섰다.

안택현은 동생을 힐끔 살폈다. 뎁스 파이브 사건으로 신경이 예민해졌을 뿐 아니라 아버지답지 않은 호출 때문에 충동적으로 뺨을 때렸지만, 저 녀석의 반응은 평소와 달랐다. 버럭 고함을 지르며 달려들거나 논리적으로 협박을 해야 정상인데.

"디룸 일은 잘되고 있어?"

안진후가 물었다.

그 갑작스러운 질문에 안택현은 얼굴을 찡그렸다. 승인도 받지 않고 디월드와 페플 연동 실험을 하다가 사고를 낸 게 바로 오늘이었기 때문이다.

"그럭저럭."

안진후는 작은형의 얼굴, 미세한 표정까지 놓치지 않았다. 엘리베이터 벽은 스테인리스 재질이어서 거울과 비슷한 역할을 했다. 안택현은 그 사고를 알고 있었다. 뎁스 파이브 디월드에 두 명의 게이머가 접속한 상태지만 아마도 복구할 방법이 없는 모양이었다.

어릴 때부터 아버지보다, 큰형보다, 바로 위인 안택현을 무서워했다. 실제로 폭력을 가하는 사람이었기 때문이다. 안택현은 어떻게 해야 두려움을 부풀리는지 잘 알았다. 언제 어디서 주먹이 날아올지, 발길질을 해 댈지 모르게 해야 더 무섭다는 사실을 매일 몸으로 보여 주었다.

바로 옆에 그 안택현이 서 있는데도 전혀 무섭거나 불편하지 않았다. 안진후는 그 사실이 신기했다.

"효문 그룹 외동딸과는 헤어졌다면서?"

"……언제 적 이야기를 하는 거냐?"

안택현은 또 찡그렸다.

"효문 그룹은 돈도 많고, 정치권에도 연줄이 있잖아. 아깝다. 잘되면 좋았을 텐데."

안택현은 고개를 돌려 동생을 쳐다보았다. 녀석답지 않았다. 정략결혼은 허수아비나 하는 거라고 말하던 놈이었다.

"왜?"

안진후가 물었다.

"아니."

안택현은 오랜만에 봤으니 달라져도 이상할 게 없다고 생각했다.

집으로 갈 때까지 형과 동생은 한마디도 하지 않았다. 각자 생각할 게 많아서였다.

안진후는 어떻게 해야 김현을 뎁스 파이브 디월드에서 페플로, 현실로 끌어낼 수 있는지 생각하고 또 생각했다. 처음엔 당장 아버지에게 이 사실을 알려서 최대한 빨리 연구원들, 의료진을 김현의 집으로 보내야 한다고 확신했는데, 고민할수록 그 방법의 문제점이 드러났다.

아버지는 김현의 안전보다 페플의 명성을 중시할 것이다. 사고 소식이 퍼져 나가는 것을 막을 수만 있다면 무엇이든 할 사람이었다. 그런 점에서 운전을 하는 작은형은 아버지를 쏙 빼닮았다.

일단 돌아가는 상황을 알아야 한다.

"좀 더 빨리 갈 수 없어?"

안진후가 재촉했다.

"집이 싫어서 가출한 놈이 무슨."

안택현은 그렇게 말하면서도 속도를 냈다. 아버지의 불호령이 두려웠던 것이다.

지하 주차장에 차를 대고 엘리베이터에 올랐다. 1층에서 내린 두 사람 앞에 큰형 안형준이 서 있었다.

"손님이 오셨다. 어디 가지 말고 기다리는 게 좋을 거야. 유난히 저기압이시니까."

그렇게 말한 안형준은 2층으로 올라갔다. 안진후도, 안택현도 각자의 방으로 흩어졌다. 삼형제는 같이 모여 시간을 보낸 적이 거의 없었다.

안진후는 문을 잠그고 컴퓨터를 켰다. 즉시 안택현의 오른팔이라 할 수 있는 손지철의 계정으로 디룸 식스의 시스템에 접속했다. 추적이 불가능한 침입 경로를 찾기 위해 5분 정도가 필요했지만 안진후는 차갑게 가라앉은 사고력으로 45초 만에 끝냈다.

안진후가 뎁스 시스템에 대해 미리 알고 있었던 것도 손지철의 허술한 보안 관리 덕분이었다.

손지철이 읽은 보고서, 내린 명령이 시간대별로 나왔다. 안진후는 언제 손지철이 처음 사고를 인지했는지 알 수 있었고, 언제 폐쇄 명령을 내렸는지도 알아냈다.

신음이 흘러나왔다.

"시팔 새끼."

욕이 튀어나왔다.

게이머 두 명이 접속해 있는데도 뎁스 파이브 디월드 폐쇄 명령을 내리다니. 그건 곧 두 명을 죽이겠다는, 그래서 사고를 덮겠다는 뜻이었다.

손지철이 폐쇄 명령을 내릴 만한 그릇은 아니었다. 그렇다면 안택현의 결정이다!

안진후는 쓴웃음을 지었다. 비록 게이머가 동생인지 모르고 한 짓이지만, 안택현은 친동생을 죽이려 했다. 시스템이 그 명령을 수행했다면 안진후는 김현과 함께 커넥터 안에서 뇌 손상으로 죽었을 터였다.

얼음물을 뒤집어쓴 것처럼, 머리도 마음도 차갑게 가라앉았다.

노크 소리가 들렸다.

문을 열었더니 새로운 메이드가 서 있었다. 선배로부터 안진후의 악행 이야기를 들은 메이드의 얼굴은 창백했다.

"……회장님께서 부르십니다."

"알았어요."

안진후는 접속 기록을 완전히 지워 추적의 여지를 없앤 다음 1층 서재로 내려갔다. 두 형은 이미 와 있었다.

"언제까지 유치하게 살 거냐?"

이제 막 서재로 들어선 안진후를 향해 아버지 안종화가 호통을 쳤다.

"죄송합니다."

안진후는 진심이었다. 그러나 안종화를 향한 마음은 아니었다. 자기만 홀로 빠져나와 버려, 그 긴 시간을 뎁스 파이브 디월드에서 보내고 있을 김현을 향한 마음이었다. 집으로 오는 데 대략 30분이 걸렸으니, 김현은 이미 디월드에서 2년 넘게 혼자 지낸 것이다.

아버지는 막내를 쳐다보았다. 무언가 달라졌다는 사실을 발견한 아버지가 말했다.

"앉아라."

안진후는 안택현 옆에 앉았다. 아버지가 가운데, 그 오른쪽은 장남 안형준, 왼쪽은 차남 안택현 자리였다.

"너희에게 할 말이 있어서 불렀다."

아들 셋은 아버지를 바라보았다.

"음, 주위에서 다들 누구를 후계자로 삼을지 궁금해한다. 어떤 사람은 장남이 맡아야 잡음이 없다고 말을 하고, 또 어떤 사람은 능력을 우선해야 한다는 충고도 하고, 또 다른 사람은 거대 조직을 아우를 만한 그릇이 중요하다더구나."

그 말에 삼형제의 눈빛이 달라졌다. 아버지가 처음으로 후계자를 언급한 것이다.

"내 아들이라는 이유로 후계자로 삼을 마음은 없다. 세상 사람들 모두가 인정할 만한 능력과 자격을 갖추어야 페플 그룹의 정점에 설 수 있다고 나는 생각한다."

"옳으신 말씀입니다."

안택현이었다.

첫째 안형준은 끼어든 동생을 노려보았다.

아버지는 둘째를 잠시 쳐다봤다.

"해서, 너희도 인정할 만큼 공평한 테스트를 통해서 후계자를 정할 생각이다. 페플은 현재 정체 단계에 접어들었다. 가파르게 증가하던 유저의 수는 대략 12억 명 근처에서 유지될 것 같다는 게 전문가들의 예상이다. 그룹 차원의 힘을 쏟아붓는다면 20억 명도 가능하겠지만, 이제 더 이상 외형이 중요한 시기는 지났다고 본다. 그렇다면 무엇이 필요할까?"

아버지는 손가락으로 턱을 만지며 세 아들을 바라보았다.

"돌파구가 필요합니다."

첫째 안형준이었다.

"맞아, 바로 돌파구다. 정체 현상을 뚫고 새로운 성장으로 이어지게 만들 혁신이 필요한 거지. 난 너희가 그 실마리를

찾아내길 바란다. 너희 중 누구라도 페플의 새로운 성장 동력을 찾아낸다면, 그 시작의 끈을 잡아당긴다면 내 뒤를 이을 후계자로, 그러니까 그룹의 부회장으로 끌어올릴 생각이다."

아버지는 세 아들을 차례로 살폈다.

첫째와 둘째는 예상한 대로 의욕이 가득한, 무쇠라도 씹어 먹을 듯한 얼굴을 보여 주었다. 셋째는 달랐다. 페플 그룹의 후계자 자리가 걸린 이야기를 귓등으로 듣고 있었다. 마치 페플 그룹 후계자보다 더 중요한 문제가 있는 눈치였다.

"진후야."

"……네."

안진후는 김현이 혼자 잘 버티고 있을지 생각하다가 당황하며 고개를 돌려 아버지를 바라보았다.

"무슨 생각을 그리 골똘히 하느냐?"

김현 이야기를 할 수는 없다. 안진후는 현재 자신에게 무엇이 필요한지 생각하면서 입을 열었다.

"공평하지 않은 것 같아서요."

"공평하지 않다? 무엇이 말이냐?"

"큰형은 저보다 아홉 살이나 많습니다. 작은형도 저보다 일곱 살 많구요. 큰형은 페플에서 이름만 대면 모르는 사람이 없을 정도로 유명한 게이머이자 페플 전략기획부와 경영지원부를 동시에 움직일 수 있는 겸직 이사입니다. 그리고 작은형은 페플 DR부의 인정받는 책임이사잖아요. 출발점 자체가 완전히 다르니, 어떻게 공평할 수 있을까요?"

"그래서?"

아버지는 막내의 눈빛과 태도에서 묘한 기쁨을 느꼈다. 어느새 저런 말을 할 정도로 자라 있었다.

말의 내용보다 막내가 보여 주는 깊고 차분한 분위기가 더 인상적이었다. 엄마를 몰래 욕했다는 이유로 메이드를 상대로 못된 장난질을 치던 그 아이가 아니었다.

"테스트를 2년 후로 미루었으면 합니다."

"2년 후로?"

"그리고 제게 페플 그룹의 모든 정보를 들여다볼 수 있는, 어떤 사람과도 만날 수 있는, 페플위원회의 실행 계획과 자료를 검토할 수 있는 권한을 주셨으면 합니다."

"2년이면 두 형을 따라잡을 수 있겠다는 뜻이냐?"

아버지의 말에 안형준, 안택현의 눈빛이 달라졌다. 동시에 막내를 쳐다보는데, 경멸과 비난이 어려 있었다.

"최소한 노력은 해 볼 수 있다고 생각합니다. 사실은 10년 정도로 하고 싶은데, 후계자 결정은 중요한 문제니까 그렇게 오래 기다릴 수는 없다고 판단했습니다."

"음."

아버지는 고개를 끄덕이며 빙긋 웃었다. 아버지로서 막내의 의견이 대견하다고 여겼지만, 또한 회장으로서 괜찮은 인재를 발견했다는 즐거움도 한몫했다.

“너희는 어떻게 생각하느냐?”

아버지가 첫째와 둘째에게 물었다.

“……막내에게 그 정도 기회는 주어야 한다고 생각합니다.”

안형준이 울며 겨자 먹기로 말했다.

“저도 같은 생각입니다.”

안택현도 마찬가지였다. 이미 아버지가 마음을 정했으니, 안 된다고 말하면 역효과만 날 뿐이었다.

“좋다. 2년 후에 테스트를 시작하도록 하지.”

“아버지.”

안진후였다.

“왜 그러느냐?”

막내를 향한 아버지의 목소리는 부드러웠다.

“가능하다면, 지금 제게 그 권한을 주셨으면 합니다.”

“지금 당장?”

“일분일초라도 아끼고 싶어서요.”

“하하하, 알았다.”

아버지는 핸드폰을 들어 비서실장에게 전화를 걸어 자신과 같은 정보 열람 권한인 ‘프리벨리지 제로’를 발급하라고 지시했다. 그 말에 안형준, 안택현은 깜짝 놀랐다. 두 사람은 ‘프리벨리지 원’이었다. 자기들보다 동생의 정보 권한이 더 커진 셈이었다.

“불만은 품지 마라. 저렇게 열심히 하려는 동생의 마음이 얼마나 기특하냐? 너희도 보고 배워라.”

아버지는 껄껄 웃었다.

서재 밖으로 나와 2층 방으로 올라가던 안진후를 두 형이 불렀다. 안진후는 몸을 돌려 계단 아래에 서 있는 두 형을 내려다보았다. 왠지 모르게 두 형이 그리 크거나 두렵지 않았다. 어쩌면 뎁스 파이브 디월드에서 보낸 4년이라는 시간 때문인지도 몰랐다.

“제법이다.”

안형준이 말했다.

“내가 좀 나댔지? 미안해, 큰형.”

“너 뭘 잘못 먹었냐? 왜 그래, 평소 너답지 않게?”

“어떤 게 나다운 건데?”

“유치한 거.”

큰형은 웃으며 말했지만, 그 속에는 앞으로 나오지 말고 구석에 처박혀 있으라는 뜻이 숨겨져 있었다.

안진후는 태연히 받아넘겼다.

“아까 뺨을 제대로 한 대 맞아서 정신이 없어서 그런가 봐.”

그 말에 안형준은 고개를 돌려 둘째를 쳐다봤다. 안진후를 향해 사납게 인상을 쓰던 안택현은 형을 보고는 고개를 숙였다.

“네가 때렸냐?”

“버릇없게 굴어서.”

그때, 안형준의 주먹이 안택현의 명치에 박혔다. 안택현은 허리를 굽히고 주저앉았다.

"내가 손대지 말라고 했을 텐데."

안형준은 손바닥으로 안택현의 뒤통수를 때렸다.

"……알았어."

안택현은 숨을 몰아쉬며 겨우 말했다.

"싸우지 마. 아버지가 알면 큰일 나잖아. 솔직히 후계자 자리, 난 관심 없어. 2년 후라고 한 건, 놀고 싶어서야. 난 아직 성인도 아니잖아. 사실, 평범하게 학교를 다녀야 하는 고딩 나이잖아. 내가 왜 머리 아프게 그런 고민을 해야 돼? 난 그럴 생각이 조금도 없어."

안진후는 쾌활하게, 조금은 생각이 없는 듯한 얼굴로 말했다.

"왜 프리벨리지 제로를 원한 거지?"

안형준이 물었다.

"아버지가 얼마나 예리한지 큰형도 알잖아. 난 아버지가 앞으로 2년 동안은 내게서 관심을 끊어 주기를 바랐을 뿐이야. 뭔가 떡밥을 던져야 아버지도 안심할 거 아니야? 그리고 프리벨리지 제로를 달라고 말한 적은 없어. 아버지가 좀 오버하신 거지."

"음."

"요즘 난 페플에 푹 빠졌어. 의심이 생기면 페플 접속 시간을 확인해 봐. 내가 온종일 페플을 돌아다니고 있다는 사실을 알게 될 테니까. 그러니까 난 신경 쓰지 마."

안진후는 손을 흔들며 자기 방으로 들어갔다.

실실 웃고 있던 표정은 문을 잠근 순간, 사라졌다.

컴퓨터로 가서 프리벨리지 제로 권한을 확인했다. 아버지는 일 처리가 빠른 사람이어서 프리벨리지 제로 권한이 승인되어 있었다. 이제 페플 그룹 어디든 들여다볼 수 있다는 뜻이었다.

손지철의 계정을 해킹하면 손지철의 작업 범위만 알 수 있다. 해킹이 손전등으로 거대한 창고를 뒤지는 일이라면, 프리벨리지 제로는 창고 천장에 붙어 있는 수백 개의 형광등을 동시에 켜는 것이었다. 이제 무엇이든 들여다볼 수 있었다.

안진후는 당연히 디룸 시스템으로 들어갔다. 뎁스 테스트가 어떻게 이루어지는지, 뎁스 파이브 디월드가 왜 폐쇄 명령에 반응하지 않았는지 최대한 빨리 알아내야 했다.

한 시간은 4년이다.

아버지에게 말한 것처럼, 일분일초도 아껴야 한다.

김현은 발을 한 걸음 내디디며 땅을 밟았다. 단단한 바위가 푹 들어가며 주위의 흙먼지가 사방으로 퍼져 나가 황색의

돌풍에 나뭇잎들이 우수수 떨어졌다.

땅에서 돌아오는 반탄력은 몸으로 타고 올라왔다. 그 힘을 고스란히 이용하여 도끼를 휘둘렀다.

맹부단월이었다.

도끼에서 뻗어 나온 백색의 기운이 돌담을 반으로 가르고도 기세가 줄지 않아 그 너머 전봇대에 박혔다. 아래가 부서진 전봇대는 서서히 기울어 뒤에 있는 집을 덮쳤다. 집이 부서지면서 지붕에 쌓여 있던 먼지가 공중으로 솟구쳤다.

김현은 돌담 위에 서서 전봇대가 일으킨 참상을 바라보았다. 라드는 앞발을 돌담 위에 올리고 그 너머를 쳐다보고 있었다.

“어때?”

김현이 물었다.

라드는 눈을 끔벅끔벅했다.

“죽이지?”

그 말에 라드는 근처 전봇대로 가더니 앞발을 휘둘렀다. 전봇대가 흔들렸지만 무너지지는 않았다. 라드는 전봇대를 걷어차고 할퀴다가 맥없이 돌아왔다.

김현은 라드의 목덜미를 어루만졌다. 라드가 지닌 생명력이 느껴지자 마음 한편으로 스멀스멀 올라오던 외로움이 사라졌다. 안진후가 사라지고 얼마나 시간이 흘렀는지 알 수도 없고 알고 싶지도 않았지만, 혼자라는 생각은 머리에서 떠나지 않았다.

처음엔 조금 늦어지는 것이라 생각했다.

보름이 넘자, 문제가 생겼다는 사실이 분명해졌다.

한 달이 넘을 즈음, 김현은 던전 끝에서 찾아낸 그 구슬과 셀레스카르가 건넨 구슬을 연결시켰다. 크기나 색깔도 다르지만 동그란 구슬이며, 거기서 섬광이 터져 나왔다는 사실은 공통점이었다.

고민을 거듭한 김현은 안진후가 그 구슬 덕분에 현실로, 페플로 돌아갔다고 확신했다. 아니, 믿었다. 그래야 목표가 생기고, 목표가 있어야 하루하루 살아갈 수 있어서였다.

어떻게든 이곳에서 버티면 그 똑똑한 안진후가 자신을 구해 줄 것이다.

김현은 50미터 높이의 나무 위에 지었던 오두막을 버리고 이동했다. 또 다른 던전을 찾기 위해서였다.

안진후가 구슬을 통해 이곳 디월드를 빠져나간 것처럼, 자신도 또 다른 던전 깊숙한 곳에 있을지도 모르는 구슬을 찾아낸다면 같은 방식으로 지긋지긋한 시간의 늪에서 벗어날 수 있으리라는 기대 때문이었다.

아마존처럼 거대한 강을 헤엄치면서 건너던 김현은 악어 떼에 둘러싸였다. 라드 덕분에 구사일생으로 살아남았지만, 강 너머는 완전히 다른 세상이었다. 거기에는 티라노사우루스보다 맹렬하고 몸집도 큰 놈들이 우글거렸다. 결국 김현은

사흘 만에 죽고 말았다.

김현은 펭귄이 웅크리고 있는 얼음 위에서 되살아났다. 강풍이 몰려오는 바람에 거기서 하루도 버티지 못했다.

다음은 무인도였다. 물 한 방울 없는 바위투성이 무인도에서의 생존도 불가능했다. 비가 오기를 기다리면서 죽어야 했다.

적도에서부터 극지방에 이르기까지, 다양한 지역을 경험했다. 놀랍게도 지금 김현이 있는 도시처럼 건물과 도로가 완벽한 곳도 있었다. 다만 사람만 없는, 그래서 텅 빈 공간이었다.

에펠탑 꼭대기까지 외벽을 타고 올라가 보았다.

자유의 여신상에서 뉴욕을 내려다보기도 했다.

만리장성에서 혼자 고함을 지르기도 했다.

죽음을 통해 이 세계를 무작위로 돌아다니는 여행에 익숙해지자, 김현은 더 이상 쉽게 죽음을 택하지 않았다. 아무리 거창하고 대단해 보여도 껍데기에 불과했다. 뎁스 파이브 디 월드는 진짜 세계가 아니었다. 아니, 혼자였기에 눈에 보이는 모든 세계는 가짜였다.

김현은 스스로 갇힌 그 방에서의 삶이 가짜라고 생각했다. 왜냐하면 혼자였기 때문에.

그나마 4년 동안의 시간이 완전한 헛것이 아닐 수 있었던 이유는 엄마의 헌신 때문이었다. 언제나 밖에서 기다려 준 엄마의 노력이 없었다면, 김현은 가짜의 삶에 파묻혀 도저히 빠져나오지 못했을 것이다.

안진후와 함께 있을 때, 디월드도 진짜였다.

옆에 있는 사람이 얼마나 소중한지, 그 순간이 얼마나 즐거운지 김현은 비로소 깨달았다.

공허한 마음을 다잡기 위해 수련에 더 깊이 몰입했다.

이제 마보 수련은 더 이상 힘들지 않았다. 숨을 쉬는 것처럼 자연스러웠다. 그로 인해 김현이 펼치는 수라부월공은 저장해 둔 겔란드의 시범처럼 위력적으로 변해 있었다. 김현은 능숙해진 일곱 초식 외에 나머지 세 초식을 집중적으로 수련하고 있었다.

징칙유원.

불동이경.

그리고 불언이신.

징칙유원은 그 윤곽만 이해할 수 있었고 불언이신은 실마리조차 잡지 못했지만, 불동이경은 어느 정도 성과가 있었다. 조금 전 돌담을 가르고 전봇대를 쓰러뜨린 그 하얀 기운은 불동이경의 초식을 수련하다가 얻은 결과였다.

경지에 오른 검객의 검에서는 검기가 흘러나온다. 마찬가지로 경지에 다다른 사람의 도끼에서는 부기가 뻗어 나온다.

가느다란 그 하얀색 선은 무엇이든 잘라 버린다. 현재 김현은 액스 마스터에 이른 셈이었다.

김현은 좁은 길을 따라서 걸었다. 라드가 옆에서 함께 걸었다. 큰길로 나가자 텅 빈 도로가 저 멀리까지 쭉 뻗어 있었다. 길가 건물의 간판은 모두 한글로 되어 있었다.

"정말, 진짜 같아."

김현은 등산복을 파는 상점으로 들어가 발에 맞는 등산화를 고르고 옷도 몇 벌 챙겼다. 이런 장소 덕분에 더 이상 동물을 잡아 가죽으로 옷을 만들 필요는 없었다.

밖으로 나온 김현은 도로 건너편에 있는 몬스터를 발견했다. 놈도 김현을 보고는 포효하며 달려왔다.

허리에 찬 도끼를 손에 쥔 김현은 가로등 위로 올라가 몸을 날렸다. 놈은 라드를 공격하느라 김현에게는 신경도 쓰지 않았다. 김현의 도끼가 정수리에 박힌 후에야 거인은 눈동자가 뒤집히며 뒤로 쓰러졌다. 키가 4미터에 이르는 거인은 곧 죽었다.

"라드."

붉은 곰이 다가와 거인의 가슴을 할퀴었다. 가슴이 갈라지자, 라드는 그 안에서 초록색 핵을 찾아내서 김현에게 가져왔다. 수건으로 잘 닦은 핵은 에메랄드처럼 반짝거렸다.

"수고했다."

그 핵을 조끼 안쪽 주머니에 넣은 김현은 라드의 목덜미를 긁어 주었다. 기분 좋아하던 라드의 눈에 힘이 들어갔다. 라드는 해가 저물어 가는 서쪽을 바라보며 포효했다.

"이런."

거인들이 몰려오고 있었다. 그중에는 키가 10미터에 달하는 놈도 있었다. 영화에 자주 등장하는 좀비 같은데, 덩치만 클 뿐이었다.

"가자."

김현은 달리기 시작했다.

"휴우."

안진후는 이마의 땀을 닦았다.

뎁스 파이브 디월드에 갇혀 있는 김현을 빼낼 방법은 아직 찾아내지 못했지만, 생존이 쉽도록 환경을 바꾸는 일은 성공했다. 밀림이나 초원 대신 뉴욕, 파리 그리고 서울처럼 온갖 종류의 도구가 즐비한 곳으로 환경을 교체한 것이다. 김현이라면 밀림에서도 무리 없이 살 테지만, 아무래도 익숙한 장소가 더 편할 터였다.

그 작업을 하는 동시에 계속 탈출 방법을 찾으려 애를 썼지만, 방법은 딱 하나뿐이었다. 안진후 자신이 했던 것처럼 그 구슬을 찾아야 했다. 디월드에서는 용옥이라 불리는 구슬은 바로 드래곤의 작품이었다.

용옥에는 다양한 기능이 있는데, 그중 하나가 포탈을 열어

다른 세계로 이동하는 능력이었다. 처음에는 드래곤이 죽기 전에 자신의 경험과 기억 · 지식을 집어넣는 용도로 사용했는데, 시간이 흐르면서 막강한 능력을 갖춘 아이템으로 자리 잡았다.

핸드폰 벨이 울렸다. 윤태희였다.

심호흡을 한 안진후가 전화를 받았다.

–뭐야? 문이 왜 이래?

"둘째 형이 찾아왔었어. 난 지금 집이고. 아버지가 호출하셨거든."

–그 새끼, 죽여 버리겠어!

윤태희가 날뛰었다.

"그렇게 전해 줄게."

안진후는 피식 웃었다.

–이제 집에서 지낼 거야?

윤태희의 목소리에 아쉬움이 묻어났다. 혼자였다가 맘에 드는 동생이 곁에 있으니 든든했던 것이다.

"가끔 갈게."

–꿈도 꾸지 마라. 여기가 호텔이냐, 가끔 들르게?

"바빠. 끊어."

–내일 아침이야.

"뭐가?"

–적룡회 놈들이 원정대를 치는 거.

"……그래?"

안진후는 그 말뜻을 이해하는 데 시간이 걸렸다. 그에게 적룡회니 드래고니아니 타임어택 퀘스트니 따위의 말은 4년 전에 있었던, 그래서 기억이 흐릿할 수밖에 없는 일이었다.

–어디 아프니?

"내일 일찍 페플로 들어갈게."

전화를 끊은 안진후는 뎁스 파이브 디월드에서 그렇게 개고생을 해도 여기 현실은 그대로라는 사실을 실감했다.

시계를 확인했다. 김현은 적어도 그 세계에서 8년, 아니 거의 10년을 지냈다. 혼자서 6년이라는 시간을 뎁스 파이브에서 보낸 것이다.

온전하게 돌아올 수 있을까?

"반드시 그래야 돼."

안진후는 또다시 프리벨리지 제로의 권한으로 뎁스 파이브 디월드 시스템 깊숙이 들어갔다.

김현의 하루 일과는 단순했다.

새벽에 일어나 근처 마트로 간다. 전기가 공급되는 덕분에 마트 내부의 식재료는 싱싱했다. 가끔 누가 채소나 고기 따위를 가져다 두는지 궁금해서 혹시나 하고 마트 안에서 밤을

새우기도 했지만, 아무도 없었다. 각종 물건들은 저절로 진열대에 나타났다.

아침을 간단히 해결하면 수련을 시작한다. 수라부월공으로 몸을 풀고 마보로 깊이 들어간다.

도시락으로 점심을 때운 후에는 도시를 돌아다니며 빌딩의 지하를 뒤졌다. 던전 입구를 찾기 위해서였다. 다행히 오토바이를 발견한 덕분에 뛰어서 다닐 필요가 없었다. 오토바이를 탈 줄 몰라서 시행착오로 배우던 도중에 몇 번 죽을 뻔했지만, 오히려 스릴이 있어서 좋았다.

탐험 도중에 거인을 비롯해 몬스터를 만나면 상황에 따라 판단을 했다. 한두 마리면 도끼를 들고 라드와 함께 해치웠지만, 떼를 이루면 즉시 도망쳤다.

해 질 무렵에는 도서관으로 가서 다양한 분야의 책을 고르고 읽었다. 4년 동안 안진후에게서 기초를 배운 덕분에 독서는 그리 어렵지 않았다. 특히 마음가짐을 다잡는 데 필요한 책을 자주 읽었다. 혼자 있는 시간을 잘 보내야 진정한 삶을 살 수 있다는 내용은 하루에도 몇 번이나 떠올릴 만큼 김현에게 큰 힘이 되었다.

늦은 밤에는 가끔 영화를 보았다. 4년 동안 놓친 것들뿐 아니라 그 이전에 나왔던 영화, 이름만 얼핏 들었던 영화를 보면서 감상에 젖었다. 비록 화면 안이지만 사람을 볼 수 있다는 것, 목소리를 들을 수 있다는 사실이 얼마나 좋은지 몰랐다.

빗소리가 들렸다.

창가로 간 김현은 저 아래로 펼쳐진 도시의 야경을 바라보았다. 가로등 불빛이 도시 곳곳을 비추고 있지만 자동차 한 대 다니지 않아서 활력은 느껴지지 않았다. 대신 거인을 비롯해 각종 마물이 돌아다니며 싸우느라 한바탕 소란이 일어났다.

현실에서 4년 동안 방에 갇힌 경험이 없었다면 여기 이 괴상한 세계에서 이토록 오랫동안 제정신으로 버텨 낼 수 없었을 것이다. 생각해 보면, 그 경험이 지금 자신에겐 최고의 무기이자 능력이었다.

주체하지 못할 만큼 시간이 많지만 혼자일 때 가장 필요한 것은 목표였다. 바쁘게 움직일수록 그 시간의 흐름을 느끼지 못하기 때문에, 맹렬하게 달려갈 수 있는 목표가 있어야 혼자만의 시간을 유용하게 쓸 수 있었다.

김현은 세 가지 목표를 세웠다.

첫 번째, 무공이었다. 마보 수련으로 더 강해질 뿐 아니라, 수라부월공의 마지막 세 초식을 완성하는 게 목표였다.

두 번째, 언젠가 만날 안진후와 어떤 주제로 대화해도 막히지 않을 지식을 쌓고 싶었다.

세 번째, 어떤 상황에서도 누구 앞에서도 기죽지 않는, 오히려 당당하면서도 여유롭게 웃을 수 있는, 마음의 폭은 하

늘처럼 넓고 그 깊이는 바다 같은 사람이 되고 싶었다.

첫 번째와 두 번째 목표를 이루는 방법은 선명했다. 시간을 정해 놓고 수련을 하고 책을 읽으며 공부를 하면 된다.

문제는 세 번째였다.

힘겨운 상황에 처해야 거기서 웃을 수 있는지, 여유롭게 행동할 수 있는지 알 수 있다. 편안한 곳에 앉아서는 결코 자기가 무엇을 할 수 있는지 알아낼 수가 없다.

김현은 세 번째 목표를 위해 낯설고 위험하며 예측이 불가능한 상황으로 자신을 몰아넣었다. 사흘에 한 번, 몬스터가 돌아다니는 늦은 밤에 사냥을 나간 것이다.

라드의 도움도 없이 혼자 몬스터를 잡아서 코어를 취하는 그 과정은 결코 쉽지 않았다. 사냥을 하기도 전에 들켜서 쫓기기도 하고, 때로는 포위를 당해서 죽음 직전에 이르렀다.

필사적으로 놈들의 포위망을 뚫고 나왔을 때의 쾌감은 짜릿했다. 며칠 후, 놈들이 사는 지하 주차장으로 숨어들어 가 한 놈도 남기지 않고 모조리 죽였을 때의 기분도 잊을 수 없을 만큼 좋았다.

호랑이를 닮은 몬스터의 발톱에 당한 상처를 소독하느라 도수가 높은 술을 붓다가 그 향기가 좋아 한 모금 마신 후, 김현은 술이 주는 위로에 푹 빠졌다. 영화에 등장하는 주인공을 따라 하다가 담배도 피웠다.

술에 취하거나 담배에 중독되는 일은 없었다. 아무리 안전한 곳이라고 해도 언제든지 몬스터가 들이닥칠 수 있기에, 그 정도 자제력은 생존에 필수였다.

평소에는 주로 맥주를 마셨고, 담배도 하루에 한두 개비가 고작이었다. 사냥을 마치고 나와 피로 흠뻑 젖은 채 마시는 시원한 맥주의 맛, 담배 한 대의 향은 기가 막혔다.

김현은 자기가 현실 기준으로 따지면 아직도 열여덟 살, 고등학교 2학년 나이라는 사실을 떠올리며 가끔 웃었다.

그렇게 하루하루 최선을 다하여, 때로는 한계 너머까지 자신을 밀어붙이며 살던 김현이 드디어 던전 입구를 찾아냈다. 던전 입구는 지하철 선로의 벽에 자리 잡고 있었다. 이런 곳에 있으니 그동안 도시를 이 잡듯 뒤져도 발견 못 한 것이다.

만반의 준비를 갖추고 그 앞에 선 김현은 가슴이 떨렸다. 어쩌면 이곳에서의 삶을 끝내고 현실로, 저 위로 돌아갈 수 있을지도 모른다. 이 기회, 절대 놓칠 수 없다.

김현은 던전 안으로 들어가며 손전등을 켰다.

"술? 담배?"

안진후는 웃음을 터트렸다.

비록 지금 이 시간 김현이 어디에서 무엇을 하고 있는지는 알아낼 방법이 없지만, 김현의 흔적을 살펴보는 작업은 가능했다. 그 덕분에 안진후는 김현이 몬스터 사냥 후에 꼭 맥주를 마시고 담배를 피운다는 사실을 깨달았다. 예상보다 훨씬 적응력이 좋은 놈이었다.

그러다가…… 왜 술과 담배를 했는지 깨닫고 마음이 착잡해졌다. 혼자라는 사실 때문이리라.

안진후는 가슴이 답답했다. 졸지에 배신자가 된 기분이었다. 친구를 사지에 놓아두고 혼자 안전한 곳으로 도망친 것만 같았다.

그 자신도 던전 끝에서 찾아낸 구슬 때문에 현실로 돌아올 수 있으리라 상상도 못 했지만, 몰랐다고 핑계를 대기엔 김현이 그 세계에서 보낸 시간이 너무나 길었다.

"……13년이 넘었어."

열여덟 살에 뎁스 파이브 디월드로 들어갔으니, 경험으로만 따진다면 김현은 무려 서른한 살 어른이다. 까딱 잘못하면 중년이 될지도 몰랐다.

그때, 모니터에서 반짝거리는 붉은 빛이 사라졌다.

안진후는 몸을 일으켰다.

머릿속이 하얗게 변했다. 무슨 뜻일까? 곧 안진후는 그 의미를 깨닫고 즉시 침대 옆에 놓여 있는 커넥터로 들어갔다.

페플로 접속하자 눈에 익은 숲과 야영지가 보였다. 하늘에는 아직 달이 떠 있었다.

안진후는 주위를 두리번거리다가 무릎을 꿇고 앉아 땅에 키스를 하는 김현을 발견했다.

"……김현."

김현이 고개를 돌려 안진후를 쳐다보았다. 얼굴에 서서히 미소가 번졌다.

"오랜만이지?"

김현이 말했다.

"나, 나는…… 정말 미안해."

안진후는 그만 눈물을 보였다.

"뭐가?"

김현은 천천히 다가와 안진후를 꽉 안았다. 이 순간이 착각이나 망상이 아니기를 바랐던 탓에 팔에 힘이 들어갔다.

안진후도 김현을 안았다.

두 사람이 뜨거운 해후를 만끽하고 있을 때, 뒷짐을 진 엘프 예언자 셀레스카르가 다가왔다.

"험험, 남자끼리 대체 무슨 짓인가? 낯 뜨거워서 정말."

셀레스카르는 장난스럽게 말했다.

김현은 셀레스카르를 쳐다보다가 앞으로 한 발 내디디며 주먹을 뻗었다. 발에 닿은 땅이 쿵 울렸고, 발자국에서 사방으로 금이 뻗어 나갔다. 셀레스카르가 급히 팔을 올렸지만, 주먹에 닿자 뒤로 튕겨 나갔다. 그 충격파는 늙은 엘프를 숲 깊은 곳까지 날려 버렸다.

"누가 여기 있었던 것 같기도 한데."

그렇게 중얼거린 김현은 안진후를 보며 씩 웃었다.

안진후도 김현을 마주 보며 웃었다.

"그랬던 것 같기도 하고."

"미안하면 맥주나 사라. 목말라 죽겠다. 담배도 땡기고."

"……하하, 알았다."

"어디서 볼까?"

"내가 데리러 갈게. 집 주소만 알려 줘."

김현은 안진후에게 집 위치를 알려 주고 떨리는 마음으로 접속을 해제했다. 커넥터 밖으로 나오자 낯선 방이 보였다. 서서히 그 방에 익숙해졌다. 이사를 했지만 방의 구조는 비슷했기 때문에, 김현은 자신의 삶을 스스로 망가뜨렸던 그 방을 천천히 살폈다.

두 번 다시 이런 좁은 곳에 갇히지 않으리라.

두 번 다시 스스로 자신을 가두지 않으리라.

옷을 갈아입었다. 외투를 걸쳤다. 혹시 엄마가 놀랄까 싶어서 식탁에 메모를 남기고 현관문을 나섰다. 계단으로 내려갈 생각은 조금도 없었다. 버튼을 누르고 엘리베이터를 기다렸다.

엘리베이터에 타서도 폐소공포증 따위는 느껴지지도 않았다. 오히려 이 모든 것이 재미있었다. 정저지와, 즉 우물 속 개구리가 드디어 바다를 향해 첫걸음을 내디딘 셈이 아닌가.

아파트 입구 쪽으로 걸어가자, 차 한 대가 멈춰 있고 한 사람이 이쪽을 보며 손을 흔들었다.

그 녀석이었다. 비록 벨란데르와는 다른 얼굴이었지만, 보자마자 안진후라는 사실을 알 수 있었다.

자동차 운전석에는 윤태희가 하품을 하며 앉아 있었다.

김현은 안진후와 함께 뒷좌석에 탔다.

"출발."

안진후가 말했다.

"너희, 대체 뭐야?"

윤태희가 고개를 돌려 두 사람을 쳐다봤다.

김현과 안진후는 실실 웃을 뿐이었다.

하품을 하며 엘리베이터에 올라탄 윤태희는 11층에서 내렸다. 부탁을 받고 왔지만 어떻게 설명을 해야 할지 몰랐다. 아드님이 어젯밤 늦게 제 집에 와서 술을 마시고 뻗었습니다, 그리고 담배는 피우려다가 친구의 만류로 포기했구요, 이렇게 말할 수는 없다. 한숨이 흘러나왔다.

손을 들었지만 초인종을 누를 수 없었다.

어젯밤, 내일 아침의 퀘스트를 생각하며 잠에 들었던 윤태희를 깨운 건 안진후였다. 평소와 달리 다급한 목소리에 놀

라서 차를 끌고 집으로 찾아갔더니 안진후는 다짜고짜 주소를 불러 주었다. 윤태희는 그 위치로 가면서 무슨 일이냐고 물었지만 안진후는 끝까지 대답하지 않았다.

차로 다가오는 김현을 본 순간에야 윤태희는 안진후가 김현을 데리러 가기 위해 자신을 깨웠다는 사실을 알아차렸다. 그 자존심 센 안진후와 혼자에 익숙해서 누구와도 친해지지 않을 것 같은 김현이 자동차 뒷좌석에서 소곤거렸다. 윤태희는 어떻게 두 녀석이 친해졌는지 궁금해서 안진후의 부탁을 들어주었다.

윤태희의 주상 복합 집에 도착한 안진후는 전화를 걸어 야식을 잔뜩 시켰다. 생맥주, 치킨, 족발, 보쌈, 감자탕이 줄줄이 도착했다. 안진후와 김현은 마치 자기 집처럼 소파를 벽으로 밀어 놓고 신문지를 바닥에 깔았다. 그 위에 술과 음식을 잔뜩 늘어놓고는 먹고 마시기 시작했다.

안진후가 술 마시는 모습을 본 적이 없었기에 윤태희는 깜짝 놀랐다. 찡그리는 얼굴을 보니 최근에 술을 시작했거나 오늘 처음 마신 모양이었다. 안진후와 달리, 김현은 술을 즐기고 있었다. 윤태희는 김현이 4년 동안 방에 혼자 있으면서 술을 마신 게 아닌가 생각했었다.

"빨리 해치우고 가자, 윤태희."

그렇게 중얼거린 윤태희는 용기를 내어 초인종을 눌렀다.

즉시 문이 열렸다.

"어?"

"안녕하세요? 저, 기억하시죠?"

"어떻게 여기를?"

"김현 때문에 왔어요."

"우, 우리 현이 때문에요?"

"제 동생이 김현 친구예요. 어젯밤 늦게 같이 게임도 하면서 놀다가 잠이 든 모양이에요. 혹시 염려하실까 봐 제가 이렇게 어머님께 온 거고요."

윤태희는 말하면서 김현 엄마의 얼굴을 살폈다. 4년이나 집 밖으로 나가지 않은 아들이 갑자기 친구를 만나서 외박했다는 말을 쉽게 믿을 엄마는 세상에 없다. 윤태희는 핸드폰을 꺼내어 번호를 눌렀다.

신호음이 들렸다.

'좀 빨리 받아라, 빨리.'

그때, 안진후가 전화를 받았다.

"누나야. 여기 김현 집이야. 그래, 앞에 어머님이 계셔. 그래, 그렇게 해."

윤태희는 빙긋 웃으며 핸드폰을 김현 엄마에게 건넸다.

엄마는 천천히, 조심스럽게 전화를 받았다.

"여보세요."

-엄마, 나야.

김현 목소리였다.

"……어디니?"

—친구 집. 많이 걱정했지? 미안해. 갑자기 나가고 싶어져서 말이야. 그렇다고 자고 있는 엄마를 깨우기는 싫었어.

"그래도 그렇지."

—미안해. 앞으로는 그런 일 없을 거야. 이따가 친구와 찜질방 가기로 했거든. 나중에 들어갈게. 엄마가 퇴근하기 전에는 집에 들어갈 거니까, 걱정하지 마.

"괜찮은 거지?"

—당연히 괜찮지. 그리고 나 때문에 고생한 그 누나에게 밥 좀 줘. 미안해서 그래.

"알았다."

전화를 끊고 핸드폰을 돌려준 엄마는 한사코 사양하는 윤태희를 데리고 들어갔다. 아침을 같이 먹기 위해서였다.

윤태희는 난장판이 된 집보다는 여기가 낫다는 생각에 김현 엄마와 함께 밥을 먹었다.

오랜만에 경험하는 고향의 맛이었다.

대사형

론투엘은 화가 났다.

하루 만에 저렇게 달라질 수 있다니.

노바디 저 자식의 움직임은 물이었다. 잡았다 싶으면 손가락 사이로 빠져나가는 물처럼 어느새 멀리 떨어져 있었다.

더 기분 나쁜 건, 단번에 자신을 날려 버릴 수 있는데도 실실 웃으며 주위를 맴돌 뿐 공격을 하지 않다는 사실이었다.

"젠장."

그때, 갑자기 노바디가 다가왔다. 얼마나 빠른지 노바디의 얼굴이 코앞에 온 순간에야 론투엘은 그 사실을 깨달았다.

"좋은 말 할 때, 어제 가져간 것들 모두 돌려주는 게 좋을 거야."

"감히!"

론투엘은 주먹을 내질렀지만, 노바디는 이미 거기 없었다. 어디에도 없었다.

"비열한 개새끼."

뒤에서 들려온 조그만 목소리.

화들짝 놀란 론투엘이 팔꿈치를 지르며 몸을 돌렸지만, 노바디는 뒤로 3미터나 물러나 있었다.

론투엘은 술렁이는 근위 기사들과 하인들, 하녀들을 발견했다.

어떻게든 이 수치스러운 대련을 끝내야 한다. 이런 식으로 계속하면 왕세자로서의 체면이 땅에 떨어지고 말 것이다.

다시 노바디가 접근했다.

"가져간 것을 모두 돌려주면 당신이 원하는 대로 대련을 끝내 줄 수도 있어."

"……좋아."

론투엘은 고개를 끄덕였다.

"문제는 당신을 믿을 수가 없다는 거야."

"난 룬트란의 왕세자다."

"이방인들의 물건을 갈취하는 범죄자이기도 하잖아. 불법을 자행하는 왕세자라, 더 믿을 수 없는걸."

노바디는 론투엘 주위를 맴돌면서 살살 약을 올렸다.

성질이 난 론투엘이 달려들었지만 노바디의 옷자락도 건

드리지 못했다. 점점 더 숨만 가빠 왔고, 얼굴은 이미 빨갛게 물들어 있었다.

"자존심을 걸고 약속한다."

론투엘은 서둘러 이 대련을 끝내고 싶은 마음뿐이었다.

"내 친구 것도."

"알았다니까."

왕세자는 신경질을 냈다.

"좋아."

노바디는 일부러 천천히 다가갔고, 론투엘이 내민 주먹에 맞는 순간 발에 힘을 주고 반대 방향으로 몸을 날렸다. 무려 10미터나 날아간 후에 꼴사납게 굴렀다.

갑작스러운 반전에 근위 기사들이 환호했다. 하인, 하녀들도 '그러면 그렇지.'를 연발했다.

론투엘은 비틀거리며 부단장 오데르가 있는 곳으로 걸어갔다.

"……돌려줘."

"저하."

"일단은."

"알겠습니다."

론투엘을 천막까지 안내한 오데르는 아직도 누워 있는 노바디 옆에 사라겐의 수부, 룬덴 세트, 요곤의 반지 그리고 요곤의 단검을 떨어뜨렸다. 그리고 다가오는 벨란데르에게 그란투모스와 베스토 세트 등을 돌려주었다. 오데르는 노바디를 노려보더니 그 자리를 떠났다.

"왜, 한 방 제대로 먹여 주지?"

베스토 세트를 착용하고 그란투모스를 허리에 찬 벨란데르가 노바디 옆에 앉았다.

"그럴까 생각했는데, 가까이서 보니까 아직 어리더라고."

"어려?"

벨란데르는 기가 막혔다.

"나중에 대련할 기회가 생기면 너도 알게 될 거야. 왕세자는 그냥 멋모르는 애송이야."

"야, 우리도 애송이거든."

"그건 그러네."

몸을 일으킨 노바디는 룬덴 세트를 착용했다. 레벨은 22로 올라 있어서 착용에는 문제가 없었다. 푸른 빛이 몸을 감싸며 서서히 사라졌다. 요곤의 반지를 끼자 상쾌한 느낌에 기분까지 좋아졌다. 요곤의 단검은 왼쪽 허리에, 사라겐의 수부는 오른쪽이었다. 그 손도끼 자루를 쥐고 있으니 마음까지 편안해졌다.

"셀레스카르는 안 보이더라."

"죽지는 않았을 거야."

노바디는 최선을 다해도 셀레스카르를 죽일 능력은 아직 자신에게 없다고 확신했다. 게다가 어젯밤에는 마지막 순간

에 힘을 줄였다.
그 순간, 노바디는 벨란데르를 쳐다보았다.
"대련, 안 해 볼래?"
"대련?"
"너와 나."
"여기서? 곧 적룡회 놈들이 이곳으로 몰려올 텐데?"
"잠깐이면 되잖아."
"야, 너 레벨 몇이야?"
"음, 22야."
"난 그래도 레벨 48이야. 상대가 된다고 생각해?"
"그러면 나는 어떻게 왕세자를 갖고 놀 수 있었을까?"
노바디의 말에 벨란데르는 아무 말도 할 수 없었다. 노바디는 왕세자를 이길 수 없다. 오히려 굴욕적일 만큼 일방적으로 패해야 한다. 그게 정상이다.
"재미있겠다."
벨란데르는 그란투모스를 뽑으며 말했다.
"내 말이."
노바디는 사라겐의 수부를 손에 들었다.
두 사람이 맞붙으려는 순간, 야영지 외곽에서 비명이 들렸다. 원정대 섬멸이라는 타임어택 퀘스트가 시작된 것이다.

토르는 해머를 들고 목책을 뛰어넘었다. 검을 들고 달려오는 근위 기사를 힐끔 쳐다본 그는 해머를 던졌다. 묠니르는 근위 기사의 면상을 짓뭉갠 후에 다시 그의 손으로 돌아왔다.

묵직한 해머가 적을 부수고 돌아와 손에 잡힐 때의 쾌감에 토르는 활짝 웃었다.

"이근상, 처웃지 말고 앞으로 달려!"

용갑 쿠레가를 입은 백정현, 드래고니아가 옆으로 지나가며 소리쳤다.

토르는 하마터면 드래고니아를 향해 해머 묠니르를 던질 뻔했다. 이 애지중지 아끼는 무기 묠니르를 얻는 데 드래고니아가 큰 역할을 했지만, 이곳 페플에서 진짜 이름을 불러댈 때마다 정나미가 떨어졌다. 백번은 이야기했는데도 저 새끼는 그대로였다.

근위 기사 두 명을 짓밟고 왕세자가 있는 천막으로 달려가는데, 무언가 날아왔다.

쾅.

화살은 어깨에 박히는 순간, 폭발했다.

뒤로 20미터 가까이 날아간 토르는 겨우 몸을 일으켰다. 생명력을 봤더니 43%만 남아 있었다.

부서진 마차 뒤에 숨어 앞쪽을 보니 왕세자의 천막 중앙 깃대 위에 선 레나세르가 적룡회 게이머를 향해 화살을 쏘고 있었다. 붉은 활 레드폭스는 시위를 당길 때마다 타오르는 불의 화살을 저절로 만들어 내고 있었다.

주위를 살폈더니, 적룡회 소속 게이머 중 열 명 이상이 전장의 여우 레나세르에게 당해서 퀘스트에서 탈락했다. 나머지는 토르처럼 마차 같은 엄폐물에 숨어서 기회를 엿보고 있었다.

죽은 게이머는 대부분 마법사였다. 레나세르는 막강한 공격력을 지닌 딜러를 먼저 제거한 것이다.

그때, 빛나는 기둥이 레나세르가 있던 천막을 강타했다. 레나세르는 겨우 몸을 날려 그 충격에서 벗어났다.

"드디어 오셨군."

토르는 드래고니아가 공을 들여 초대한 최강의 게이머의 등장을 바라보았다.

바로 검제 남궁현도가 장검을 손에 쥐고 천천히 걸어오고 있었다.

남궁현도는 레나세르라는 이름 때문에 이 시시한 퀘스트에 참가했다. 드래고니아가 내민 조건 따위는 상관없었다.

한때는 열렬히 사랑한 여자였다. 아니, 지금도 그 마음은 한구석에 남아 있었다. 지난번에 중명 제국에서 호되게 당했을 때도 레나세르, 아니 윤태희가 떠올라서 직접 찾아가기도 했다.

“오랜만이다.”

“당신이 올 줄은 몰랐어.”

레나세르는 언제든지 화살을 쏠 수 있도록 레드폭스의 시위를 당긴 상태였다.

“널 만나려고 온 거야.”

“그렇다면 방법이 틀린 것 같은데.”

“연락해도 만나 주지 않으니까, 이런 방법을 사용할 수밖에.”

“핑계가 추잡해, 너무.”

레나세르는 시위를 놓았다. 붉은 화살이 남궁현도의 가슴을 노렸다. 박히기 직전, 푸르스름한 막이 형성되어 화살을 튕겨 냈다.

“그런 식으로는 날 못 이겨.”

남궁현도가 검을 들어 올리자 검이 두 배로 길어졌다. 검기가 응축된 형태, 바로 검강이었다.

“참 재미있는 남자야. 미련이 남아서 찾아오면서 검을 손에 쥐고 있다니. 대체 넌 뭘 원하는 거야?”

레나세르가 물었다.

“프렌즈.”

남궁현도가 답했다.

레나세르의 눈빛이 흔들렸다.

"다시 하자."

남궁현도는 진지했다.

"다시 한다면?"

"우리 같이 이 세상을 평정하는 거지. 마룬타 대륙을 말이야. 그리고 바다 너머 트레미타스 대륙이든, 수페르 제도든 다. 우리가 힘을 합치면 할 수 있어. 더 많은 게이머를 모으면 돼. 윤태희, 넌 누구보다 잘 알잖아, 이 페플이 인류의 미래라는 사실을."

"또 시작이네."

레나세르는 고개를 흔들었다.

"……무슨 뜻이야?"

"너 자신을 위해서 주위 사람들을 이용하려는 거 말이야."

"지난번에는 실수였다. 두 번 다시 그런 실수를 반복하진 않아."

"그게 사실이라면 왜 개인적으로 찾아와서 이야기를 하지 않고, 이런 식으로 네 힘을 보여 주는 거지? 넌 이만큼 강하고 멋지니까, 내가 골 빈 여자들처럼 감탄하면서 네 밑으로 들어가기를 원하는 거잖아. 넌 그때도 지금도, 내가 어떤 사람인지 몰라. 관심도 없는 거지."

남궁현도는 아무 말도 못 했다. 뭐라고 변명을 대고 싶지만, 지금 검강을 펼친 사람은 바로 자신이다. 어떤 설명으로도 레나세르의 마음을 돌려놓지는 못할 것이다.

“이번 퀘스트를 포기하고 돌아간다면 네 제안을 긍정적으로 생각해 볼게. 결론이 어떻든 검토는 해 보겠다는 뜻이야.”

“싫다면?”

남궁현도는 자신을 쳐다보는 시선을 잘 알았다. 적룡회 길드원들은 검제의 힘을 신뢰하고 있었다. 여기서 물러선다면 검제의 명성에 금이 갈 것이다. 여자 때문에 신뢰를 깨뜨린 검제로 소문이 나서는 곤란하다.

“자연스럽게 네가 어떤 인간인지 판단이 서는 거지. 넌 프렌즈를 만들고 싶어 하지만, 스스로 프렌즈가 되고 싶어 하진 않는다는 사실을 몸으로 직접 보여 주는 거니까.”

그렇게 말한 레나세르는 어젯밤 늦게 술을 마시며 시시덕거리던 꼬맹이들을 떠올렸다. 녀석들이 주고받는 말은 분명히 한국어인데 알아들을 수가 없었다. 게다가 보이지 않는 끈끈한 무엇인가가 둘을 묶고 있어서, 윤태희는 그 안으로 끼어들 수가 없었다.

그 두 녀석 때문에 외로움이 깊어졌다.

혼자라는 느낌이 강렬해졌다.

저렇게 즐거운 표정으로 이야기를 나눌 사람이 없다는 사실이 그때보다 더 크게 다가온 적도 없었다.

그래서 더 화가 났다.

친구라고 생각했던, 그 이상으로…… 남자로도 생각했던 사람이 저렇게 속이 좁고 이기적이라는 사실에 깊은 실망감을 느꼈다. 그런 사람을 믿고 의지했던 자기 자신이 싫었다. 남궁현도, 아니 안형준에 비하면 겔란드가 훨씬 더 사내답고 멋진 사람이었다.

결정을 내린 남궁현도가 검강을 앞세워 달려왔다.

역시 저 녀석은 이곳에서의 명성을 중시한다. 레나세르는 눈을 감았다. 남궁현도를 보는 것조차도 싫었다.

검강이 가슴을 꿰뚫기 직전, 커다란 양날도끼가 날아와 남궁현도의 옆구리를 노렸다.

남궁현도는 어쩔 수 없이 뒤로 물러섰다.

"감히 내 여자에게 손을 대?"

빙글빙글 회전하면서 날아오는 도끼를 꽉 잡은 겔란드가 레나세르 옆으로 다가갔다.

"겔란드!"

눈을 뜬 레나세르가 환하게 웃었다.

"좀 늦었지요? 이놈을 가지고 오느라 시간이 걸렸습니다."

겔란드는 도끼를 들어 보였다.

두 개의 예리한 날이 박쥐의 날개 형태로 붙어 있고, 그 사이로 뻗어 나간 자루에 성질이 다른 금속이 일곱 개의 띠처럼 둘러쳐져 있었다. 한눈에 봐도 어마어마하게 무거운 그 양날도끼를 겔란드는 가벼운 작대기처럼 쉽게 다루고 있었다.

남궁현도는 겔란드를 노려보았다. NPC 주제에!

손에 힘을 주자, 피하느라 원래 모습으로 돌아온 검이 두 배로 늘어났고 훨씬 두꺼워졌다.

겔란드는 앞으로 걸어 나왔다.

"검제의 실력을 드디어 볼 수 있겠군."

"이것 참, NPC 따위와 싸워야 하다니."

남궁현도는 청극현검 중 기수식 남유교목의 자세를 취했다.

어디에 있든 남쪽 방향으로 검을 들어 올림으로써 상대를 존중한다는 뜻을 드러내는 동작이 남유교목의 시작이지만, 일단 펼쳐지면 검은 빠르게 상대의 허점으로 파고든다.

검강은 나무든 바위든 철이든 다 벤다. 그 점을 알기에 호기롭게 찌르고 들어갔지만 겔란드가 손에 든 도낏자루에 맞아 튕겨 나오고 말았다. 자루를 덮은 일곱 개의 금속 고리가 기이한 방식으로 회전하면서 검강의 위력을 흡수한 것이다.

"제법 믿는 구석이 있었군."

"검제의 명성도 허명은 아니었소."

겔란드는 수라부월공의 동령고송을 펼쳤다. 단번에 거리를 줄여 남궁현도 앞으로 다가간 겔란드가 공중으로 뛰어올랐다.

남궁현도는 그 위치가 절묘해서 어디로 피해도 소용이 없다는 사실을 깨달았다. 수비가 불가능하면 공격이 최선이다. 즉시 승피궤원의 초식으로 같이 날아올랐다.

동령고송은 위에서 아래로 향한 공격이었다. 남궁현도가 몸을 띄우자 겔란드는 즉시 양날도끼 중거추를 회전하며 상대의 발목을 노렸다. 공중에서 펼쳐진 비어초목이었다.

남궁현도는 검 끝으로 도끼날을 치면서 뒤로 물러났다. 착지한 그는 맹렬하게 다가오는 겔란드를 향해 검을 찔렀다.

겔란드는 고개를 살짝 기울여 검을 피할 뿐 오히려 더 빨리 돌진했다. 작이변풍의 초식이었다. 남궁현도가 급히 옆으로 피했지만, 이미 늦었다. 맹부단월의 형태로 떨어진 중거추를 검으로 막았지만 뒤로 튕겨 나갔다.

무려 30미터나 물러선 후에야 멈춰 선 남궁현도는 겔란드를 사납게 노려보았다.

치열한 공방을 지켜보던 드래고니아는 토르를 보며 눈짓했다. 타임어택이니 시간을 끌어서는 곤란하다는 뜻이었다.

원정대 섬멸이 이번 퀘스트의 이름이지만, 왕세자만 잡으면 퀘스트는 종료된다. 왕세자를 얼마나 빨리 잡느냐가 관건이었다.

우회하여 왕세자가 있을 만한 곳으로 달려가던 드래고니아 앞을 가쿨라가 막아섰다.

"어딜 그리 급히 가시나?"

"흥, 죽어라."

드래고니아는 두 자루 단검을 쥐고 가쿨라의 품으로 달려들며 번개처럼 찔렀다.

채챙.

두 자루 단검은 한 자루 장검에 의해 막혔다. 그 장검은 휘어지는 검, 바로 연검이었다. 내공에 의해 자유자재로 변형되는 그 검에 힘이 들어가자, 단검을 든 드래고니아는 뒤로 튕겨 나갔다.

드래고니아와 가쿨라의 싸움을 지켜보다가 은밀히 왕세자의 마차로 접근하던 토르 앞으로 노바디가 걸어 나왔다.

레나세르를 통해 대사형 겔란드, 사사형 가쿨라 그리고 육사형 콜마에 대한 오해는 이미 풀렸다. 습격을 미리 알게 된 겔란드는 강호를 떠나면서 지인에게 맡겨 놓은 '중거추'를 가지러 자리를 비운 것이다. 콜마 역시 다수의 부상에 대비하기 위해 원정대를 잠시 떠난 터였다.

"이번 퀘스트는 실패야."

노바디가 말했다.

토르는 그 사실을 이미 직감했다. 검제 남궁현도와 대등하게 싸울 만큼 겔란드가 실력자라는 점을 미리 알았다면 이번 퀘스트, 시작도 하지 않았을 것이다.

토르는 묠니르를 들어 올렸다. NPC에게 아부를 떨어 운발로 아이템 몇 개 얻은 주제에. 퀘스트에 실패하더라도 저 새끼의 콧대를 콱 꺾어 놓을 생각이었다.

묠니르를 던져 단번에 죽이려 했던 토르는 유령처럼 흐릿한 그림자를 남기고 다가오는 노바디를 보고 깜짝 놀랐다.

황급히 던진 해머는 노바디를 향해 날아갔지만, 마치 안개를 통과하는 것처럼 그 뒤로 빠져나갔다. 어느새 다가온 노바디의 팔꿈치가 명치에 박히자 토르는 피를 토하며 뒤로 날아가 바퀴가 부서진 마차 벽에 처박혔다.

생명력은 27%였다.

노바디가 저렇게 강하다니.

"일어나. 벌써 주저앉으면 어떻게 해?"

노바디는 사라겐의 수부를 손에 들고 히죽 웃었다.

토르의 눈썹이 꿈틀거렸다.

묠니르가 빠르게 돌아와 노바디의 등을 강타하기 직전, 노바디는 훌쩍 몸을 띄웠다. 노바디의 다리 사이를 통과한 묠니르는 토르의 얼굴을 때렸다. 너무 빨라서 토르가 잡을 수 없었던 것이다.

이제 토르의 생명력은 13%였다.

노바디는 저만치 떨어져 있는 묠니르를 향해 걸어갔다. 사라겐의 수부를 허리에 꽂은 노바디가 해머의 자루를 잡고 들어 올리려 했다. 해머는 꿈쩍도 하지 않았다.

"그건 오직 나만 들어 올릴 수……."

신음을 흘리며 말하던 토르의 눈이 커졌다.

노바디의 발이 단단한 땅바닥에 깊이 박히자, 묠니르는 그 손에 쥐인 채로 공중으로 올라갔다.

"좀 무겁긴 하네."

"마, 말도 안 돼."

그 해머는 진짜 묠니르가 아니었다. 북유럽신화 중에서도 토르를 좋아하는 이근상이 해머에 붙인 이름이었다. 그래도 무려 20만 골드라는 어마어마한 돈을 주고 제작한 수제 해머였다. 마법으로 다양한 속성을 부여했는데, 그중 하나가 바로 주인만 다룰 수 있는, 주인 외의 사람이 손에 쥐면 무거워서 움직이지도 않는 것이었다.

토르는 손을 뻗었다.

노바디는 날아서 주인에게 돌아가려는 해머를 꽉 쥐고 버텼다.

잠시 후, 토르가 노바디 앞으로 질질 끌려왔다. 주인을 향해 가려던 해머가 방해를 받자 오히려 주인을 끌어당긴 것이다.

노바디가 무심한 눈으로 쳐다보자, 토르는 페플이 가상의 세계라는 사실을 아는데도 몸이 떨렸다.

그때, 시간이 끝났다. 타임어택 퀘스트는 실패한 것이다.

노바디는 묠니르의 자루에서 손을 놓았다. 쿵 소리가 났다. 토르를 바라보던 그는 몸을 돌려 겔란드와 사형들이 있는 곳으로 걸어갔다.

토르는 자신도 모르게 노바디를 쳐다보았다. 조금 전 그 움직임과 마법의 속성을 무시하는 힘은 도저히 믿을 수가 없었다. 길드 적룡회의 일원으로 수많은 길드와 전투를 벌였을

뿐 아니라 레이드 참가로 보스 몬스터를 잡은 경험도 풍부했지만, 그렇게 빠르고 유연하면서도 위력적인 움직임은 처음 보았다.

게임이 아니라 현실 같았다.

"이근상, 뭐 하냐?"

드래고니아 백정현이었다.

"그, 그냥."

토르는 몸을 일으키면서도 노바디가 걸어간 방향에서 눈을 떼지 못했다.

"왕세자를 왜 못 잡은 거지?"

드래고니아는 오늘 퀘스트 실패에 대한 책임을 자신이 질 생각이 조금도 없었다.

"……시간이 부족했잖아. 검제도 돌파를 못 했고."

"아니야, 아니야. 넌 노바디 그 새끼 앞에서 쩔쩔맸잖아. 내가 다 봤어. 내가 다 봤다고."

"나는……."

토르는 더 이상 말하지 않았다. 노바디가 얼마나 강한지 설명해도 돌아오는 건 싸늘한 비웃음뿐일 터였다.

"너, 강등이야."

드래고니아가 판결을 내렸다.

"강등?"

토르는 정신이 번쩍 들었다. 평회원, 실버, 골드를 거쳐

플래티넘 등급에 이르는 데 꼬박 3년이 걸렸다.

"넌 내일부터 실버야."

"……노, 농담이지?"

"그게 싫으면 운영비로 100만 원을 가져와. 넌 그동안 운영비를 낸 적이 없잖아."

"뭐?"

"그것도 싫으면 딴 길드로 옮기든가."

드래고니아는 몸을 돌려 저쪽에서 기다리는 적룡회 사람들을 향해 달려갔다.

약초가 실려 고약한 냄새로 가득한 마차 안에 셀레스카르가 앉아 있었다. 동그란 안경을 쓰고 약초전서를 읽던 그는 문을 열고 이제 막 마차에 올라선 노바디를 바라보았다.

"이제 좀 마음이 가라앉았나?"

"당신은 누굽니까?"

"자네도 알다시피, 엘프 예언자라네."

"그 구슬은 대체 무엇입니까?"

"용옥이라고 하지. 드래곤이 직접 만든 구슬인데, 내가 가진 놈의 이름은 티메후르라네."

셀레스카르는 그 구슬을 꺼냈다.

화들짝 놀란 노바디가 몸을 일으키며 사라겐의 수부를 뽑았다. 여차하면 휘두를 태세였다.

"앞으로 10년 동안은 그저 단단하고 예쁜 구슬에 불과할 거야. 자네와 그 친구 때문에 힘을 몽땅 잃었으니까. 이런 말을 자네가 믿을지 모르겠지만, 난 길어야 석 달이면 돌아올 거라고 생각했네. 티메후르는 사람에 딱 맞게 시간을 주는 구슬이니까. 아마도 티메후르가 자네라면 그 기간을 버텨 내리라 판단한 모양이야. 자네도 대단해. 어떻게 그 오랜 시간 동안 혼자 버틸 수 있었나?"

셀레스카르는 구슬을 품속에 넣었다.

"왜 부르셨습니까?"

"앙쿠알라, 제대로 수련했나?"

"더 이상 힘들지 않습니다."

"잘됐군. 따라오게."

셀레스카르는 야영지를 벗어나 숲으로 향했다. 겔란드가 수라부월공을 펼친 흔적이 남아 있는 공터에 도착한 엘프는 몸을 돌려 노바디를 바라보았다.

"자, 해 보게."

노바디는 당장 이곳을 벗어나고 싶었지만, 한편으로 그동안의 수련 성과를 저 엘프에게 인정받고 싶었다. 무려 13년이나 하루도 빠지지 않고 쌓아 온 수련의 힘을 보여 준다면 어떤 표정을 지을지 직접 보고 싶기도 했다.

노바디는 마보 자세를 잡았다.

셀레스카르가 노바디 주위를 맴돌았다.

"오호, 공을 들였군. 힘이 제법 쌓였어. 이건 완전히 저수지로군. 힘은 무식하게 차곡차곡 쌓아 올렸는데 그걸 제대로 사용하지 못하고 있어. 이것 참, 이런 경우는 처음 보는구먼."

노바디는 칭찬인지 비난인지 알 수가 없었다.

그때, 셀레스카르가 노바디의 발을 걷어찼다.

균형을 잃고 뒤로 넘어진 노바디는 당장 일어나면서 사라겐의 수부를 뽑았다. 그러나 셀레스카르가 마보 자세를 취하자 노바디는 손도끼를 원래 자리로 꽂고 늙은 엘프를 유심히 쳐다보았다.

"무슨 짓을 해도 좋아. 나를 넘어뜨려 보게. 물론 그 무시무시한 도끼로 내 정수리를 내리치지는 말고."

엘프가 말했다.

가만히 지켜보던 노바디는 단숨에 뒤로 접근해서 장딴지를 세게 찼다. 가늘고 긴 다리가 부러지거나 마보 자세가 무너지거나 둘 중 하나라고 확신했는데, 오히려 반탄력 때문에 노바디는 뒤로 나가떨어져 가시덤불로 뒹굴었다.

뺨에 박힌 가시를 뽑으며 덤불 밖으로 나온 노바디는 아직도 마보 자세를 잡고 있는 엘프를 노려보았다.

앞으로 다가가 두 손으로 세게 밀었다.

놀랍게도, 누군가 자신을 민 것처럼 뒤로 밀려났다.

노바디는 조심스럽게 손을 뻗어 셀레스카르가 입은 옷을 만졌다. 그리고 어깨를 쓰다듬었다. 아무런 힘도 느껴지지 않았다. 그러나 힘을 주고 밀치는 순간, 같은 크기의 힘이 솟아올라 손을 밀어냈다.

가슴을 주먹으로 치면, 그 힘에 의해 뒤로 나가떨어지는 건 바로 노바디였다.

"이거 실망인걸. 그 정도밖에 안 될 줄은 상상도 못 했네."

셀레스카르가 슬슬 약을 올렸다.

입술을 깨문 노바디는 수라부월공을 도끼 없이 펼쳤다. 맹부단월의 초식을 손날에 담아 셀레스카르의 어깨를 노렸다.

손날이 어깨에 닿는 순간, 하늘과 땅이 여러 번 뒤집혔다. 정신을 차리니 커다란 나무를 부수고 그 위에 쓰러져 있었다.

비틀거리며 공터로 나온 노바디는 마보 자세로 하품을 하는 셀레스카르를 발견했다.

할 말을 잃었다. 하늘 위에 하늘이 있었다. 뎁스 파이브 디월드에서 무려 13년이나 수련을 쌓았으나 저 엘프를 당할 수는 없었다.

산 정상에 오른 사람의 가슴은 성취감으로 가득하나, 저 멀리 흐릿하게 보이는, 얼마나 높은지 상상도 하기 힘든 태산을 보는 순간 가슴에는 또 다른 감정, 정복하고 말겠다는 열정이 활활 타오른다.

노바디는 길게 숨을 내쉬며 자기가 얼마나 오만했는지, 얼마나 건방지게 행동했는지 깨달았다. 그렇다고 어젯밤 그 주먹을 후회하지는 않았다. 다만, 이 늙은 엘프에게 배워야 할 지혜와 지식이 어마어마하게 많다는 사실을 인정했다.

그 순간, 노바디는 셀레스카르의 몸을 따라 천천히 이동하는 먼지를 발견했다. 먼지는 발에서 시작하며 무릎과 허벅지, 허리를 거쳐 가슴과 목을 통과한 다음 정수리에 이르렀다. 정수리에서는 등 쪽으로 넘어가 아래로 타고 내려갔다.

엘프 뒤쪽으로 간 노바디는 또 다른 흐름을 발견했다. 낙엽 조각이 보이지 않는 힘에 의해 천천히 움직이고 있었다.

몸 곳곳에 서로 다른 힘의 흐름이 이어지고 있었다.

그 흐름은…… 거대한 순환이었다.

땅에서 올라와 땅으로 내려가는 힘의 순환.

그 순환 안에 셀레스카르의 몸이 들어 있었다.

시작도 없고 끝도 없는, 원과 같은 순환.

13년이나 수련을 해도 풀리지 않았던 그 수수께끼가 바로 지금 풀린 것이다.

노바디는 더 이상 셀레스카르를 쓰러뜨리겠다는 마음을 품지 않았다. 아니, 늙은 엘프에게 신경 쓰지 않고 5미터가량 떨어져 마보를 취했다. 눈을 감고 그 순환을 떠올렸다.

셀레스카르가 왜 저수지라고 했는지 곧 알 수 있었다. 수

문을 열자, 거기 고여 있던 막대한 양의 기운이 봇물 터지듯 흘러나왔다. 그 힘은 노바디 주변에 있던 흙과 낙엽은 물론 조그만 돌멩이와 나뭇가지까지 끌어당겨 길동무로 삼았다.

자세를 푼 셀레스카르는 뒷짐을 진 채 그 진귀한 풍경을 바라보았다. 우직하게 수련을 할 줄 알 뿐만 아니라, 마음을 비우고 가르침을 받아들일 줄도 아는 놈이었다.

'어쩌면 무극심법의 끝을 볼 수도 있겠구나.'

시간이 흐를수록 노바디의 몸을 휘감고 도는 잡동사니의 양이 줄어들었다. 필요 이상으로 쌓아 올린 기운이 원래 있어야 할 곳, 바로 대지로 돌아간 것이다. 그러나 노바디가 필요할 때면 언제나 대지를 통하여 그 힘이 공급될 터였다.

숨을 내쉬며 몸을 일으킨 노바디는 셀레스카르 앞에 섰다. 그리고 무릎을 꿇었다.

"사부님께 인사 올립니다."

"허허, 겔란드에게 들은 모양이군."

"여기 오기 직전에 들었습니다."

"그 친구, 입이 무거운 줄 알았더니만."

"대사형은 제가 사부님께 실례를 할까 염려하셨습니다."

"이미 실례는 했지?"

노바디는 어젯밤 일을 떠올리며 얼굴을 붉혔다. 그러나 죄송하다는 말은 하지 않았다.

"나도 잘한 건 없으니, 퉁 치지 뭐. 그건 그렇고, 좋은 소식이 있다. 넌 내 첫째 제자, 그러니까 수제자다. 그리고 바로 오늘 네 사제가 생겼다."

"혹시 벨란데르입니까?"

셀레스카르가 준 그 구슬, 티메후르의 능력 때문에 함께 고생을 했으니 벨란데르도 셀레스카르의 제자가 되었다고 생각한 것이다.

"맞다. 그 아이도 제법 수련을 했더구나. 그리고 한 명 더 있다."

"두 명이라구요?"

"나머지 한 명은 곧 알게 될 게다."

셀레스카르는 의미심장한 미소를 지었다.

"그보다, 마보를 끝냈으니 다음으로 넘어가야겠지. 잘 보아라. 딱 한 번만 보여 줄 테니까."

셀레스카르는 공터 중앙으로 가서 똑바로 섰다. 노바디를 향해 빙긋 웃은 그는 마보 자세를 취했다. 그러다가 몸을 일으키며 오른발을 앞으로 내밀어 중심을 옮겼다.

오른발이 땅에 닿았다.

쾅 소리가 나며 땅이 깊게 패면서 사방으로 금이 갈 거라는 노바디의 예상과 달리, 그냥 한 발 내디딘 것처럼 아무런 변화도 없었다.

그러나 공터를 에워싼 나무에서 나뭇잎들이 우수수 떨어졌다. 줄잡아 수십 그루의 나무가 단숨에 앙상한 가지로 변

해 버렸다.

"타각이다. 다음은 좌각."

셀레스카르는 오른발을 축으로 삼고 왼발을 앞으로 내밀며 땅을 밟았다. 이번에도 아무런 소리도 들리지 않았다. 먼지조차 피어오르지 않았다.

잠시 후, 잎사귀를 떨궈 옷을 벗은 알몸 신세였던 나뭇가지에서 밝은 초록색의 잎눈이 돋아났다. 그 잎눈은 빠르게 자라더니 곧 나뭇가지를 무성한 녹색으로 덮었다.

"휴우."

얼굴이 창백해진 셀레스카르는 숨을 몰아쉬었다.

그 위력에 압도된 노바디는 아무 말도 못 했다.

벨란데르는 겔란드를 살폈다.

저 NPC가 검제와 대등하게 싸울 줄은 상상도 못 했다. 남궁현도의 검이 강맹했다면 겔란드의 도끼는 힘과 부드러움을 동시에 갖추고 있었다. 남궁현도의 공격은 중간에 막힐 때가 많았다. 겔란드는 그 틈을 파고들었다. 마치 겔란드가 약점을 미리 알고 대비한 느낌이었다.

겔란드 옆에 레나세르가 있었다. 레나세르의 시선은 겔란드를 쫓고 있었다.

'진짜 좋아하는 건가?'

고개를 갸웃거리는 벨란데르 옆으로 셀레스카르가 소리도 없이 다가와 섰다.

벨란데르는 화들짝 놀라며 뒤로 물러섰다.

"놀라게 했나 보군."

"……뭡니까?"

"드래곤의 마법, 배우고 싶지 않나?"

벨란데르는 아무 말도 못 했다. 마법의 근원이 드래곤이라는 사실을 모르는 사람은 없지만, 누구도 드래곤의 마법을 익히지 못했다. 페플 그룹이 언젠가 그 제한을 풀어 주리라는 소문만 무성했다.

"싫다면 할 수 없고."

돌아서는 셀레스카르.

"……배우고 싶습니다."

"배우려면 내 제자가 되어야 하는데."

셀레스카르는 히죽 웃었다.

벨란데르는 망설였다. 이 늙은 엘프에게 속아서 4년이라는 시간 동안 디월드에 갇혔다. 김현은 무려 13년이었다. 아무런 설명도 없이 그 괴상한 세계로 집어넣은 저 엘프를 신뢰할 수 있을까?

"참고로 조금 전, 노바디가 내 수제자가 됐네."

"정말입니까?"

어젯밤 노바디는 셀레스카르를 주먹으로 쳐서 날려 버렸다.

"내가 왜 거짓말을 하겠나? 노바디는 마보 단계를 넘어 다음 단계로 접어들었네."

그 말을 듣는 순간, 벨란데르는 결심했다.

"……사부님."

"결단이 빨라서 좋군. 이래서 젊음은 아름다운 것이야. 자네에겐 마법사로서의 자질이 있어. 그걸 믿어야 해. 노바디는 자기가 해낼 수 있음을 믿었지. 그 강한 마음이 노바디를 앞으로 밀고 나갔다네."

"알겠습니다."

벨란데르는 그 말에 활짝 웃었다. 셀레스카르는 노바디가 어떤 사람인지 제대로 알고 있었다. '강한 마음'이야말로 노바디의 장점이었다.

"자, 받게."

셀레스카르는 빨간 구슬을 꺼냈다.

벨란데르는 흠칫 놀라며 한 걸음 물러섰다. 반사적인 행동이었다. 또 구슬이라니.

"이번엔 고생하지 않을 거야. 내 장담하지."

"그걸 어떻게 믿습니까?"

"선택은 자유라네. 이 붉은 구슬을 손에 쥘지, 아니면 기회를 그냥 흘려보낼지."

고민하던 벨란데르는 두 가지 이유 때문에 손을 뻗어 붉은 구슬을 잡았다. 첫 번째 이유는 노바디가 셀레스카르의 제자가 되었다는 사실이고, 두 번째는 셀레스카르가 노바디를 깊이 이해하고 있다는 사실 때문이었다.

"이런, 또……."

붉은 섬광이 그를 덮쳤다.

모닥불이 어둠을 밝히고 있었다.

한 사람이 그 앞에 앉아서 모닥불을 보고 있었다. 꼼짝도 하지 않고 춤추는 불꽃을 하염없이 바라보는 그 여자의 분위기는 김현과 비슷했다. 조용하면서도 힘이 있어서, 혼자만의 시간도 능히 버텨 낼 것만 같았다.

불꽃의 일부가 몽글몽글 부풀어 오르더니 뚝 떨어져 나왔다. 동그란 형체를 유지한 그 불꽃에서 목소리가 들렸다. 귀가 아닌, 머릿속에서 울리는 음성이었다.

―불의 정령 파르노엘, 그대의 초청을 받아들입니다.

그 붉은 구체는 여자가 내민 손으로 파고들었다. 손은 붉게 변했다가 원래대로 돌아갔다.

그때, 섬광이 터졌다.

벨란데르는 붉은 구슬을 손에 쥐고 서 있었다. 숨을 헐떡거리던 벨란데르는 시간을 확인했다. 다행히 뎁스 파이브 디

월드는 아니었다. 직접 그 세계에 들어가서 경험한 게 아니라, 영화의 한 장면을 본 느낌이었다.

"어떤가?"

셀레스카르가 물었다.

"……그 여자, 누굽니까?"

"드래곤 헤라."

"정말입니까?"

벨란데르는 룬트란의 수호자이자 재앙의 근원인 드래곤 헤라를 봤다는 사실을 믿기 힘들었다.

"모리후르에는 드래곤 헤라의 기억이 담겨 있지. 자네가 믿음을 가지고 전진한다면 언젠가 드래곤 헤라처럼 강해질 수도 있네."

"아!"

게이머라면 누구나 꿈꾸는, 바라 마지않는 기연이 자신에게 일어났다. 드래곤 헤라의 마법이라니.

"자네에게 기대가 크네."

"……왜 제게 이렇게나 귀한 것을 주시는 겁니까?"

벨란데르는 대가 없는 선물을 믿지 않았다.

"자격이 있어서지. 자네도, 노바디도 자격이 있어. 티메후르의 시험도 통과했으니 말이야."

"시험이었습니까?"

"자네 말처럼 귀한 것을 아무에게나 줄 수는 없으니까."

셀레스카르는 빙긋 웃었다.

지하 석실은 답답했다. 포도주를 홀짝거리던 왕세자 론투엘은 고개를 돌려 부단장을 바라보았다.

"오데르."

"네, 저하."

"아직도 끝이 나지 않았나?"

"연락이 올 때까지는 기다려야 합니다."

"자네가 올라가서 보고 와."

"저하를 지켜야……."

"어서."

"네, 저하."

오데르는 믿을 만한 근위 기사 세 명을 왕세자 곁에 남겨두고 혼자 등불을 들고서 지하 통로를 걸었다. 미로처럼 복잡한 통로인데도 그는 전혀 헤매지 않고 출구에 다다랐다. 위쪽으로 계단이 이어지고 있었다. 계단을 딛고 올라가서 뚜껑 문을 열자 빛이 쏟아졌다.

주위를 살피며 뚜껑 문을 열어젖히고 땅으로 올라온 오데르는 깜짝 놀랐다.

"단장님?"

근위 기사단 비브라탄을 이끄는 단장 덴토마 비브라탄이 팔짱을 끼고 서 있었다. 국왕의 명령에 의해 중명 제국으로 떠났던 단장이 귀국했다는 소식은 들은 바가 없었다.

"잘 지냈나?"

"……그렇습니다만."

"저하는 잘 계시겠지?"

"물론입니다."

"이것부터 받게."

덴토마는 오데르에게 룬트란 국왕의 인장이 찍힌 두루마리를 건넸다.

오데르는 즉시 무릎을 꿇고 그 두루마리를 받았다. 보자마자 어명이라는 사실을 알았던 것이다.

봉인을 떼고 두루마리를 펼친 오데르의 눈빛이 흔들렸다.

"서둘러 복귀하게."

"그러나 왕세자 저하께서……."

"내게 맡기라는 어명이 아닌가?"

"그렇습니다만."

"어명에 토를 다는 건가? 자네 많이 컸군."

그 말에 오데르는 정신이 번쩍 들었다.

나이가 들어 성질이 많이 누그러졌지만 상대는 미친 백작 덴토마라 불렸던 사내다. 게다가 어명을 무시했다는 사실이 알려지면 근위 기사단에서 쫓겨날 터였다.

"근위 기사단 비브라탄의 부단장 오데르 마르툼은 지금 즉시 수도 마르세르로 복귀하겠습니다."

오데르는 두루마리를 챙겨 남쪽으로 달리기 시작했다. 왕세자의 안위는 이제 단장의 몫이었다.

덴토마는 휘파람을 불며 지하로 내려갔다. 이곳의 미로는 손금 보듯 잘 알고 있었다. 앞쪽에서 불평에 찬 왕세자의 짜증이 들렸다. 근위 기사들은 안절부절못할 것이다.

"저하."

"……어, 자네는?"

론투엘이 몸을 일으켰다.

"드디어 이 덴토마가 돌아왔습니다."

"오데르는?"

"어명을 받들어 마르세르로 복귀 중입니다. 자네들도 어서 마르세르로 돌아가게."

덴토마의 지시를 받은 근위 기사들은 왕세자에게 예를 갖춘 뒤 밖으로 나갔다. 론투엘이 잡을 새도 없었다.

론투엘은 중년의 사내를 노려보았다.

어릴 때부터 싫어했던 남자다. 아버지가 덴토마를 그의 무술 스승으로 삼았던 것이다. 다른 사람들과 달리, 덴토마는 왕세자라고 해서 봐주지 않았다. 목검으로 하도 얻어맞아서 기절한 적도 있었다.

"저하, 좋은 소식이 있습니다."

"……좋은 소식?"

론투엘은 속으로 당신이 사라져 주는 게 좋은 소식이야, 하고 생각했다.

"셀레스카르 님께서 마음을 바꾸셨습니다."

"그래?"

론투엘의 눈이 반짝거렸다.

"저하를 제자로 삼기로 약조하셨습니다."

"하하하, 역시."

"그분이 저하를 뵙고 싶어 합니다. 저를 따라오십시오."

"좋아. 서두르자고."

론투엘은 희희낙락 웃으며 단장을 따랐다.

셀레스카르는 엘프 예언자인 동시에 룬트란 왕국 전체를 통틀어 열 손가락 안에 들어가는 강자였다.

단순히 강하기 때문에 존경받는 건 아니었다.

셀레스카르는 오래전에 사라진 하이엘프, 즉 고대 엘프의 직계 후손이었다. 그 때문인지 위대한 존재이자 위험한 존재인 드래곤과도 친분이 깊었다. 셀레스카르는 드래곤 헤라를 언제든지 찾아가도 화를 입지 않는, 몇 안 되는 인물이었다.

또한 지하에서 주로 머무는 드워프와도 친한, 그래서 땅 깊은 곳까지 자유롭게 드나들 수 있는 극소수 엘프 중 하나였다. 소문에는 구름 너머 높은 곳에서 지상을 내려다보는 신선들과도 가끔 만난다고 알려져 있었다.

숱한 청년들이 셀레스카르에게 무공도 배우고 그 후광을 얻기 위해 찾아다녔지만, 이제까지 그 누구도 제자로 인정받지 못했다. 지체 높은 귀족의 자제들은 물론 중명 제국의 황자들도 셀레스카르를 쫓아다녔지만 실패했다. 심지어 젊은 엘프들도 셀레스카르의 눈에는 부족한 모양이었다.

셀레스카르를 마르세르로 초청한 론투엘은 최선을 다해 국빈 대접을 했다. 바로 셀레스카르의 제자가 되기 위해서였다. 그동안 공을 들였는데 이렇게 결과로 나오니 론투엘은 마음이 흡족했다.

"누가 날 노렸는지 자네는 알고 있겠지?"

"레타네크 공작입니다."

"……그 작자가?"

"역심을 품었다는 사실이 밝혀져, 지금쯤 공작가가 쑥대밭이 되었을 겁니다."

"음, 그래야지. 마땅히 그래야지."

론투엘은 부서진 마차, 불에 탄 천막 등을 쳐다보며 습격으로 인해 치열한 전투가 벌어졌음을 알아차렸다. 이방인이 섞인 그 기습은 물거품이 되었다. 이제 반역을 저지른 놈들의 뿌리까지 뽑을 차례였다. 습격에 참가한 이방인도 대가를 치를 것이다.

"여깁니다, 저하."

조그만 마차 앞에 덴토마가 섰다.

"셀레스카르 님이 있다는 거지?"

"들어가십시오."

"좋아."

론투엘은 문을 열고 들어갔다. 약초 냄새가 역했지만 참을 만했다.

셀레스카르를 보고 사부를 향한 예를 갖추려 했던 왕세자는 그 맞은편에 앉은 두 사람을 보고는 인상을 찌푸렸다.

"너희가 왜 여기 있지?"

노바디도, 벨란데르도 놀란 눈치였다. 두 사람은 고개를 돌려 셀레스카르를 쳐다보았다.

"론투엘."

셀레스카르가 말했다.

"사부님."

론투엘은 노바디와 벨란데르를 무시했다.

"인사해라. 이쪽은 네 대사형이자 내 수제자, 노바디다. 여기는 이사형 벨란데르."

"……네?"

론투엘은 귀를 의심했다.

"난 당분간 볼일이 있어서 가 봐야 하니, 사형들이 널 가르칠 것이다. 내가 자리를 비울 때는 사형들의 말이 곧 내 말임을 명심해라."

"그, 그건……."

버럭 소리를 지르며 이곳을 나가고 싶지만, 셀레스카르의 제자는 절대 포기할 수 없는 자리였다.

셀레스카르를 통해 드래곤 헤라와 만날 수만 있다면, 그 성질 나쁜 드래곤의 호의를 얻는다면, 왕국 룬트란을 감히 건드릴 나라는 없을 터였다. 드워프 종족 그리고 수수께끼의 존재 신선들과 친해진다면, 그 유익은 상상을 초월할 것이다. 개인적인 이익이나 명성 때문이 아니라, 왕국의 운명이 걸린 일이니 포기는 불가능했다.

"그게 싫다면 굳이 내 제자가 되지 않아도 된다."

셀레스카르는 단호했다.

"……아닙니다, 사부님."

"돌아왔을 때, 네 사형에게 물어볼 것이다. 만의 하나라도 사형을 가볍게 여겼다면, 내 널 쫓아낼 것이다."

"명심하겠습니다, 사부님."

론투엘은 고개를 숙였지만 속으로는 다른 생각을 했다.

저 이방인들을 적절히 요리하면 그만이다. 약점을 찾아내어 협박한다면 감히 자신을 거스를 수는 없으리라. 겔란드, 가쿨라 그리고 콜마가 저 노바디라는 이방인의 약점이다. 그들을 죽이겠다고 겁을 주면 놈은 납작 엎드릴 터였다.

"그럼, 잘 지내거라."

셀레스카르는 셋만 마차에 남겨 놓고 밖으로 나갔다.

노바디, 벨란데르와 론투엘은 서로를 무시했지만, 누구도

먼저 일어서지 않았다. 혹시라도 밖에 셀레스카르가 있지 않을까 생각한 것이다.

론투엘이 피식 웃었다.

"이런 새끼들이 사형이라니."

그 말을 들은 노바디는 당장 마차 밖으로 나가려 하며 소리쳤다.

"사부님! 사제가 절 무시……."

소스라치게 놀란 론투엘은 급히 노바디를 당겨서 앉히고 문을 닫았다.

"야! 뭐 하는 거야?"

"사부님!"

이번에는 벨란데르가 벌떡 일어나 마차 밖으로 나가려 했다.

"……칠건파를 모조리 죽여 버리겠어. 라마간을 모래 더미로 만들어 버리겠어."

그 말을 들은 벨란데르는 더 크게 외쳤다.

"사부님! 사제가 협박을……."

론투엘은 벨란데르를 안으로 당기고 문을 꽝 닫았다. 그리고 문 앞에 서서 두 사람을 노려보았다. 하도 놀라서 숨소리가 거칠었다.

"나는 이 나라 룬트란의 왕세자다. 차기 국왕이라는 뜻이야. 내가 명령하면 네가 아는 모든 사람들이 죽어. 그래도 계속 까불면 내가 무엇을 할 수 있는지 보여 주지."

"해 봐."

장난기를 지운 노바디는 차분했다.

"……뭐?"

"해 보라고. 라마간을 모래 더미로 만들어 봐. 그러면 우리는 네가 물려받을 왕국을 무너뜨릴 테니까."

벨란데르는 다리를 꼬았다.

"지, 지금 뭐라고 했지?"

"룬트란 왕국을 잿더미로 만들겠다는 뜻이야."

벨란데르는 웃으면서 말했다.

"가, 감히!"

"내가 최근에 배운 게 좀 많거든. 그런 협박은 안 통해. 그리고 조금 전에 굉장한 장면을 봤어. 검제가 누군지 알지?"

"……마룬타 대륙에서도 손꼽히는 검객이잖아. 물론 이방인이고."

"팔건파의 리더 겔란드가 그 검객과 싸웠는데 밀리지 않더라고. 나도 깜짝 놀랐지 뭐야."

론투엘은 할 말을 잃었다. 그 시골 무지렁이 같은 작자가 검제와 대등한 실력의 소유자다? 말이 안 되지만, 저놈이 보여 주는 자신감은 왠지 모르게 자연스러웠다.

"필요하다면 이방인들을 모아서 룬트란 왕국을 멸망시킬 수도 있다. 하지만 굳이 그럴 필요가 있을까 싶은데. 네가 고분고분 말만 잘 듣는다면, 사형이 장차 사제가 왕좌를 이어받을 나라를 건드릴 이유가 어디 있을까? 오히려 도와줘야지.”

노바디가 말했다.

능글맞은 태도, 거침이 없는 언변, 무엇보다 아까 아침에 본 무공 실력까지 저놈에게 다 밀렸다.

론투엘은 이해할 수 없었다. 어떻게 단 하루 만에 이렇게 변할 수 있을까? 어제는 연습 상대도 안 될 만큼 약한 놈이었다. 그래서 심심풀이로 갖고 놀다가 죽였다. 이방인이기 때문에 하루라는 시간만으로도 저토록 완벽하게 달라질 수 있는 걸까?

‘다른 사람 같다.’

그 순간, 론투엘은 노바디라는 이방인이 셀레스카르의 제자, 그것도 수제자라는 사실을 떠올렸다.

셀레스카르는 아무나 제자로 들이지 않는다. 룬트란 왕국의 왕세자조차, 어릴 때부터 천재로 불렸던 론투엘조차도 몇 달이나 비위를 맞춘 끝에 겨우 제자로 받아들여졌다. 그렇다면 저 이방인에게도 특별한 무엇인가가 있다는 뜻이다.

어쩌면 그 특별함이 단 하루 만에 애송이를 사내로 만들었는지도 모른다.

셀레스카르가 인정한 이방인이라면 왕국의 미래에 도움이 되는 존재일 가능성이 높다. 그렇다면 왕세자로서 관계를 돈

독하게 해 둘 필요가 있다. 만약 저 이방인이 드래곤 헤라와 가까워진다면, 이방인을 통해 왕국의 고충을 드래곤에게 호소할 수도 있을 터였다.

게다가 뮬란도르의 숲에 머무는 엘프들이 노바디를 불렀다. 원정대가 시작된 이유가 바로 노바디였던 것이다.

자존심은 버리자.

왕국의 장래를 생각하자.

길게 숨을 내쉰 론투엘은 노바디를 바라보았다. 저 얼굴만 보면 쌍욕을 퍼붓고 싶지만 국가의 운명을 등에 짊어진 왕세자로서의 책임을 모른 척할 수 없었다.

"대, 대사형."

"오호."

노바디의 눈이 살짝 커졌다. 이 고집 센 왕세자의 입에서 이토록 빨리 그 호칭이 나올 줄 몰랐던 것이다.

"나는?"

벨란데르가 눈을 부라렸다.

"……이사형."

"오냐."

깔깔 웃는 벨란데르.

"사형들께 인사 올립니다."

론투엘은 고개를 숙였다.

손이 론투엘의 정수리에 놓였다.

"사형들만 믿고 따라와. 그러면 신세계를 보게 될 거야."

벨란데르가 머리를 쓰다듬었다.

론투엘은 몸이 떨렸지만 끝까지 참았다.

왕국을 위해서.

룬트란의 백성을 위해서.

비무

찜질방은 한산했다.

안진후는 삶은 계란을 까서 먹는 김현을 물끄러미 쳐다보았다.

그 이야기를 해야 하는데, 입술이 떨어지지 않았다. 작은형 안택현이 뎁스 시스템을 개발하고 테스트하는 디룸의 총괄 책임자일 뿐 아니라 사고를 알고서 은폐를 시도했으며 사실상 죽일 생각을 가졌다는 사실을 친구에게 말할 엄두가 나지 않았다.

사이다를 꿀꺽꿀꺽 마신 김현이 안진후를 보았다.

"네가 알아서 해."

"……뭘?"

"디월드 문제."
"어떻게 알았냐?"
"똥 마려운 표정이니까."
"뭐?"
"참지 말고 얼른 싸라. 계속 참으면 지독한 방구만 나와."
김현은 손을 뻗어 또 다른 계란을 집었다. 벌써 혼자서 열다섯 개나 먹어 치운 후였다.
"너, 진짜 잘 먹는다."
"그냥 술술 넘어간다. 사이다도 시원하고."
씩 웃는 김현.
"고생했다."
"그만해라. 너 틈만 나면 그 이야기를 하잖아. 나만 고생한 건 아니야. 너도 거기 있었잖아."
하나를 다 먹고 또 다른 계란을 까면서 김현이 말했다.
"……난 일찍 나왔잖아."
"맞아. 넌 날 버리고 갔어."
아무 말도 못 하는 안진후가 고개를 푹 숙였다.
"그러니까 계란하고 사이다 좀 더 가져와. 그러면 깨끗하게 용서해 줄게."
장난스럽게 웃는 김현.
"야, 또 먹어?"
"서른 개는 먹어야 배가 찰 것 같아. 어서."

안진후는 계란 열 개와 사이다 두 캔을 가지고 김현 앞으로 돌아왔다. 어느새 김현은 스무 개를 다 먹어 치웠다.

아직도 뎁스 파이브 디월드에 있는 느낌이 들었다. 머리에 수건을 뒤집어쓴 사람들이 주위에 앉아 있고 근처로 어슬렁거리고 돌아다니지만, 그들은 의미 없는 배경 같았다.

돌도끼를 던져 사냥하던 김현, 밀림으로 들어가 하늘까지 솟구친 나무 위에다 집을 짓기 위해 두 눈 감고 나무를 타야 했던 안진후, 함께 티라노사우루스를 닮은 몬스터에게 쫓겼던 순간.

왠지 지금보다 그때가 더 진짜 같았다.

"아쉽다."

찜질방 밖으로 나오면서 안진후가 말했다.

"뭐가?"

"헤어지기가."

"야, 징그럽다."

김현이 웃으며 안진후를 살짝 밀었다.

"하하, 좀 오글거리긴 해. 난 사실, 헤어지면 아주 오랫동안 못 볼 것 같다는 생각이 들어."

"……나도 그래."

김현은 안진후가 갑자기 사라진 후 혼자 보냈던 시간을 잊을 수 없었다. 외로움은 보이지 않게 내려와 쌓이는 눈 같았다. 어느새 눈에 파묻혀 빠져나오기가 힘들었다.

"또 보자."

"그래, 또 보자."

안진후와 헤어진 김현은 버스 정류장에 섰다. 4년 만에 처음으로 버스를 타야 하지만 두려움보다는 호기심이 압도적으로 컸다. 노선도 달라져서 집으로 가는 버스 번호를 한참 동안 찾아야 했다.

가만히 서 있기 심심해서 마보 자세를 잡았다. 주위에 있던 사람들이 힐끔거렸지만 무시했다.

뎁스 파이브 디월드에서의 수련이 어느 정도 현실에도 영향을 미치는 모양인지, 별로 힘들지 않았다. 김현은 페플에서처럼 기의 순환이 이루어지는지 보려고 했지만, 승복 비슷한 개량 한복을 입은 할아버지가 다가왔다.

"음, 자네는 보통 사람이 아니구먼."

김현은 가만히 있었다.

"앞으로 크게 될 운명이야. 보통 사람은 보지 못하지만, 내 눈에는 자네의 몸에서 흘러나오는 휘광이 보인다네. 따라오게. 자네가 가야 할 길을 알려 주겠네."

4년이 흘렀어도 이런 사람은 어디에나 있는 모양이다.

마침 집으로 가는 버스가 왔다.

“제 길은 제가 알아서 할게요, 할아버지.”

김현은 얼른 버스에 올라탔다.

버스 내부는 한산했다. 빈자리가 제법 있었다.

뒤쪽 자리에 가서 앉았다. 곧 창밖 풍경에 푹 빠졌다. 달라진 세상뿐 아니라 이전엔 몰랐던 세상이 거기 있었다.

몇 정거장을 통과한 후쯤일까, 옆에 누군가 와서 앉았다. 향수를 뿌렸는지 꽤 향기가 강했지만 김현은 바깥을 보기 바빴다.

“저…….”

김현은 그제야 옆에 앉은 사람을 바라보았다. 머리카락이 긴, 화장을 꼼꼼히 한 여자였다. 아무래도 대학생 같았다.

“네.”

“커피 한잔할래요?”

“……네?”

“커피요.”

여자는 당당했다. 거절은 전혀 고려하지 않는 태도였다. 그만큼 외모에 자신이 있다는 뜻이었다.

“전 고등학생인데요.”

“정말?”

여자는 대뜸 말을 놓았다.

“어.”

김현도 편하게 말했다.

"전혀 그렇게 보이지 않아. 음, 뭐랄까. 분위기가 좀 어른스럽달까. 난 대학생이야. 저기 스타벅스가 있네. 내리자. 누나가 커피 사 줄게."

여자는 김현의 손을 잡고 버스를 내렸다. 손을 잡은 채 스타벅스 안으로 들어가 빈자리에 김현을 앉히고, 자신은 카운터로 가서 주문을 했다.

그 당당한 태도에 김현은 적잖이 놀랐다. 세상에 이런 일도 있구나 싶었다.

"내가 알아서 시켰어."

그 여자가 돌아와 김현 맞은편에 앉았다.

"원래 그렇게 맘대로 해?"

"마음에 드는 걸 보면 못 참아. 난 홍유정이야."

"김현."

"학교엔 안 갔어? 아니면 땡땡이?"

"관뒀어."

"그래? 용감하네."

"비겁한 것일 수도 있어."

김현은 아직도 제대로 기억나지 않는 과거를 생각했다. 지금은 그 부분을 파헤치고 싶지 않지만, 언젠가 정면으로 부딪쳐야 할 때가 올 것이다.

"진짜 비겁하면 그런 말, 안 해. 아니, 못 해."

"그럴까?"

"누나를 믿어."

홍유정은 커피와 쿠키를 가져왔다. 카페 라떼 두 잔에 촉촉한 초코 쿠키였다.

한 모금 마신 홍유정이 물었다.

"학교 안 가면 시간이 남겠네. 뭘 하니? 페플?"

"빙고."

김현도 달콤한 커피를 마셨다.

여유롭게 여기 앉아 있지만, 한편으로는 이런 자신이 신기했다. 뎁스 파이브 디월드에서의 경험은 13년이라는 세월을 포함하지만 현실로 돌아와 보니 마치 긴 꿈처럼 그 기억이 희미해졌다. 그렇다고 완전히 잊은 건 아니지만, 어딘지 모르게 갑자기 자신이 달라진 듯한 느낌에 어색한 마음이 점점 커지고 있었다.

낯선 사람과 대화를 나누면서 커피를 마시다니. 그것도 눈이 저절로 가는 여대생과 함께.

어쩌면 꿈을 꾸고 있는지도 몰랐다. 깨고 나면 어떤 세상을 보게 될까? 뎁스 파이브 디월드? 아니면 4년 동안 갇힌 그 방? 그럴 일은 없다는 사실을 알면서도 계속 그런 생각이 뭉게뭉게 피어올랐다.

"캐릭터 이름은?"

홍유정이 물었다.

김현은 빙긋 웃었다. 노바디라는 이름을 알려 줄 마음은 조금도 없었다. 낯선 사람과의 관계는 커피 한 잔으로 충분하다. 그 이상을 허용하고 싶지는 않았다.

"커피 잘 마셨어."

김현은 일어났다.

"뭐?"

"갈게."

뒤도 돌아보지 않고 밖으로 나간 김현은 달리기 시작했다. 다시 버스에 타고 싶지는 않았다.

조금씩 속도가 붙었다. 전혀 힘들지 않았다. 땅을 딛는 발에 힘을 줄수록 더 빨라졌다. 얼굴을 스치고 지나가는 바람이 상쾌했다.

아파트 맞은편 공원이 보였다. 귀찮아서, 불편해서 한동안 가지 않았던 그 공원으로 들어선 김현은 이근상을 한 방에 기절시켰던 바로 그 벤치로 가서 앉았다. 손을 뻗어 소나무를 만지자 그 희미하면서도 도도한 생명력이 느껴졌다.

그 기운을 마음껏 즐긴 김현은 마보 자세를 잡았다.

눈을 감고 편안한 마음에 이르자 미세한 흐름을 느낄 수 있었다. 먼지가 땅에서 올라와 무릎을 타고 위로 움직이고 있었다. 페플처럼 맹렬하게 돌멩이나 나뭇가지까지 끌어 올릴 수는 없지만, 현실에서도 가능하다는 사실 때문에 놀라면서도 신기했고 또한 기뻤다.

그때, 뒤에서 다가오는 인기척이 느껴졌다.

몸을 일으킨 김현이 옆으로 비켜서자 이근상의 내지른 발은 허공을 갈랐고, 이근상은 중심을 잃고 앞으로 넘어졌다.

김현은 씩씩거리며 일어서는 이근상을 보고는 웃음을 터트렸다. 한번 당하면 반드시 복수하려는 저 근성만큼은 인정하지 않을 수 없었다.

"……웃어? 이 개새끼."

이근상이 점퍼를 벗고 소매를 걷으며 다가왔다.

김현은 어떻게 해야 하나 생각했다. 이근상의 기질이면 계속 공원을 기웃거릴 것이다. 어떻게 해야 이근상이 두 번 다시 공원에 얼씬거리지도 못하게 만들까? 공포를 불러일으킬 만큼 압도적인 힘이라면 녀석을 쫓아 버릴 수 있을까?

너무 세게 때리면 곤란하다. 뼈가 부러지기라도 한다면 치료비를 물어 줘야 한다.

좋은 생각이 떠올랐다. 상대를 놀라게 하고 고통을 주면서도 다치지는 않게 하는 것이다. 수라부월공의 박비위중을 변형하여 상대를 밀어 올리면서도 타격을 줄이면 가능할지도 모른다.

김현은 달려드는 이근상의 주먹을 가볍게 피한 후, 턱을 올려쳤다.

이근상은 공중으로 떠올랐다.

무려 3미터나.

공중에서 몸이 뒤집힌 이근상은 팔다리를 버둥거리며 비

명을 질렀다. 3미터에서 내려다본 광경에 겁이 났다. 누군가에게 맞아서 이렇게 아픈 적도, 이렇게 몸이 둥실 떠오른 적도 없었다. 머릿속이 새하얗게 질릴 정도로 고통스러웠다.

더 이상 적룡회 길드에서 쫓겨났다는 사실 때문에 마음이 아프지도 않았다. 주먹 한 방으로 고민까지 날아가 버린 것이다.

잔디밭으로 떨어지고도 세 번이나 뒹군 끝에 겨우 멈춘 이근상은 팔다리를 쭉 뻗은 채 하늘을 올려다보았다. 구름이 천천히 흐르는 하늘은 유난히 맑고 높았다.

고통스럽지만 아리지는 않았다.

아프지만 깊이 파고들지는 않아서, 신기했다. 주먹 덕분에 몸과 마음이 깨끗해진 기분마저 들었다.

이근상은 몸을 일으켜 앉았다.

"……너, 뭐냐?"

"경고야. 한 번 더 눈에 띄면, 그때는 각오해야 할 거야."

김현은 이근상을 내려다보며 말했다.

"대체 어떻게 된 거야? 너, 너, 너는 겁쟁이였잖아."

"지금은 아니야."

"……어떻게 그럴 수 있지?"

"살다 보니 이런 날도 오네."

씩 웃은 김현은 공원을 빠져나갔다.

이근상이 따라왔다.

"복싱을 배운 거지?"

"마음대로 생각해. 대신, 내 눈에만 띄지 마."

이근상을 노려본 김현은 집 반대 방향으로 걸었다. 어디에 사는지 저 녀석에게 가르쳐 줄 생각은 조금도 없었던 것이다.

힘껏 달려서 이근상을 떨쳐 낸 김현은 크게 돌아서 아파트 뒤쪽 담을 넘었다. 주위를 살폈다. 이근상은 그림자도 보이지 않았다.

오늘 하루 벌어진 일을 생각하며 아파트 현관으로 가서 엘리베이터에 올라탔다. 끝내주는 하루라고 생각했다.

엄마는 아직 퇴근 전이었다.

윤태희가 엄마에게서 받아 온 열쇠로 문을 열었다. 기분이 이상했다. 생각해 보니, 4년 만에 처음으로 직접 문을 따고 집으로 들어온 것이다.

마음이 편안해졌다.

역시 집이 최고였다.

소파에 앉아 텔레비전을 보았다. 아니, 텔레비전은 그냥 아무 채널이나 틀어 놓았을 뿐이다.

이곳 현실에서의 삶은 기가 막히게 좋았다.

어젯밤에는 안진후와 술을 마시며 즐거운 시간을 보냈다.

오늘 아침에는 적룡회의 기습을 멋들어지게 막아 냈고, 룬트란 왕국의 차기 국왕이 될 왕세자 론투엘을 사제로 삼았다.

낮에는 4년 만에 찜질방에서 땀을 흘렸고, 돌아오는 길에는 홍유정이라는 예쁜 여대생 덕분에 달콤한 커피를 마셨다. 그리고 잠깐 들른 공원에서는 이근상을 만나 한 방 제대로 날렸다.

그런데 왜 부족하다는 느낌이 들까?

사소하고 유치한 일을 지나치게 부풀리는 느낌이랄까.

갑자기 든 생각 때문에 김현은 깜짝 놀랐다. 그 지긋지긋한 뎁스 파이브 디월드가 그립다는, 다시 가고 싶다는 생각이 뇌리를 스쳤던 것이다.

비록 혼자였지만 거기서 김현은 매 순간 긴장하면서 목표를 조금씩 이루어 나갔다. 밤중에 나가는 사냥은 짜릿한 경험이었다. 이기기 어렵기에, 때로는 불가능하기에 성공하면 더 강렬한 쾌감을 선사했다.

"……중독이야."

김현은 자기 상태를 어렴풋이 깨달았다.

그 치명적인 세계에 중독된 것이다. 초콜릿이나 설탕 같은 단 음식만 먹으면 다른 음식은 밋밋하게 느껴질 것이다.

문제 해결에는 시간이 필요하다. 어디에선가 읽은 글귀였다. 서두르면 엉뚱한 곳으로 가기 마련이다. 자기 위치를 잃어버리면 어디로 가는지도 모른 채 계속 갈 수밖에 없다.

필요하다면 전문가의 도움도 받으리라.

그때, 문 여는 소리가 들렸다.

엄마였다.

환한 미소의 엄마를 본 순간, 뎁스 파이브 디월드를 향한 그리움은 햇볕에 노출된 안개처럼 사라졌다. 엄마가 있는 이 곳이야말로 고향이며, 계속 살아갈 곳이었다. 강렬한 확신은 따뜻한 햇살처럼 김현을 감쌌다.

"재미있게 놀았어?"

"굉장했어."

활짝 웃는 김현.

"엄마는 네게 그런 친구가 있는지도 몰랐다."

"나중에 한번 데려올게."

"왠지 기대가 되는데. 오늘은 콩나물밥 먹자. 어때?"

"당연히 좋지."

김현은 다가가서 엄마를 꽉 안았다.

엄마는 세계의 중심이었다.

안진후는 장작을 뜰로 가져가서 모닥불을 피웠다.

거실에는 커다란 벽난로가 있어서 거기에 장작을 던져 놓고 불을 피워도 따뜻할 테지만, 나무로 둘러싸인 정원이 더 좋았다. 고생했던 디월드와 비슷해서일지도 모른다.

두꺼운 외투를 입은 채 그 불꽃을 바라보았다. 셀레스카르가 건넨 붉은 구슬, 모리후르에서 본 장면이 떠올랐다. 드래곤 헤라는 모닥불을 응시하다가 불의 정령과 계약을 맺었다.

"여기서도 할 수 있을까?"

그렇게 말한 안진후는 킬킬 웃었다. 그런 생각 자체가 얼마나 황당한지 스스로 깨달았던 것이다.

검은 막대기 위로 춤추는 불꽃을 응시하면서, 안진후는 뎁스 파이브 디월드에서의 사고를 보고하지 않은 채 은폐하려 했던 작은형을 떠올렸다. 안택현이 후회하고 잘못을 바로잡기보다는 저 모닥불에서 불의 정령이 뚝 떨어져 나오는 게 빠를 것이다.

직접 나설 수는 없다. 아니, 현재 가진 힘으로는 작은형의 손끝도 건드리지 못할 것이다.

아버지에게도 알릴 수는 없다. 아버지는 이번 일을 페플 그룹을 위해 이용할 것이다.

큰형은?

재미있는 아이디어가 떠올랐다.

안형준은 안택현을 눈엣가시처럼 생각한다. 만약 안형준에게 안택현을 공격할 무기가 주어진다면? 안형준은 은밀하면서도 효과적으로 안택현에게 대미지를 입힐 것이다.

집 안을 관리하는 아저씨에게 모닥불 뒤처리를 맡긴 안진후는 방으로 올라가 그 아이디어를 현실로 만들었다. 적당한

실마리를 수수께끼 형태로 만들어 안형준에게 메일로 보냈다. 물론 추적은 불가능한 경로를 통했다. 안형준은 정보의 소스를 찾기 위해 애를 쓰겠지만, 막내에게서 시작되었다는 사실은 결코 알지 못할 터였다.

침대에 누워 팔베개를 한 안진후는 활짝 웃었다.

주위는 조용했다.

시계의 바늘은 자정을 넘어 밤 1시를 향해 가고 있었다. 김현은 소파에 앉아 있었다. 그냥 잠이 오지 않아서였다.

눈을 감았다.

싸우는 소리가 희미하게 들렸다. 귀를 기울이자 소리는 또렷해졌다. '쥐꼬리만 한 봉급'이라는 여자의 목소리, '게을러 터져서 집안이 엉망이잖아'라는 남자의 목소리가 귀로 파고들었다. 곧 '가정교육을 어떻게 받았길래'와 물건 박살 나는 소리도 들렸다.

집중할수록 소리는 선명해졌다. 이제, 씩씩거리는 숨소리까지 들을 수 있었다.

냉장고가 윙 돌아가는 소음이 집중력을 깨뜨렸다. 김현은 더 이상 부부 싸움 소리를 들을 수 없었다. 가만히 앉아서 그 소리에 귀를 기울인다면 엿들을 수 있겠지만 굳이 그래야 할 이유가 없었다.

감각은 예민하게 날이 서 있었다. 뒤를 보지 않아도 무엇이 있는지 느껴졌다. 겔란드에게서 배운 청명이 뎁스 파이브 디월드에서의 수련 덕분에 더 날카롭게 변한 모양이었다.

얼마나 성장했을까?

궁금해진 김현은 화분과 상추 씨앗을 가져왔다.

"해 보면 알 수 있겠지."

김현은 상추 씨앗을 손바닥에 올려놓고 눈을 감았다.

곧 그 씨앗의 춤에 스며들었다. 그 작고 신비로운 생명력의 요동에 맞추어 기를 움직이자 마법처럼 싹이 났다. 연한 녹색의 잎이 씨앗에서 삐져나와 커지는 그 과정은 믿을 수 없을 만큼 빨랐다.

대략 5분 만에 잎이 3센티미터 크기로 자랐다.

준비해 놓은 화분에 싹을 하나씩 거리를 두고 심은 김현은 몸을 살폈다. 극심한 피곤과 허기가 몰려들지 않을까 염려했지만, 몸은 멀쩡했다. 셀레스카르 특유의 수련 방식이 몸에 도움이 된 모양이었다.

이 과정을 동영상으로 찍어 인터넷에 올리면 어떤 반응이 나올까? 열에 아홉은 마술이라면서 그 트릭을 폭로할 수 있다는 사람들의 주장일 것이다. 누구도 상추 씨앗이 진짜로 싹을 틔웠다고 생각하지 않을 것이다.

"……그게 상식이니까."

김현은 그 화분을 책상에 올려놓았다. 이제 화분 두 개에 상추가 자라고 있었다.

상추를 보고 있노라면 현실감각이 희미해졌다. 이곳이 현실인지, 페플인지, 아니면 뎁스 파이브 디월드인지 분간이 가지 않았다. 가끔은 굳이 알아야 할 필요가 있는가, 구분을 지을 이유가 있는가 생각해 봤다.

상식은 모두의 지식이 아니다.

다수의 지식이다.

극소수에 속하면 살아가는 데 애로 사항이 많다. 왕따도 결국 다수가 소수를 괴롭히는 현상이다.

소수에 속했던 김현은 다수의 지식, 많은 사람들이 인정하는 상식 바깥으로 나갈 수 있어서 무척이나 뿌듯했다. 힘 있는 사람들, 떵떵거리는 사람들의 뒤통수를 때리는 기분이랄까.

무엇을 더 할 수 있는지 알고 싶었다.

어떤 상식을 파괴하여 뛰어넘을 수 있는지 알아내고 싶었다.

김현은 공원으로 나갔다. 자정이 훌쩍 넘은 시간이어서 공원은 텅 비어 있었다. 군데군데 가로등만 홀로 빛을 뿌리고 있었다.

가만히 선 자세로 호흡을 가다듬은 후, 수라부월공을 펼쳤다. 손날을 도끼로 생각했다. 확실히 페플에서의 위력에 미치지 못했다. 발을 구르면 '텅' 땅이 울렸지만 발자국이 깊게 나거나 사방으로 금이 가는 일은 없었다. 그래도 빠르게 움직이며 있는 힘을 토해 내니 땀이 쏟아졌다. 숨이 가빠져 헐떡거렸지만 연이어 세 번 수라부월공을 쏟아 냈다.

"휴우."

김현은 소나무 옆 벤치에 털썩 주저앉았다.

격한 숨소리를 들으면서, 김현은 고개를 들어 하늘을 바라보았다. 달이 외롭게 빛을 퍼트리고 있었다. 주변에는 뿌려 놓은 듯한 별들이 검은 하늘에 박혀 있었다.

"……이게 아니야."

수라부월공, 마음에 들지 않았다. 겔란드의 시범에 비하면, 조금 전 동작은 어설퍼서 부끄러운 수준이었다.

더 빨라야 한다.

더 강해야 한다.

더 유연해야 한다.

집으로 돌아온 김현은 소파를 쳐다보았다. 몸은 피곤했지만 소파에 누워서 편하게 잠을 잔다면 현실은 달라지지 않을 것이다. 마음을 굳힌 김현은 소파를 벽으로 밀어서 붙였다.

걸레를 가져와서 소파가 있던 곳을 깨끗이 닦아 낸 김현은 길게 숨을 내쉬었다.

"해 보자."

김현은 마보 자세를 취했다.

세 시간을 자고 새벽 일찍 일어난 김현은 밖으로 나갔다.

공원으로 가려는데, 주차장과 아파트 현관 사이에 우뚝 선 벚나무가 눈에 들어왔다. 철가루가 자석에 이끌리듯 그 앞으로 간 김현은 4년 전 봄에 만발했던 저 벚나무를 떠올렸다. 짙은 나무줄기를 덮을 만큼 풍성한 연분홍 꽃잎은 바람에 흔들리며 우수수 떨어졌었다.

김현은 손을 들어 벚나무 위에 올렸다.

그 순간, 몸에서 뜨거운 기운이 흘러나와 벚나무로 스며들었다. 놀란 김현이 손을 뗐지만 이미 그 기운은 벚나무로 퍼져 나간 후였다.

약간의 현기증이 몰려왔다.

김현은 가만히 서서 몸 상태를 살폈다. 배가 고프고 몸이 무겁다는 점을 제외하면 몸은 괜찮은 편이었다.

이유를 모르기 때문에, 조심해야겠다고 생각하면서 김현은 공원으로 나갔다.

제법 많은 사람들이 공원을 걷고 있었다. 개를 끌고 나온 사람, 귀마개를 한 할머니들, 파워 워킹으로 살을 빼는 아줌마, 장갑 낀 손에 라디오를 든 아저씨 등 다양한 사람들을 본 김현은 이제 막 해가 떠오른 이른 시각에도 세상은 깨어 있다는 사실을 실감했다.

김현은 벤치 옆 그 소나무 옆으로 갔다. 소나무 바로 뒤쪽의 공간에 선 김현은 마보 자세를 잡았다.

오가는 사람들, 특히 할아버지, 할머니 들의 시선이 김현을 훑고 지나갔지만 누구도 말을 걸지 않았다.

30분가량 마보로 몸에 열을 낸 김현은 조심스럽게 오른발을 앞으로 한 걸음 내디뎠다. 자연스럽게 몸의 중심이 왼 다리로 옮겨갔고, 오른 주먹을 내지르며 가슴을 왼쪽으로 열었다. 어느새 몸의 정면이 왼쪽을 향하면서 고개를 오른쪽으로 돌려 앞으로 쳐다보는 자세가 잡혔다.

텅.

의외로 큰 소리가 들렸다.

페플에서처럼 발자국이 깊이 패거나 디딘 곳을 중심으로 사방으로 금이 갈라지는 현상은 일어나지 않았지만, 운동화 옆으로 먼지와 마른풀이 쓸려 나갔다.

소리가 나면 안 된다. 셀레스카르가 보여 준 타각, 좌각은 어마어마한 힘을 품고 있으면서도 고요했다.

"한 번 더 해 보자."

그 자세에서 몸을 오른쪽으로 회전하며 왼쪽 주먹을 앞으로 내밀었다. 왼쪽 발이 정면으로 성큼 한 걸음 내디딘 셈이다. 이제 몸은 오른쪽으로 열렸고, 시선은 왼쪽으로 돌려서 정면을 바라보고 있었다.

텅.

더 큰 소리가 났다.

지나가던 아저씨의 눈길이 김현에게 꽤 오래 머물렀다. 계속 큰 소리를 내면 조용한 산책을 즐기는 사람들에게 방해가 될지도 모른다.

타각, 좌각 수련은 페플로 들어가서 하기로 마음먹은 김현은 눈을 감고 마보 자세를 취했다. 이곳에서 수라부월공 일곱 초식을 펼쳐 보고 싶지만, 그랬다가는 구경꾼이 제법 모일 터였다. 괜한 일로 관심을 끌고 싶지 않았다.

마보 자세는 쉬웠다. 마음이 깊이 가라앉아서 누워 있는 느낌이 들 정도였다.

누군가의 손이 어깨를 밀었다.

김현이 따라 반응할 필요가 없이, 몸을 휘감고 돌던 미세한 기운이 그 손을 밖으로 밀어냈다.

김현은 눈을 떴다.

개량 한복을 입은 노인이 앞에 서 있었다. 머리카락이 산발이었다. 베토벤 헤어스타일인데, 괴팍한 인상 때문인지 씻지 않고 내버려 둔 느낌이 강했다.

"기초가 튼튼하구먼. 누구에게 배웠나?"

노인이 물었다.

김현은 버스 정류장에서 만났던 그 수상한 할아버지를 떠올렸다. 비슷한 분위기였다.

"먼저 갑니다, 할아버지."

김현은 뒤도 돌아보지 않고 달렸다. 이근상을 따돌렸을 때처럼 일부러 반대 방향으로 뛰다가 크게 우회해서 집으로 향했다.

엘리베이터 안에서 웃음이 터졌다. 할아버지 두 분에 여대생까지. 예전에는 이런 일이 잘 없었는데.

세상이 이상해졌을까?

문을 열고 들어가니, 엄마가 긴장한 얼굴로 나왔다. 손에는 컵이 들려 있었다. 그 안에는 수삼과 우유를 넣고 갈아서 만든 하얀 액체가 가득 들어 있었다.

"잠깐 산책 갔다 왔어. 쪽지 봤지?"

"……응."

"건강에 좋잖아."

"이거, 마셔라."

김현은 꿀꺽꿀꺽 그 자리에서 다 마셨다. 바닥에 잔뿌리와 건더기가 남아 있었다. 컵 바닥을 쳐서 그것까지 모조리 입에 넣고 오물거려서 삼켰다.

"맛 좋다. 엄마는?"

"마셨지."

"거짓말."

김현은 씩 웃었다.

"곧 마실 거야."

"꼭 마셔야 돼. 아니, 내가 해 줄게. 엄마는 앉아 있어."

김현은 엄마를 식탁 앞에 앉히고 씻은 수삼과 우유, 꿀을 넣고 믹서를 돌렸다. 비율은 그때그때 엄마에게 물어서 알아냈다. 유리컵 가득 하얀 액체를 채운 김현은 엄마 앞에 내려놓고 맞은편에 앉았다.

"꿈을 꾸는 것 같다, 요즘."

엄마는 한 모금 마시고 말했다.

"쭉 마셔."

엄마는 반을 비웠다. 한 번에 다 마시기에는 양이 많았다. 엄마는 주머니에서 핸드폰을 꺼냈다.

"필요할 것 같아서 샀어."

"역시 엄마야."

김현은 활짝 웃었다.

"언제든 일이 있으면 연락해."

"알았어."

"엄마는, 원하는 게 한꺼번에 이뤄져서 조금 불안해."

"나도 그래."

김현은 거짓말을 했다. 13년 전에는 손에 쥔 것을 잃어버리지는 않을까 노심초사할 때도 있었다. 그 긴 세월은 변화가 몸 깊이 파고들어 스며들기에 충분한 시간이었다.

"우리 아들, 맞지?"

"당연히 엄마 아들이지, 내가 누구겠어?"

"고마워, 김현."

"내가 더 고마워. 항상 날 믿고 기다려 줘서."

엄마를 꼭 안은 김현은 욕실로 들어가서 물을 틀었다. 몸을 적시는 뜨거운 물의 감촉은 환상적이었다. 그냥 눈물이 났다. 감격 때문이었다. 이런 삶을 살 수 있다는 사실에 감사해서였다.

머리를 수건으로 닦으며 방으로 들어선 김현은 페플 커넥터 앞에 섰다. 변화의 시작점이었다. 엄마의 권유로 시작된 페플에서의 삶이 현실의 삶까지 바꿔 놓았다.

아침밥을 맛있게 해치운 김현은 커넥터 안으로 들어갔다.

"섭섭했지?"

겔란드가 말했다.

"조금요."

노바디가 대답했다.

"셀레스카르 님께서 부탁하셨다. 네게는 아무 말도 하지 말라고. 그게 수련에 도움이 될 거라고."

"역시, 그랬군요."

노바디는 피식 웃었다.

그 늙은 엘프는 티메후르를 건네기 전에 일부러 투지를 불러일으키려고 겔란드의 행방을 숨긴 것이다.

그렇다면 왕세자와의 대련도 셀레스카르와 관련이 있는, 셀레스카르가 의도한 일인지도 모른다. 왕세자에게 건방진 이방인들을 손보는 일은 심심풀이였겠지만, 셀레스카르의 한마디가 왕세자를 움직였을 수도 있다.

겔란드가 멈춰 선 곳은 수라부월공 시범을 보여 준 그 공터였다.

"티메후르, 꽤 힘들었지?"

"……그걸 어떻게?"

노바디는 깜짝 놀랐다.

"나도 경험했거든. 약 석 달이었어. 혼자서 온갖 고생을 다 했지. 겨우 돌아오니, 이곳에서는 겨우 세 시간 지났더군."

"대사형도 저도, 셀레스카르 님께 당했네요."

"내 경우는 셀레스카르 님과는 상관없다. 드래곤 헤라가 날 골탕 먹이려고 그 구슬을 줬으니까. 물론 당시에는 그 아름다운 여인이 드래곤일 거라고는 상상도 못 했지."

"와."

노바디는 감탄했다. 드래곤 헤라를 만나다니.

"넌 얼마나 있었냐?"

"약 13년입니다."

"……뭐?"

겔란드의 눈이 커지고 입안이 동굴처럼 새까매졌다. 눈에는 흰자위가 도드라졌다.

“혼자가 아니라서 겨우 버틸 수 있었습니다.”

노바디는 벨란데르가 중간에 먼저 이곳 페플로 나왔다는 이야기는 하지 않았다.

“벨란데르냐?”

“네.”

“두 명이라면 그래도 서로를 의지할 수 있으니까. 아, 그래서 셀레스카르 님이 벨란데르도 제자로 삼으셨군.”

“맞습니다.”

“한 명의 친구, 목숨을 걸 만한 친구는 평생을 가도 얻기 힘들다. 그러니, 소중히 여겨라.”

“네, 대사형.”

그 말에 노바디는 가슴이 따뜻해졌다.

얼굴에서 미소를 지운 겔란드가 등 뒤로 손을 뻗어 중거추를 뽑았다. 양날도끼에 비친 햇살이 반짝거렸다. 한 손으로 무거운 도끼를 들어 올린 겔란드가 갑자기 앞으로 튀어나오며 맹부단월로 노바디를 내리쳤다.

“대사형!”

노바디는 얼른 뒤로 물러서며 사라겐의 수부를 뽑았다.

그 작은 손도끼로 중거추를 막지는 않았다. 그래 봐야 힘으로는 압도당할 게 뻔했다.

겔란드는 자세를 낮추며 비어초목으로 중거추를 휘둘렀다. 바닥을 쓸면서 다가오는 도끼는 발목을 노렸다.

노바디는 위로 몸을 날려 동령고송을 펼쳤다. 수라부월공에서 위력으로만 따지면 가장 강한 초식이었다.

캉!

사라겐의 수부를 중거추가 튕겨 냈다.

노바디는 공터 끝까지 날아갔다. 겨우 충격을 떨친 그에게 겔란드가 달려왔다. 박비위중이었다. 겔란드는 양날도끼 중거추를 한 손으로 쥔 채 마치 검처럼 찔렀다.

탕.

사라겐의 수부로 엉겁결에 막았지만, 그 힘에 밀려 숲으로 처박혔다. 나무가 부러지고 덤불이 갈라졌다.

헐떡거리며 일어선 노바디는 숲 위에 떠 있는 겔란드를 발견했다. 동령고송이었다.

사라겐의 수부로는 막을 수 없다. 피해야 한다. 노바디는 급히 옆으로 몸을 날렸지만, 그 충격파에 휘말렸다. 손아귀가 찢어지며 쥐고 있던 손도끼가 빙글빙글 날아가 나무에 퍽 박혔다.

"……대사형?"

중거추가 맹렬하게 회전하며 나무든 돌이든 수풀이든 자르거나 튕겨 내며 다가왔다. 비어초목이었다. 수라부월공을 펼치는 겔란드의 눈은 차갑게 가라앉아 있었다.

노바디는 나무를 타고 올라갔다가, 그 나무가 잘리자 몸을 날려 또 다른 나뭇가지에 겨우 매달렸다.

"대체 왜 이러는 겁니까?"

"13년 동안 도망치기만 한 거냐?"

겔란드가 중거추를 어깨에 척 올리며 물었다.

"……제가 앞으로 수십 년을 수련해도 대사형을 이길 수는 없을 겁니다."

"그런 마음이 널 좀먹고 있는 것이다."

겔란드는 이전과는 비교가 안 되는 위력으로 비어초목을 펼쳤다. 이제 중거추에 닿지 않은 나무도 충격파에 부러지거나 잘려 나갔다. 노바디에겐 몸을 날려 잡을 나뭇가지조차 없었다.

"대사형!"

"무인에게 가장 큰 수치가 무엇인지 아느냐? 비무에 있어서 상대가 최선을 다하지 않는 것이다. 서로가 최선을 다했을 때, 결과는 중요하지 않아. 패배도 추억으로 남게 돼. 하지만 상대가 말도 안 되는 이유로 힘을 아낀다면, 혹은 전력을 다하지 않는다면, 그보다 더 비참한 기억은 없다."

"비무라면 미리 알렸어야죠!"

"비무라고 말하면 네가 응했을까?"

그 물음에 노바디는 할 말이 없었다. 대사형과 대등한 입장에서 힘을 겨룬다? 생각해 본 적도 없었다. 노바디에게 겔란드는 대사형이라기보다는 사부님에 가까운 존재였다.

"최선을 다해라. 그러지 않으면, 오늘부로 너는 내 동생이

아니다. 너와의 인연을 끊을 것이다."

겔란드는 진지했다.

"……알겠습니다."

노바디는 잠시 눈을 감았다. 마음을 가라앉히기 위해서였다. 겔란드가 만족할 만큼의 실력을 보여야 한다.

눈을 떴다.

'대사형이 아니야. 저 사람은…… 내가 디월드에서 상대했던 그 거인이야. 그래, 거인. 몬스터야. 음, 왠지 닮은 것도 같네.'

노바디는 겔란드를 노려보면서 사라겐의 수부가 꽂힌 나무로 걸어갔다. 자루를 쥐고 위아래로 움직여 도끼를 빼내면서도 겔란드에게서 눈길을 떼지 않았다.

"그거다, 노바디."

겔란드의 입이 길게 찢어졌다. 그만의 미소였다.

노바디는 앞으로 한 걸음 내디디며 발을 굴렀다.

쾅!

발이 깊이 땅으로 파고들면서 사방으로 금이 갔다. 대지의 반탄력이 무릎을 타고 허리로 올라오자, 노바디는 그 힘을 고스란히 사라겐의 수부에 담아서 겔란드에게 던졌다.

윙윙.

소리를 내며 날아온 손도끼를 중거추로 막은 겔란드는 깜짝 놀라며 뒤로 튕겨 나갔다. 손도끼는 중거추의 양날 중 하나에 박혔고, 그 힘이 겔란드를 뒤쪽 바위에 처박은 것이다. 바위는 결에 따라 위쪽이 부서졌다.

노바디는 사라졌다.

"여깁니다!"

노바디가 소리쳤다.

위쪽이었다.

겔란드는 맨손으로 동령고송을 펼치는 노바디를 보고는 중거추를 옆으로 던지고 두 팔을 X 모양으로 가로질렀다.

퍽.

겔란드의 몸이 뒤로 미끄러졌다.

이어서 지면을 쓸면서 후리는 다리 공격에 겔란드는 옆으로 넘어졌다. 이번에도 도끼 없는 수라부월공의 초식, 비어초목이었다.

맹부단월, 박비위중으로 이어지는 초식에 겔란드는 속수무책으로 당했다. 거기 깃든 힘 때문에 한번 방어가 뚫리면 연속적으로 공격을 허용할 수밖에 없었다.

노바디가 갑자기 공격을 멈췄다.

가시덤불을 덮쳤다가 머리카락과 볼에 가시가 박힌 채 겨우 일어선 겔란드가 숨을 헐떡거리며 노바디를 쳐다봤다.

"대사형의 기분, 좀 알 것 같습니다. 봐준다는 느낌을 받으니까, 영 할 맛이 안 납니다."

"……난 봐주지 않았다."

"중거추, 왜 옆으로 던졌습니까?"
"그거야……."
겔란드는 말문이 막혔다.
"다시 하죠."
노바디는 중거추의 자루를 발로 밟고 사라겐의 수부를 뽑았다. 그리고 양날도끼를 겔란드에게 던졌다.
"한 방 먹었다. 내 잘못이야. 두 번 다시는 그런 실수, 하지 않겠다."
"갑니다."
노바디는 자신도 모르게 웃고 있었다.
이런 기분, 익숙했다. 몸에 한 방울의 힘도 남지 않을 때까지 전심전력을 다해야 하는 어려운 사냥과 비슷했다. 실바람에도 쓰러질 것처럼 최선을 다하는, 한계까지 밀어붙이는 순간에만 느껴지는 쾌감이었다.
13년 수련의 힘을 모두 쥐어짜 냈다.
콰앙!
노바디가 발을 구르자 주위 나무들이 흔들렸고, 나뭇잎들은 춤을 췄다. 반경 10미터의 땅이 진동했다.
사라겐의 수부가 위에서 아래로 떨어졌다.
겔란드의 중거추가 그 도끼를 막았지만, 뒤로 밀려 나갔다. 중거추를 쥐고 있던 겔란드의 손바닥이 찢어져 피가 흐르기 시작했다. 박비위중, 비어초목에 이어 동령고송이 펼쳐지자, 겔란드는 중거추를 쥔 채 옆으로 몸을 날렸다. 저 작은 손도끼에 담긴 위력을 이 커다란 양날도끼로 막을 수 없다는 판단 때문이었다.

톱니바퀴처럼 착착 이가 맞아서 돌아가는 순환 공격에 겔란드는 밀렸다. 틈은 있지만 너무 빨라서 도저히 비집고 들어갈 수가 없었다.

노바디의 힘은 겔란드의 상상을 뛰어넘었다. 특히 발을 구를 때마다 느껴지는 대지의 기운은 매번 놀랄 수밖에 없었다.

겔란드는 웃었다.

죽을힘을 다할 때의 그 쾌감과는 다른, 부드러우면서도 깊은 기쁨이었다. 바로 막내의 성취를 직접 몸으로 느낀 큰형의 마음이었다.

'그렇다고 질 수는 없지.'

겔란드는 중거추를 던졌다.

"대사형, 또……."

눈살을 찌푸리며 고개를 흔들던 노바디는 깜짝 놀라 그 자리에 누웠다. 바로 위로 중거추가 날이 보이지 않을 만큼 빠르게 회전하며 지나갔다. 조금만 늦었으면 몸이 둘로 잘렸을 것이다.

"불언이신!"

노바디는 수라부월공 마지막 세 초식 중에서도 최강이라 할 수 있는 마지막 초식 불언이신이 펼쳐졌다고 확신했다.

겔란드 옆으로는 접근도 할 수 없었다. 중거추는 기괴한 각도와 방향으로 날아왔다. 거기 깃든 힘도 대단해서 사라겐의 수부로 막는 순간, 하마터면 또 놓칠 뻔했다.

"……반칙입니다, 대사형!"

노바디는 중거추를 피해 달아나면서 외쳤다.

"수라부월공은 모두 열 초식이란다, 막내야."

겔란드는 바위에 앉아 있었다.

콰앙, 땅을 세게 구른 노바디가 사라겐의 수부로 쳐올리자 중거추는 공중으로 10미터나 떠올랐다. 그러나 아래로 내려올 때는 부메랑처럼 회전하며 사냥감을 찾고 있었다.

"이런."

노바디는 최후의 방법을 떠올렸다. 이 수법도 통하지 않으면 달아나다가 저 도끼에 박혀 죽을 것이다.

두 발을 땅에 딛고 선 채, 몸의 힘을 뺐다. 날아오른 중거추를 쳐다보면서 천천히 사라겐의 수부를 들어 올렸다. 몸을 타고 올라오는 대지의 기운이 느껴지는 순간, 노바디는 도끼를 들어 중거추를 내리쳤다.

하얀 선이 둘러쳐진 사라겐의 수부는 중거추의 자루를 둘로 잘랐다. 중거추는 두 조각이 되어 흩어지며 바닥을 뒹굴었다.

노바디는 거칠게 숨을 쉬면서 나뉜 도끼가 각각 공중으로 떠올라 자신을 공격하지는 않을까 염려했다.

겔란드는 비틀거리며 걸어가서, 잘린 도끼 앞에 무릎을 꿇었다.

"내 새끼……."

두 손으로 중거추를 들어 올린 그가 노바디를 노려보았다. 근엄한 표정은 온데간데없고, 울기 직전의 얼굴이었다.

"물어내라."

"……대사형?"

당황한 노바디.

"이게 얼마나 비싼 도끼인 줄 아느냐?"

호통을 치는 겔란드.

"최선을 다하라고 말씀하신 건 대사형이잖아요."

"내 전 재산을 털어서 산 놈이야, 이 중거추는!"

"벨란데르의 그란투모스도 고친 대사형이라면 금세 붙일 수 있잖아요."

"이건 달라!"

소리를 지르는 겔란드.

"어떻게 다른지 몰라도, 제가 고쳐 드릴게요."

"정말?"

겔란드는 히죽 웃었다. 바로 그 말을 기다리고 있었던 것이다.

"대사형."

"음, 고맙다. 역시 막내야. 이 대사형의 마음을 이토록 잘

알고 있다니. 너의 마음을 이 대사형은 도저히 무시할 수 없구나. 그래, 중거추 수리는 네게 맡기마."

겔란드는 잘린 날 부분과 자루 부분을 가져와 노바디에게 안겼다. 그 순간, 퀘스트 창이 열렸다.

중거추 수리

세와타트 산맥 깊은 곳에서 살아가는 드워프 '불꽃망치' 일족을 찾아가서 도끼를 수리하십시오.

어느새 진지하고 엄숙한 표정을 되찾은 겔란드가 물었다.

"아까 그 초식, 불동이경이지?"

"네."

"그렇게 예리한 부기는 처음 봤다."

"사실, 저는 이해할 수 없습니다."

"검제의 검강을 이겨 낸 중거추가 어떻게 네 부기에 잘렸는지 궁금한 게지?"

겔란드는 다 안다는 얼굴이었다.

"그렇습니다."

"남궁현도는 아주 강한 이방인이야. 익힌 검법도 위력적이고. 허나, 틈이 어마어마하게 커. 검제의 검강은 사실 가짜야. 음, 어떻게 설명해야 할까? 그건 산사태 같은 거다. 커다란 산이 무너져 아래로 휩쓸고 내려가면 모든 것을 덮어 버리지. 그만큼 위력이 강하단 말이야. 그러나 미리 알고 있다면 안전한 곳으로 피할 수 있다. 실제로 상대를 쓰러뜨리는 건 산사태 같은 공격이 아니야. 상대의 틈, 약점, 급소를 찌르는 하나의 점이야말로 승부를 결정짓는 능력이다."

"……그래도 잘 모르겠습니다."

고개를 흔드는 노바디.

"네가 도끼에서 뽑아내어 입힌 부기는 남궁현도의 검강보다 몇 배는 강하다. 넌 기운을 하나의 점으로 모았기 때문이야. 저 먼 곳의 태산이 무너지는 것보다 바로 눈앞의 바늘 하나가 더 위력적인 것과 같은 이치다."

노바디는 고개를 끄덕였지만 아직 완전한 이해에 도달하지는 못했다.

"에이, 오늘은 완전히 손해다."

겔란드는 손으로 바지에 묻은 흙을 털어 냈다.

"대사형."

"도끼를 네 몸처럼 여겨라. 그러면 네가 팔을 움직이는 것처럼 도끼도 네 의지에 따라 움직일 것이다."

노바디가 원하는 불언이신의 묘리를 들려준 겔란드는 터벅터벅 폐허가 된 숲을 빠져나갔다.

노바디는 사라겐의 수부를 들어 올렸다. 견고한 자루, 예리한 날, 두툼한 도끼머리를 살폈지만 도저히 스스로 날아다닐 것 같지 않았다.

불언이신을 이루는 데 얼마의 시간이 필요할까?

조바심을 내 봐야 소용이 없을 만큼, 오랜 시간이 필요할 것이다.

사흘 안에

론투엘은 땀으로 범벅이었다.

마보 자세는 보기보다 훨씬 더 힘들었다. 한번 자세를 잡으면 서너 시간은 계속 유지해야 하는데 중간에 수도 없이 무너졌다. 그럴 때마다 이사형 벨란데르는 힐끔 쳐다보며 한마디 했다.

"힘들면 마르세르로 돌아가."

"끙."

론투엘은 이를 악물고 버텼다. 셀레스카르의 제자가 된 이 기회를 걷어찰 수는 없다.

원정대는 며칠 동안의 강행군으로 라운다바우트 가도를 벗어나 북서쪽 길로 접어들었다. 페시몬 협로라 불리는 좁은 길은 세와타트 산맥으로 이어졌다. 절벽 사이를 뚫은 터널도 있고 공중다리도 있어서 꽤 위험한 경로였지만 뮬란도르의 숲으로 가려면 그 길이 가장 빠르고 편했다.

원정대가 휴식이나 야영을 위해 멈추면 론투엘은 마보 자세를 취해야 했다. 근위 기사들도, 요리사도, 하인과 하녀도 모두 수도 마르세르로 돌아갔고, 믿었던 단장 덴토마는 셀레스카르와 함께 어디론가 가 버렸다.

'이건 고문이야, 고문.'

론투엘은 숨을 몰아쉬었다.

왕세자를 쳐다본 벨란데르는 손에 든 돌멩이를 던졌다. 돌멩이는 정확히 론투엘의 사타구니에 박혔다.

"악!"

주저앉으며 데굴데굴 구르는 론투엘.

벨란데르는 모른 척하며 론투엘 앞으로 갔다.

"엄살 피우지 말고 자세나 잡아."

"……이사형, 아파서 죽을 것 같습니다."

"그렇게 아프면 마르세르로 돌아가든가."

"아, 아닙니다."

론투엘은 엉거주춤한 자세를 취했다.

"허리 내려."

"……네."

론투엘은 울상을 하고서 벨란데르를 쳐다보았다. 잔뜩 겁

을 먹은 얼굴로, 당장이라도 울음을 터트릴 것만 같았다.

'이제 좀 마음에 든다.'

벨란데르는 론투엘 덕분에 자기 내부에 숨어 있던 새로운 재능을 발굴해 냈다. 론투엘을 건드려 그 내면 깊숙한 곳에서부터 고통을 끄집어낸 다음 몸 전체로 퍼트리는 기기괴괴한 방식이 매 순간 떠올랐다.

노바디가 왔다.

론투엘은 애처로운 눈으로 대사형을 쳐다봤다. 이사형 벨란데르에 비하면 노바디는 천사였다.

"그러다 애 잡겠다. 좀 살살 해라."

노바디가 벨란데르에게 말했다.

"내가 얼마나 부드러운데. 그렇지?"

벨란데르는 론투엘에게 물었다.

"……이사형은 정말 부드러운 분이십니다."

억지로 대답하는 론투엘.

벨란데르가 빙긋 웃었다.

그때, 엘루스가 다가와 벨란데르 앞에 섰다.

"아무리 사제라고 해도 이분은 룬트란의 왕세자 저하십니다. 그러니까 예의를 갖춰요."

노바디는 벨란데르를 쳐다봤다. 어떤 반응을 보일지 궁금했다.

"그렇게 원한다면. 막내야, 휴식이다."

"감사합니다!"

론투엘은 겨우 몸을 일으켰다가 비틀거리며 쓰러질 뻔했다. 곁에 있던 엘루스가 겨우 잡아서 부축했다.

"저를 따라오세요."

기진맥진한 론투엘을 천막으로 데려가던 엘루스가 벨란데르를 향해 윙크를 했다.

노바디는 그 순간을 놓치지 않았다.

"뭐야?"

"일종의 거래를 했거든. 론투엘 왕자에게 마음이 있는 엘루스에게 왕세자와 친해질 기회를 주고, 난 라마간 시청 지하 깊숙한 곳으로 내려갈 수 있는 이 열쇠를 받았지."

벨란데르는 낡은 열쇠를 꺼내어 보여 주었다.

"거기 뭐가 있는데?"

"페플의 근원."

"그래?"

"라마간이 페플에서 최초로 만들어진 곳이니까."

"거기 들어가려는 이유는?"

"다른 방법으로는 들어갈 수 없으니까."

"넌 닫힌 문은 무조건 열어 보고 싶은 모양이다."

"맞아. 바로 그거야. 그게 바로 해커의 본능이거든."

벨란데르는 히죽 웃었다.

"그건 그렇고, 나랑 한판, 안 할래?"

"싫다."

벨란데르는 호기롭게 노바디와 맞붙었다가 고개를 들 수조차 없을 만큼 처참하게 깨졌다. 유령처럼 다가오는 노바디를 제대로 막지 못했을 뿐 아니라, 주먹에 실린 압도적인 힘에 몇 번이나 죽기 직전까지 몰렸다.

나중에야 노바디가 일부러 자신을 죽이지 않았다는 사실을 알아차린 벨란데르는 오기가 생겨서 열 번이나 도전했다가 완패했다. 그 후로는 아예 싸울 생각조차 하지 않았다.

"맨날 지니까? 이번엔 손을 안 쓸게. 어때, 좀 땡기지?"

노바디가 약을 올렸다.

"난 마법사야. 근접전에 능한 무사에게 지는 건 당연하지."

"언제부터 마법사야?"

"태어날 때부터."

씩 웃은 벨란데르가 모닥불을 응시하자, 노바디는 몸을 일으켜 비무 상대를 구하러 돌아다녔다.

겔란드의 꾐에 빠져 노바디와 싸웠던 사사형 가쿨라는 자존심에 깊은 상처를 입고 토라졌다. 앞으로 사흘은 있어야 회복될 거라고 육사형 콜마가 귀띔했다. 겔란드를 찾아간 노바디는 중거추를 수리해서 가져오면 한바탕 제대로 싸워 보자는 이야기를 들었다. 드워프를 찾아가서 도끼를 고쳐 오면 비무를 하겠다는 뜻이었다.

눈치 빠른 엘루스는 찾아온 노바디를 가볍게 무시했다. 엘루스와 왕세자 론투엘은 너무 약해서 탈이었다.

레나세르가 있다면 꽤 재미있을 텐데, 안타깝게도 레나세르는 요즘 바쁜지 접속이 뜸했다.

노바디는 겔란드와 맞붙었던 그 비무를 잊을 수 없었다. 있는 힘을 모조리 뽑아내어 사용할 때의 그 뿌듯한 기분을 또 맛보고 싶었다. 문제는 대등한 실력을 가진 상대가 없다는 사실이었다.

갈증은 점점 커졌다.

타각, 좌각을 익히기 위한 수련에 신경을 쓰지만 하얗게 불태우는 그 순간에 대한 목마름은 커지는 중이었다.

겔란드와 싸우던 검제 남궁현도가 생각났다. 남궁현도와 맞붙는다면, 있는 힘을 모두 터트릴 수 있다면, 상대에게 짓밟혀 죽어도 좋을 텐데.

벨란데르가 다가왔다.

"내일 이사하는 거, 알고 있지?"

"몇 시에 갈까?"

"오후 2시쯤에 와."

"너무 늦은 거 아니야?"

"짐은 거의 없어. 오전에 가구 들이는 게 전부니까 오후에 오는 게 좋아. 안 오면 죽는다."

"알았다."

"아무것도 들고 오지 마. 들고 오면 죽어."

“알았다니까. 그보다 한판만…….”

노바디는 혀를 찼다. 무슨 말을 하는지 알아차린 벨란데르가 접속을 해제한 것이다.

“이쪽으로 놓아 주세요.”

안진후는 하얀색 가죽 소파를 번쩍 들고 온 인부들에게 거실 벽을 가리키며 말했다.

이삿짐은 별로 없었다. 읽은 책은 대부분 기부해 버렸고, 외모에 별로 신경을 쓰지 않기 때문에 옷이나 신발도 얼마 없었다.

그래도 소파나 책상 등 가구에는 신경을 썼다. 제법 비싼 것들로 들여놓은 것이다. 주방에도 쓸 만한 식기를 채워 놓았다. 찬장에는 다양한 종류의 라면을 꽉꽉, 더 이상 들어가지 못할 만큼 밀어 넣었다.

거실 하나에 방 세 개 그리고 주방과 욕실이 두 개인 그 집은 페플파크 22층이었다.

콕핏형 최고급 커넥터 두 대가 왔다. 페플 서비스 기사들이 커넥터를 설치했고, 테스트까지 끝냈다. 커다란 방 하나에 커넥터 두 대가 들어갔는데, 안진후는 김현이 집에 놀러 올 때를 고려했던 것이다.

언젠가 독립하리라 마음먹었지만 꽤 오랫동안 결심이 서지 않았다. 혼자보다는 보기 싫은 가족이라도 함께 사는 게 낫다는 생각 때문이었다. 그래서 기분이 우울하거나 화가 나면 윤태희 집을 찾아가서 며칠씩, 때로는 몇 주씩 머물기도 했다.

뎁스 파이브 디월드에서 보낸 4년여의 시간 덕분에 안진후는 혼자 살기로 결정을 내릴 수 있었다.

딩동.

초인종 소리에 안진후는 서둘러 현관으로 나갔다. 문을 벌컥 열면서 친구 이름을 불렀다.

"김현!"

"형이다."

구두를 벗고 거실로 들어선 사람은 큰형 안형준이었다. 거실과 방, 주방까지 살핀 그는 아직 비닐도 뜯지 않은 소파에 앉았다.

"괜찮네. 전망도 좋고."

"무슨 일이야?"

"동생이 혼자 산다는데 형으로서 당연히 와 봐야지. 그보다, 이제 라면은 좀 줄여라. 찬장에 죄다 라면이더라."

"노력해 볼게."

고개를 끄덕이는 안진후.

안형준은 막내를 빤히 쳐다보았다.

얼마 전부터 이상하다는 느낌을 받았다. 아버지가 갑자기 호출했던 그날부터였다. 어른스러워진 것도 같고, 속내를 알 수 없는 능구렁이 같은 느낌도 받았다.

천재로 태어났지만 그 무게에 짓눌려 철없는 아이처럼 행동하던 막내는 더 이상 찾아볼 수 없었다. 어쩌면 똑똑하고 야심 찬 둘째보다 저 녀석이 더 위험할지도 모른다.

"김현은 누구냐?"

"친구야."

"……친구?"

안형준의 눈이 커졌다.

저 녀석은 평생 친구 없이 살아갈 줄 알았다. 자기보다 못난 사람들을 무시하는 성향은 타고난 재능이었다. 심지어 가족까지도, 아버지까지도 은연중 깔보기도 했다.

"곧 올 거야."

그때, 또 초인종이 울렸다.

안진후는 씩 웃으며 현관으로 달렸다.

손을 뻗어 소파의 비닐을 뜯어서 옆으로 던진 안형준은 명문대 교수도 두 손 두 발 다 든 저 녀석의 친구가 누군지 꽤 궁금했다.

그러나 시무룩한 안진후와 함께 온 사람은 둘째 안택현이었다. 손에는 화장지와 세제가 들려 있었다.

"빈손으로 왔지?"

안택현이 물었다.

"화장지와 세제? 촌스럽게."

안형준은 핸드폰을 꺼내어 중국집에 전화를 걸었다. 이것저것 열 명이 배터지게 먹을 만큼 주문을 걸고는 둘째를 보면서 활짝 웃어 주었다.

안택현은 큰형처럼 방과 주방을 둘러본 후, 큰형처럼 똑같이 충고했다. 라면 좀 그만 먹으라는 이야기였다.

"알았어."

심기가 불편한 안진후. 기다리는 김현은 오지 않고 불청객만 잔뜩 와서 소파를 차지한 게 마음에 들지 않았다.

안진후가 핸드폰을 들고 복도로 나가자, 안택현이 물었다.

"재, 왜 저래?"

"친구를 기다리는데 우리가 와서 기분이 나쁜 거지."

"친구?"

안택현도 깜짝 놀란 눈치였다.

입술이 툭 튀어나온 안진후와 함께 이번에 거실로 들어온 사람은 윤태희였다. 이사가 어떻게 진행 중인지 보러 왔던 윤태희는 안형준을 보고는 얼굴을 찡그렸다. 나가려는 그녀를 안형준이 불렀다.

"음식 시켰어. 먹고 가. 내가 불편하면 빠져 줄 수도 있고."

"진후 때문에 여기 온 거야."

"알았어. 오해 안 할게."

안형준은 트레이닝복을 입고 주방을 살피는 윤태희를 힐끔거렸다. 놓친 고기는 더 크게 보이는 법일까? 윤태희 이후에 여러 여자들을 만났지만 누구도 윤태희만큼 매력적이지 않았다.

다리를 꼬고 앉아서 핸드폰으로 주식시세를 확인하던 안택현 앞에 윤태희가 섰다.

"너, 잠깐 일어나 봐."

"왜요?"

삐딱하게 올려다보는 안택현.

윤태희는 안택현의 발을 밟았다. 고통에 놀라며 일어선 안택현의 멱살을 잡은 윤태희는 전광석화처럼 넘겼다. 업어치기였다. 자기 바로 앞에서 둘째의 몸이 메쳐지는 모습을 본 안형준은 탄성을 터트리며 박수를 쳤다.

쓰고 있던 안경은 저 멀리 창가까지 날아갔다. 손에 쥐고 있던 핸드폰은 주방 쪽으로 미끄러졌다. 안택현은 등이 아파서 신음을 흘렸다.

"문을 부수고 사과 한마디 없어? 이게 죽을라고."

윤태희가 말했다.

화가 난 안택현이 벌떡 일어나 안경과 핸드폰을 수습한 다음 손을 들어 올렸다.

안형준이 느긋한 목소리로 말했다.

"예의를 갖춰라. 형수님이시다."

안택현, 윤태희가 동시에 안형준을 노려봤다.

그때, 안진후가 김현과 함께 거실로 들어왔다. 먼저 반응한 사람은 윤태희였다.

"왔어?"

김현은 윤태희 옆에 있는 안택현, 그리고 소파에 앉아 있는 안형준을 바라보고 있었다.

"네가 진후 친구냐?"

안형준이 물었다.

"김현입니다."

차분하면서도 딱히 꼬집어 말하기 힘든 기세가 담겨 있는 대답에 안형준도, 안택현도 김현을 다시 보았다. 들여다볼수록 새로운 면이 드러났다. 서 있는 자세도, 자연스럽게 늘어뜨린 팔도, 꼿꼿한 다리도 편안하면서도 단단해 보였다.

"난 안형준이다. 저 녀석보다는 아홉 살이 많아. 내가 거의 업어서 키웠다고 해도 과언이 아니야."

안형준이 너스레를 떨었다.

"안택현이다."

안택현은 손을 내밀어 악수를 청했다.

김현은 그 손을 맞잡았다.

안택현이 손아귀에 힘을 주었다. 일종의 기세 싸움이었다. 보통은 아파서라도 반응하기 마련인데, 김현은 가만히 있었다. 아무리 힘을 써도 김현의 얼굴은 평온했다.

'이 새끼 봐라.'

안택현은 어색하게 웃으며 손을 놓을 수밖에 없었다.

불편한 분위기를 깨뜨린 건 초인종 소리였다. 현관으로 간 안진후와 김현이 중국 음식을 거실로 날랐다. 각자 짜장면이나 볶음밥을 하나씩 차지했고, 그 앞 가운데에 팔보채, 탕수육, 깐풍기 등이 놓였다.

안형준이 소스를 찹쌀 탕수육에 부었다.

"에이."

안택현이 질색을 했다.

"뭐?"

"왜 부어? 바삭바삭하게 찍어 먹어야지."

"부어 먹는 게 훨씬 맛있으니까."

"그건 형 생각이고."

안택현은 노골적으로 싫은 티를 냈다. 그러다가 김현에게로 고개를 돌렸다.

"너도 그렇게 생각하지?"

"네."

즉시 대답하는 김현.

"봐, 이 녀석도 찍어서 먹는 게 맛있다잖아."

안택현의 목소리는 더 커졌다.

"야, 어떻게 찍어서 먹는 게 맛있어? 소스가 푹 적셔져야 맛도 깊어지잖아. 안 그래?"

안형준이 김현을 노려보았다.

김현은 소스가 뒤덮인 탕수육을 하나 먹더니, 고개를 끄덕였다.

“맛있네요.”

“거봐!”

이번에는 안형준이 안택현을 향해 소리쳤다.

“너, 박쥐냐?”

괜히 김현을 걸고넘어지는 안택현.

“이러지도 못하고 저러지도 못하고, 탕수육 덕분에 오늘에서야 박쥐의 고충을 알 것 같습니다.”

김현은 진지하게, 표정 하나 바꾸지 않고, 이보다 더 중요한 일은 없다는 얼굴로 말했다.

갑자기 조용해졌다.

안형준이 웃음을 터트렸다.

안택현도 못 참았다.

마음 졸이던 안진후도, 김현의 반응이 궁금했던 윤태희도 마찬가지였다.

“재미있는 놈이네. 진후랑 잘 지내라. 힘든 일 있으면 언제든지 찾아오고.”

짜장면을 비비면서 안형준이 말했다.

“고등학생이지?”

볶음밥을 크게 한입 입에 넣은 안택현이 물었다.

"중학교 다니다 중퇴했습니다."

김현은 단무지를 젓가락으로 가져왔다.

"그것 참, 끼리끼리 모였네."

안택현의 말에 안진후의 눈에 힘이 들어갔다. 윤태희도 젓가락을 놓고 안택현을 노려보았다. 안택현이 분위기를 느끼고 변명하려는 순간, 김현이 말했다.

"그랬으면 좋겠는데, 아쉽게도 아닙니다. 저는 학교 가는 게 겁나서 도망치듯 그만뒀지만 진후는 학교 갈 이유가 없어서 그만뒀다고 알고 있습니다."

"겁이 나서?"

안형준이었다.

"학교에 가면 괴롭히는 아이들이 많았거든요."

김현은 이근상을 떠올렸다.

"그 말, 좀 믿기 힘들다. 오히려 네가 아이들을 괴롭혔다면 충분히 이해할 수 있을 것 같지만."

"그런가요?"

빙긋 웃는 김현.

"내가 소싯적에 아이들 좀 괴롭혀서 잘 알아. 왕따당하는 놈에겐 그 특유의 분위기가 있어. 웅크리고 있어서 건드리게 만드는 묘한 무언가를 가지고 있지. 어떻게 보면, 왕따를 하고 싶지 않은데도 어쩔 수 없이 그런 흐름이 생긴다고도 볼 수 있다. 아무리 착한 녀석도 왕따 기질을 가진 놈이 들어오면 어떻게 괴롭힐까 고민하게 되거든."

"한판 붙고 싶습니다."

"뭐?"

김현의 말에 안형준은 물론 안택현, 안진후 그리고 윤태희까지 깜짝 놀랐다.

슬쩍 덧붙이는 김현.

"페플에서요."

"하하, 검제와 한번 겨뤄 보고 싶은 모양이구나. 좋아, 언제 한번 시간을 내 보지."

안형준이 깔깔 웃었다.

그때, 안택현에게 전화가 왔다. 창가로 가서 통화를 한 안택현은 급한 일이라서 먼저 간다고 말했다. 짜장면을 한 그릇 비운 안형준도 약속이 있다면서 같이 나갔다.

안형준은 현관문을 나서기 전, 윤태희를 향해 윙크를 했다. 윤태희는 가운뎃손가락을 치켜세웠다.

"이제 좀 편히 먹겠다."

윤태희는 다리를 양쪽으로 뻗었다.

"좀 그랬지?"

안진후가 김현을 보며 물었다.

"재미있는 형들이야."

"너무 재미있어서 탈이지."

"어릴 때 고생 좀 했겠다."

"덕분에 좀 강하게 자랐어."

"난 혼자라서 좀 부럽다."

"난 네가 더 부럽다."

김현과 안진후의 대화는 가끔 끊겼지만 그 침묵이 이상하지 않을 만큼 자연스럽게 이어졌다.

그 때문에 윤태희는 또 혼자 남은 듯한 느낌을 받았다. 차라리 안형준, 안택현 형제가 있을 때가 더 나았다. 저 두 꼬맹이는 곁에 있는 사람을 소외시키는 재주가 탁월했다.

"누나."

김현이 갑자기 윤태희를 불렀다.

"……어?"

고개를 들어 김현을 본 순간, 윤태희는 가슴이 쿵쿵 뛰었다. 목소리는 낮고 무거워서 딱 듣기 좋았다. 또 눈빛은 사람의 마음을 매료시킬 만큼 힘이 있었다.

'김현이 저렇게 잘생겼었나?'

윤태희는 까마득히 어린 아이라는 사실을 알면서도 기분이 묘했다.

"엄마가 고맙대. 그리고 언제 한번 밥 먹으러 오래."

"음, 알았어."

윤태희는 마음이 울적했다. 김현에게 자신은 엄마와 관계가 있는, 나이 많은 여자였다. 누나라고 부르지만 엄마 연배에 가깝다고 생각하는 모양이었다.

문득 거울로 얼굴을 확인하고 싶었다. 피부 관리를 받아야 할까? 스타일에 변화를 줄 필요가 있을까? 그렇게 나이가 들어 보이나 싶었다. 김현에게 인정을 받을 이유는 없지만, 이런 식으로 엄마 친구 취급을 받으니 입맛도 뚝 떨어졌다.

"왜, 안 먹어?"

안진후였다.

"잠깐 쉬는 거다."

윤태희는 나이에 걸맞게 살아야 한다는 사실을 잘 알았다. 스물일곱 살이면 보통은 페플 따위는 접고 시집갈 준비를 한다. 남자를 만나면서 앞날을 계획한다.

'난 그러고 싶지 않아. 그게 문제야.'

레나세르일 때는 이런 고문에서 해방된다. 레나세르는 영원히 젊고 아름다운 레나세르일 테니까.

언젠가 나이 많은 여자들, 특히 갱년기에 접어든 중년 여자들의 페플 가입이 빠른 속도로 늘어났다는 기사를 읽었다. 페플을 통해 젊은 시절의 외모, 때로는 그보다 더 아름다운 몸매를 유지할 수 있다는 것만으로도 커다란 위안이었다.

안진후가 화장실로 가자 김현이 윤태희를 바라보았다.

"마룬타의 레인보우, 어떻게 해야 얻을 수 있어?"

"그게 말이야."

윤태희는 스스로 생각해도 우스꽝스러울 만큼 쉽고 간단히 그 고민을 잊었다. 왜 마룬타의 레인보우 이야기만 들으

면 미치는지 자신도 알 수 없었다.

윤태희는 신이 나서 마룬타의 레인보우를 얻는 극악 난이도의 퀘스트 '마룬타 던전 돌파'에 대해 설명했다.

마룬타 대륙 중앙, 즉 중명 제국과 룬트란 왕국 사이의 국경 지대에 우뚝 솟아 있는 화산 마룬타의 지하 깊숙한 곳까지 뻗어 있는 던전을 완전히 정복해야 마룬타의 레인보우를 비롯해 어마어마하게 귀중한, 그래서 어마어마하게 비싼 아이템을 얻을 수 있다는 내용이었다.

그 퀘스트가 극악인 이유는 마룬타 화산이 드래곤 레어였기 때문이다. 마룬타 대륙 곳곳에 흩어져 있는 드래곤들의 우두머리, 드래곤 로드 테아도프의 둥지여서 접근 자체가 불가능에 가까웠다.

1년에 딱 사흘, 드래곤 로드는 레어를 떠난다. 바로 드래곤들의 모임 때문이었다. 그 사흘 동안 깊고 복잡하며 최악의 몬스터들로 우글거리는 던전을 돌파해야 한다.

"지금 당장은 어렵지만, 꼭 누나 손에 쥐여 줄게."

"그, 그래."

윤태희는 얼굴을 붉혔다. 이미 그 활을 손에 쥔 기분이었다. 김현이라면 어떻게든 그 퀘스트를 완수할 것 같았다.

"김현."

안진후가 불렀다.

김현은 안진후 쪽으로 걸어갔다.

"짠!"

안진후는 방문을 열었다. 방에는 커넥터 두 대가 나란히 놓여 있었다.

"우와!"

"해 볼래?"

"당연히 해 봐야지."

김현은 즉시 커넥터 안으로 들어갔다. 고급형이라서 그런지 내부 구조가 더 편했다.

방 입구에 선 안진후가 윤태희를 쳐다봤다.

"누나, 뒤처리 좀 부탁해."

그리고 재빨리 커넥터 안으로 들어갔다.

윤태희의 얼굴이 구겨졌다.

큰딸을 명문 사립 초등학교 정문에, 작은딸을 원어민 유치원 앞에 내려놓고 회사로 출근한 손지철은 휘파람을 불었다. 비밀을 공유했기 때문일까? 드디어 연봉이 2억 원을 돌파했다. 안댁현이 개발 팀을 이끄는 손지철의 공을 페플 DR부사장에게 보고한 덕분이었다.

뎁스 파이브 시스템 폐쇄로 두 명의 게이머가 죽었지만 며칠 술을 퍼마셨더니 이제는 그 기억마저 희미해졌다.

엘리베이터 앞에 서서 기다리는 손지철 옆으로 사내 두 사람이 붙었다. 분위기가 이상해서 힐끔 살핀 손지철의 얼굴이 하얗게 질렸다. 페플 그룹 내부에서 저승사자로 불리는 페플 감찰부 직원들이었다.

"왜, 왜 이러는 겁니까?"

"같이 가 주셔야겠습니다."

"……안택현 DR부 책임이사에게 연락을 하겠습니다."

"감찰부에 가서 하십시오."

직원은 손지철에게서 핸드폰을 빼앗았다. 웬만한 형사보다 몸이 좋은 감찰부 직원의 힘을 이기지 못한 손지철은 도살장 끌려가는 암소 신세였다. 그는 자기 앞에 어떤 미래가 펼쳐져 있는지 잘 알고 있었다.

진실이 알려진다 해도 안택현은 살아남을 것이다.

희생양이 여기 있으니까.

"차 한잔하자."

안형준이 노크도 없이 들어와서 한 말이었다.

"10분 후에 디룸을 이끄는 팀장들과 회의가 있어."

안택현은 안형준을 보지도 않고 대답했다.

"그 회의, 취소됐다."

안형준은 소파에 앉아 다리를 꼬았다.

"……뭐?"

고개를 든 안택현.

"앉아라."

히죽 웃는 안형준.

안택현은 저런 표정을 몇 번 본 적이 있었다. 완벽한 카드, 도저히 질 수 없는 카드를 손에 쥐고 있을 때에만 나오는 얼굴이다.

틈이나 약점이라고 할 만한 게 뭐가 있나 생각하던 안택현은 자신도 모르게 신음을 흘렸다. 뎁스 시스템을 개발하는 디룸 식스의 그 사고를 저 새끼가 알아낸 모양이었다.

"무슨 일이야, 연락도 없이?"

"내일 밤 비행기 표야. 미국행. 도착지는 LA."

"싫다면?"

"아버지가 알게 되겠지."

"……뭘?"

안택현은 이미 상대가 어떤 패를 가지고 있는지 알았지만, 그래도 확인을 위해서 물었다.

"뎁스 시스템."

대체 저 미련한 새끼가 어떻게 그 사실을 알았을까? 혹시 디룸 식스 내부에 첩자라도 심었을까? 아니다. 그럴 만한 사람이 없다. 손지철이 돈 때문에 진실을 팔았을까? 배포가 작은 손지철은 그런 도박을 할 만큼 대담한 사람이 아니었다.
그렇다면 대체 누가 진실을 알렸을까?
묻고 싶지만 끝까지 묻지 않았다. 안형준의 얼굴에 떠오를 승자의 표정을 보기 싫어서였다.
안택현은 비행기 표를 집어 들었다.
"아버지가 아시면 이렇게 사고를 숨긴 형도 무사하지 못할 텐데."
"뎁스 시스템을 개발하는 디룸 식스는 해체하고 새로 시작할 거야. 물론 그 과정은 하나도 빠뜨리지 않고 문서로 남겨야지. 그래야 나중에 아버지가 아셔도 똑 부러지게 처리를 잘했구나 칭찬하실 테니까."
"……찾았어?"
"뭘?"
"죽은 게이머들."
"아니."
"안 찾을 생각이구나."
"굳이 건드려서 일을 크게 만들 필요는 없으니까. 나중에 문제가 되면 그때 찾아도 늦지 않아."
"……일이 드러나면 날 물고 늘어지겠군."
"빙고."
안형준이 활짝 웃었다.
안택현은 비행기 표를 양복 안주머니에 넣고 일어섰다.

"미국에서 푹 쉬어라. 웬만하면 기어들어 올 생각은 하지 말고."

안형준은 웃으며 방 입구로 걸어갔다.

"……당신도 모르는 거지?"

안택현이 찔렀다.

"뭘 모른다는 거지?"

입구에서 돌아선 안형준.

"디룸 식스에서 벌어진 사고를 형에게 알려 준 사람."

안형준의 얼굴이 딱딱하게 굳었다.

"다행이다. 난 당신이 스스로 알아낸 줄 알고 마음 졸였잖아. 역시 내 판단은 틀리지 않았어. 당신 능력으로는 도저히 알아낼 수 없다고 생각했거든."

"이 새끼가."

안형준이 주먹을 쥐고 다가왔다.

"몸에 손가락 하나라도 대 봐. 내가 무엇을 할 수 있는지 보여 줄 테니까."

"쳇."

고개를 흔든 안형준이 밖으로 나갔다.

안택현은 가만히 서 있다가 모니터를 벽에다 집어 던졌다. 액정이 부서졌다.

"어떤 새끼지?"

안택현은 순간 막내 안진후를 떠올렸다. 그 녀석의 능력이

라면 가능할지도 모른다. 그러나 곧 고개를 저었다. 안진후의 최근 페플 접속 기록을 이미 살폈다. 안진후는 페플 내부의 놀이에 푹 빠져 있었다.

안진후가 아니라면 누구일까?

이번엔 실수를 했으니, 쫓기듯 미국으로 떠날 수밖에 없다. 어둠에 숨은 암살자의 정체를 찾아내려면 이곳보다는 미국이 나을지도 모른다. 안택현은 미국에 가야 하는 한 가지 목적을 만들어 냈다.

이제 두 가지 이유를 더 만들어야 한다. 안택현은 모든 일을 결정할 때마다 세 가지 이유를 스스로 찾아냈던 것이다.

이근상은 손을 바지 주머니에 찔러 넣은 채 주위를 두리번거렸다. 짙은 안개를 뚫고 걷는 사람들은 죄다 할아버지, 할머니 들이었다. 허리 아래쪽이 안개에 가려져서인지, 죽은 자들이 유유히 돌아다니는 느낌이었다. 그중 한 아저씨는 인상이 꼭 저승사자 같았다.

"휴우."

새벽에 공원을 나오다니, 이근상은 이런 날이 올 줄은 몰랐다. 그는 김현이 주로 앉는 벤치로 걸어갔다. 그 옆에 커다란 소나무 한 그루가 우뚝 서 있었다.

"오늘도 안 오려나?"

이근상은 턱을 만졌다. 아직도 아팠다. 아래턱은 쑤셨고 그 위쪽은 욱신욱신했다.

신기한 점은 단번에 얻어터지고도 다시 달려들고 싶은, 복수하고 싶은 마음이 일어나지 않는다는 사실이었다.

중학교 3학년 때 까불다가 고등학생 불량배 패거리에게 걸려 병원에 2주나 입원한 적이 있었다. 퇴원하자마자 그 패거리의 리더가 어디 사는지 알아내기 위해 돌아다녔고, 학교와 집 위치를 알아낸 지 사흘 만에 각목을 들고 뒤에서 덮쳤다.

그 녀석은 한 달 넘게 병원 신세를 져야 했다. 물론 놈은 누가 자신을 때렸는지 알 수 없었다.

그 때문에 친구들이 이근상에게 독사라는 별명을 붙였다.

왜 그 녀석에게는 맹렬한 투지가 생기지 않을까? 그 주먹이 머릿속까지, 어쩌면 마음속 감정까지 날려 버렸는지도 모른다.

그날 이후, 이근상은 오랜 악몽에서 깬 기분으로 지냈다. 무엇 때문에 화가 났는지도 모른 채 지나가는 사람에게 시비를 걸며 행패를 부렸던 과거와 달리, 곰곰이 생각하면서 천천히 행동했다.

때려치우려고 마음먹었던 학교도 다시 나갔다. 부모님은 무슨 일이 있냐고 물어보면서 용돈을 10만 원이나 주셨다.

항상 악을 쓰듯 소리쳐야 받을 수 있었던 용돈이었는데. 선생님은 얼굴이 좋아 보인다고 말했고, 친구들은 여자 친구 생긴 것 아니냐고 끈질기게 따라다녔다.

스스로 결정해서 만들어 낸 변화가 아니었다.

며칠 동안, 이근상은 죄를 지은 사람처럼 숨어서 공원 근처와 아파트를 살폈다. 김현을 만나기 위해서였다.

그러나 김현이 버스 정류장으로 나오자 이근상은 숨어 버렸다. 그 순간, 이근상은 자신에게 김현은 두려움의 대상이자 동경의 대상이라는 사실을 깨달았다.

그 주먹, 다시는 맞고 싶지 않았다.

그와 동시에, 한 번 더 제대로 달려들어 끝장을 보고 싶었다.

흐릿한 안개로 자욱한 공원을 바라보던 이근상은 충동적으로 몸을 일으켜 마보 자세를 잡았다.

"자네는, 음, 영 아니야."

뒤에서 안개를 가르며 노인이 다가왔다.

재빨리 몸을 일으킨 이근상은 벤치에 앉았다.

노인이 옆에 앉았다.

"그 녀석을 기다리는 거지?"

"……영감, 그냥 가던 길 가셔."

이근상은 말을 내뱉자마자 후회했다. 처음 보는 노인에게 이런 말을 굳이 할 필요는 없었다. 귀찮으면 그냥 가 버리면 그만이다.

“요즘 아이들은 예의를 몰라.”

노인이 손을 뻗어 이근상의 어깨를 가볍게 건드렸다.

이근상은 말 그대로 석상이 되었다. 입도 뻥긋할 수 없었다. 그저 천천히 숨만 쉴 수 있었다.

5분 후, 노인이 손으로 어깨를 쓰다듬자 마비가 풀렸다. 이근상은 벌떡 일어나 안개 너머로 달아났다.

“쯧쯧.”

혀를 차던 노인은 주위를 두리번거렸다. 그 녀석인가 싶어 반가운 마음에 달려왔더니만.

근래에 보기 드문 인재였다. 그 반탄력, 어릴 때부터 수련을 쌓은 게 분명했다. 인품이나 그릇이 문제가 될 가능성이 높지만, 그래도 어떤 놈인지 알아본 후에 판단해도 늦지는 않을 것이다.

대체 누가 그런 녀석을 키워 냈을까? 적어도 15년의 수련을 쌓았을 테니, 서너 살 무렵부터 그 힘겨운 수련을 시작했을 터였다. 부모는 자식에게 엄하기 힘들다. 그래서 부모가 가르친 자식의 공부는 올바르지 못하거나 그 힘이 약했다.

“내가 누굴 탓할 수 있으랴.”

현기명은 공을 들인 두 아들을 떠올리며 쓴웃음을 지었다. 한 녀석은 시대착오적인 무술 따위는 익힐 생각이 없다면서 미국으로 유학을 떠났다가 아예 거기서 코쟁이 여자와 결혼

도 하고 눌러앉았고, 다른 녀석은 억지로 무술을 배웠지만 열의가 부족했다.

그때, 조금 전 달아난 녀석이 조심스럽게 다가왔다. 안개가 녀석의 두 다리 사이로 흐르고 있었다.

"저, 어……르신."

"어르신?"

현기명은 피식 웃었다. 어르신이라는 호칭을 아마 태어나서 처음 내뱉은 모양이었다. 어찌나 어울리지 않는지 웃음을 터트릴 뻔했다.

"혹시 김현을 아세요? 여기서 이, 이런 자세를 잡고 있던 녀석 이름이 김현이에요."

이근상은 어설프게 마보 자세를 취했다.

"맞다. 그 녀석 때문에 온 거다."

"……조금 전 제 몸을 얼어붙게 했던 그런 기술을 김현에게 가르친 분이 어르신이시죠?"

"가르쳐? 내가? 왜 그렇게 생각하는 거냐?"

"그게……."

"앉아서 얘기해 봐라. 이렇게 사람들이 많은데, 내가 널 잡아먹기라도 할 것 같으냐?"

마침 해가 떠올라 안개는 빠르게 사라지고 있었다. 저승사자가 출몰해도 이상하지 않을 공동묘지 분위기는 지워졌고, 조깅과 산책에 어울리는 공원 특유의 활력이 느껴졌다.

이근상은 벤치 끝에 앉아서 김현이 날린 주먹이 자신에게 일으킨 변화를 설명했다. 조금 전 몸이 마비되었을 때에도 그와 유사한 느낌을 받았다는 이야기도 덧붙였다.

"그러니까 그 김현이라는 아이의 주먹을 맞고 난 후에 더 이상 화가 나지도 않고, 아이들과 싸울 마음도 생기지 않았다는 거냐?"

"……네."

"오호, 선재라, 선재로고."

현기명은 단순히 기를 쌓아 내공을 늘리는 수준을 그 아이가 가볍게 뛰어넘었다는 사실에 자기 일처럼 기분이 좋았다. 상대의 몸을 때리면서 그 너머에 숨어 있는 마음을 흩어 버리는 것이야말로 진정한 무술의 경지라는 이 간단한 이치를 요즘 무술가들은 잊은 지 오래였다.

이근상은 반쯤 미친 것 같은 노인을 힐끔 쳐다봤다. 최근 들어 이보다 기분이 좋은 적은 없었다. 무엇이든 하고 싶은 마음이 요동쳤다. 예전에 포기했던, 더 이상 희망이 없다고 판단했던 미래에 대한 꿈을 다시 꾸고 싶은 마음이 커졌다.

그러나 따스한 햇살이 얼굴을 감쌀 때는 낙원 같지만 구름이 해를 덮고 삭풍이 불면 몸이 얼어붙을 듯 추워지는 것처럼, 이근상은 금세 그 기이한 마음의 힘이 자신에게서 빠져나가고 대신 무력감과 절망감이 그 자리를 채운다는 사실을 깨달았다.

현기명은 손을 뻗어 이근상의 손목을 잡았다. 이근상은 화들짝 놀랐지만 그 손을 뿌리칠 수 없었다.

"음, 네 그릇도 꽤 깨끗하구나. 보통은 선기를 접해도 그 깊은 힘을 느끼지 못한다. 마음이 악독한 놈일수록 오히려 선기를 증오하는 법이니까. 이름이 무엇이냐?"

"……이근상입니다."

몸으로 그 따뜻하면서도 시원한, 신비로운 기운이 흘러들었다. 이근상의 눈이 커졌다.

"천부선공을 배워 볼 생각, 있느냐?"

"가, 가르쳐 주십시오."

이근상은 몸을 일으켰다. 조금 전 그 기분을 계속 유지할 수만 있다면, 그 힘을 계속 느낄 수만 있다면 뭐든 다 할 수 있었다.

"그 녀석을 데려오너라. 그러면 가르쳐 주마."

"그 녀석이라면?"

"맞다. 김현, 그 아이와 함께 오너라. 나는 내일 이 시간에도 여기 있을 테니까."

이근상은 아무 말도 할 수 없었다.

안형준은 그 영상을 반복해서 돌려 보았다.

검강을 있는 힘껏 퍼부어도 저 텁석부리는 잘도 빠져나갈 뿐 아니라 예리하게 틈을 비집고 들어와 반격을 가했다. 기선을 제압당하면 오히려 밀리기도 했다. 도끼를 자유자재로 사용하는 놈 덕분에 제대로 창피를 당한 셈이었다. 그 전투 장면은 각종 동영상 공유 사이트에 등록되었고, 누적 조회수는 5천만 회에 육박했다.

현실의 안형준과 달리 검제 남궁현도는 숱한 좌절을 겪었다. 그 실패 중 다수는 계획된, 대중의 마음을 사로잡기 위한 '페이크'였다.

한 번의 굴곡도 없이 꼭대기까지 올라간 스타나 영웅을 좋아하는 사람은 없다. 절망의 우물로 추락하고, 한동안 그 바닥을 긁으며 시간을 보내다가 겨우 재기에 성공하여 빠르게 위로 치고 올라가는 사람에게 박수를 보낸다.

진짜 패배도 있었다.

중명 제국을 장악하려는 그 시도는 진심이었다. 그래서 더 가슴이 아팠다. 수십만 명의 군대가 집결한 들판에서의 대결은 장엄했고 거기에 쏟아진 사람들의 관심은 웬만한 축구 국제경기보다 뜨거웠다. 그런 순간에서의 실패는 사람들의 뇌리에 깊이 각인될 테고, 다음에 성공하면 더 큰 보상으로 돌아올 것이다.

"……이건 개쪽이야."

안형준은 '검제의 실체'라는 제목이 달린 동영상을 다시 보

았다. 빰이 달아올랐다.

길게 숨을 내쉰 안형준은 안진후의 친구 김현의 정보를 불러냈다. 페플 경영지원 부문 이사 직함을 가진 그는 수천 명의 게임 매니저 업무를 총괄하는 위치에 있었다.

"레벨이 24라니. 이거 참 재미있구나."

안형준은 레벨 24짜리 게이머가 감히 자신과 맞붙고 싶어했다는 사실에 기가 막혔다.

검제 남궁현도의 레벨은 562였다. 현재 마룬타 대륙 최강의 게이머로 알려진 장문조의 레벨은 581이었다.

조그만 도시 라마간 출신 NPC에게도 밀리는 검제의 모습을 보고 자신도 싸우고 싶다는 생각을 했으리라. 레벨 24가 만만하게 생각하면 그보다 훨씬 많은 사람들이 검제 남궁현도의 실력은 가짜라고 여길 것이다.

일주일에 한 번 페플 관련 내용을 방송으로 내보내는 '페플 위클리' 프로그램은 마룬타 대륙 10대 게이머를 발표한다. 2년이 넘도록 검제 남궁현도는 10대 게이머 중 하나로 뽑혔다. 어쩌면 이번 일로 그 순위에 변동이 생겨, 10위 밖으로 밀려날지도 몰랐다.

따끔하게 맛을 보여 주고 싶었다. 두 번 다시 그런 생각을 하지 못하게 만들고 싶었다.

"아예 페플 접속을 하기 싫도록 만들어 볼까?"

문제는 김현 바로 옆에 붙어 있는 안진후였다. 안진후 몰래 김현을 건드릴 방법은 그리 많지 않았다. 안진후가 태어나서 처음으로 사귄 친구라니, 처음 가진 장난감처럼 애착이 클 것이다. 잘못 건드리면 안진후를 상대해야 할지도 모른다.

"일단, 페플이 얼마나 우울한 세계인지 보여 줘야겠어."

안형준은 주문생산한, 자기 체형에 꼭 맞는 커넥터로 들어갔다. 이번에는 검제 남궁현도가 아니라 신선 우사로 로그인했다.

섬광이 사라진 후, 나타난 곳은 하늘 위의 도시 천도였다. 페플 세상을 다스리는 신들의 도시는 파란 하늘 아래 수백 개의 섬들로 이루어져 있었다. 중앙에는 거대한 황금색 성이 우뚝 서 있고, 그 주변에 크고 작은 저택과 호수가 그 금빛 성을 에워싼 채 천천히 돌고 있었다.

우사는 비의 정령을 불러냈다. 반투명한 선녀가 소맷자락을 너풀거리며 나타났다.

"부르셨어요, 우사 어르신."

"해 줄 일이 있다."

"말씀하세요."

"내가 그만두라고 할 때까지 이 아이를 따라다니면서 비를 뿌려라."

우사는 손에 든 구슬을 보여 주었다. 구슬 표면에는 곰 인형 탈을 쓴 노바디가 나와 있었다.

"균형이 깨질 수도 있습니다, 어르신."

"이 아이는 신선의 재능을 타고났다. 꼭 필요한 일이다. 그리고 균형은 내가 알아서 바로잡겠다."

신선의 재능은 핑계였다. 원하는 곳에 비를 뿌릴 수 있는 저 선녀 역시 인공지능, 즉 일종의 NPC였다.

"알겠습니다."

선녀는 두 팔을 펼치며 천도에서 뛰어내렸다.

우사는 창을 불러내어 이제 막 원정대 무리에서 떨어져 세와타트 산맥 깊은 곳으로 움직이는 벨란데르, 노바디 그리고 NPC 하나를 확대했다. 하얀 구름이 흐르는 맑은 날씨는 모험을 떠나기에 더없이 좋았다.

그러나 곧 먹구름이 몰려와 낮게 드리우자, 벨란데르의 눈이 가늘어졌다. 아무리 가상현실이라고 해도 비로 축축하게 젖어서 무거워진 옷을 입고, 역시 물을 머금은 가방을 짊어지고, 질척질척한 진흙을 걸어야 한다면 누구도 좋아할 리가 없다.

벨란데르나 NPC에 비하면 노바디의 표정에는 변함이 없었다. 과묵하게 걷기만 했다.

"아직은 참을 만하겠지. 며칠만 지나면 생각이 달라질 거다."

우사는 씩 웃었다.

"닷새째야."

동굴 안쪽 모닥불 앞에 앉아 있던 벨란데르가 폭우라고 해도 좋을 빗줄기를 바라보며 중얼거렸다.

비는 맹렬하게 떨어져 숲을 덮치고 있었다. 빗방울 소리가 요란해서 하루 종일 시끄러운 소음에 시달리는 기분이었다. 가끔 만나는 급류는 불어나 있어서 건널 때마다 꽤 고생을 해야 했다.

"세와타트 산맥, 원래 비가 많이 오는 지역이었어?"

노바디가 토탄을 모닥불에 던져 넣으며 물었다. 토탄은 악천후를 대비하여 챙긴 물건 중 하나였다.

"전혀."

벨란데르는 세와타트에 이토록 비가 많이 온 건 유례가 없다는 사실을 알고 있었다.

바위산이 많은 세와타트에 드워프 일족 불꽃망치가 자리를 잡은 이유는 비가 적게 오기 때문이었다. 비의 양이 많아지면 지하수의 양도 비례해서 증가한다. 지하수는 땅 깊은 곳에서 스스로 자라는 광맥을 휩쓸고 지나가는, 드워프 일족에게는 영 달갑지 않은 손님이었다.

무거운 짐을 혼자 짊어지고 이곳까지 온 론투엘은 기진맥진 지쳐 있어서 아무런 말도 할 수 없었다. 그저 따라가기에

바빴다.

노바디는 모닥불과 동굴 벽 사이에 자리를 잡고 마보 자세를 취했다. 그런 노바디를 본 벨란데르가 혀를 찼다.

"또?"

"비가 약해질 때까지 시간이 남으니까."

"너도 참 대단하다. 막내야, 뭐 하냐? 대사형이 수련하시잖냐."

노바디에게 말하던 벨란데르가 론투엘을 노려보며 눈을 부라렸다.

론투엘은 겨우 몸을 일으켜 서더니, 노바디 옆으로 와서 마보 자세를 잡았다. 다리가 후들거렸고, 몸에서는 땀이 흘러내렸다.

그 상태를 본 노바디가 말했다.

"쉬어라."

"……감사합니다, 대사형."

앉으려던 론투엘은 이사형 벨란데르의 눈치를 봤다. 벨란데르의 허락이 떨어지지 않는 한 마음대로 할 수 없었다.

"왜 그래? 저 녀석에겐 빡센 수련이 필요해."

"넌 필요 없고?"

노바디는 고개만 돌려 벨란데르를 쳐다봤다.

"난 마법사잖아."

"계약은?"

"여기저기 알아보니, 파르노엘은 굉장한 정령이었어. 보통 레벨 300은 되어야 계약이 가능한 모양이야. 지금 내 레벨이 49니까, 앞으로 무진장 어마어마하게 열심히 해야 한다는 뜻이야."

그런 설명, 노바디에겐 통하지 않는 핑계였다.

"앞으로 사흘 안에 계약해."

"……뭐?"

"실패하면 재미있는 일이 벌어질 거야."

씩 웃는 노바디.

"어떤 일?"

"나와 비무를 해야 돼. 내가 원할 때면 언제나."

"말도 안 돼."

노바디에게 맞아서 죽거나, 죽기 직전에 이르는 일은 결코 유쾌한 경험이 아니다. 진짜로 맞는 느낌이 들기 때문이다.

"그게 싫으면 원정대로 돌아가."

"뭐라구?"

"넌 론투엘에게 습관처럼 말하잖아. 수련이 싫으면 마르세르로 돌아가라고. 너도 마찬가지야."

"너……!"

"호칭부터 바꿔. 난 네 대사형이야. 아무리 친해도."

노바디는 몸을 일으키며 정색을 했다.

벨란데르도 일어섰다.

두 사람은 모닥불을 가운데 두고 서로를 노려보았다. 론투엘은 그 긴장감에 짓눌려 아무 말도 할 수 없었다.

"알았어. 그렇게 원한다면."

벨란데르는 그 자리에서 접속을 끊었다.

"……대사형?"

"그동안 고생했지? 지금은 푹 쉬어. 그래야 수련도 할 수 있으니까."

"네, 대사형."

론투엘은 모닥불 앞에 앉아 옆에 놓인 토탄을 던져 넣으면서 노바디를 힐끔 살폈다.

그동안 지켜본 바에 따르면 대사형은 이사형이 무슨 말을 해도 화를 내지 않는, 웬만하면 웃어넘기는 사람이었다. 모르는 사람이 보면 벨란데르가 대사형이라고 착각할 만큼 벨란데르의 기가 더 셌다. 말도 많고, 주장도 강한 사람이었던 것이다.

론투엘마저 노바디가 대사형이지만 벨란데르가 더 강한 게 아닌가 생각할 정도였다.

'평소에는 가만히 있다가 결정을 내리면 단칼에 끝내는 사람이야, 저 대사형은.'

론투엘은 앞으로 노바디 앞에서는 더 조심해야겠다고 생각했다.

갑자기 제왕학 스승 프랑키츠의 가르침이 떠올랐다.

국왕이 아부, 아첨을 무기로 다가오는 간신으로부터 왕국을 지키는 유일한 방법은 '크고 두꺼운 귀'라고 대학자는 설명했었다.

달콤한 말에만 귀를 기울인다면 국왕은 절대 간신으로부터 벗어날 수 없다. 그 어떠한 말, 설사 가슴을 찌르는 독설이라고 해도 들을 줄 아는 귀를 가져야만 아첨꾼을 분간해 낼 수 있다는 것이다.

문제는, 누구나 국왕의 심기를 거스를 만큼 마음껏 떠들어댈 수 있다면 자연스럽게 국왕의 위엄은 손상을 입는다. 국왕의 권위가 사라진다면 레타네크 공작처럼 역심을 품고 행동에 옮길 수도 있다.

그 부분을 론투엘이 지적하자 프랑키츠는 활짝 웃으며 왕세자를 칭찬했다. 중요한 질문이라는 뜻이었다.

–왕세자 저하께서 룬트란 왕국을 번영으로 이끄는 성왕이 되고 싶으시다면, 입궁하는 백여 명의 신하들은 물론 왕국의 지방을 다스리는 수백 명의 귀족들보다 더 지혜로우셔야 합니다. 그들의 말에서 진실과 거짓을 구분할 줄 아셔야 합니다. 저하께서 왕국 최고의 현자가 되는 순간, 저하께서는 왕국을 번영의 길로 이끄실 수 있습니다.

프랑키츠의 말에 론투엘은 기가 질렸다. 안 그래도 제왕학

은 순전히 옛날이야기를 들춰서 골치 아픈 문제를 고민하는 게 전부여서 재미가 없었다. 최고의 현자? 될 수도 없고, 되고 싶은 마음도 없었다.

그때는 분명히 그랬다.

어렸으니까.

왜 대학자의 가르침이 생각났을까?

론투엘은 곧 그 이유를 찾아냈다.

그동안 벨란데르가 어떤 말을 해도 노바디는 눈살을 찡그리거나 고개를 갸웃거리는 따위의 싫은 내색을 한 적이 없었다. 크고 두꺼운 귀를 가진 것처럼 그저 듣기만 했다. 그러다가 오늘 드디어 칼을 뽑은 것이다.

장차 국왕이 될 사람으로서 심중에 품은 생각을 얼굴로, 몸으로 드러내지 않는 태도는 마땅히 배워야 할 점이었다.

모닥불의 열기로 몸이 노곤해질 무렵, 노바디가 입을 열었다.

"자, 수련 시작이다."

"……아, 네."

몸을 일으켜 마보 자세를 취한 론투엘은 다리와 허리에 힘을 주고 버텼다. 그래 봐야 곧 무너지겠지만 최선을 다하고 싶었다.

참고 또 참다가 론투엘이 주저앉는 순간, 노바디가 몸을 일으켰다.

"죄송합니……."

"쉿!"

손을 입술에 댄 노바디가 엎드려 땅바닥에 귀를 댔다. 빗소리가 아직도 요란한데, 무언가 다른 소리를 듣는 모양이었다.

그때, 땅을 뚫고 거무스름한 것이 튀어나왔다.

어느새 사라겐의 수부를 손에 든 노바디가 그 물체를 손도끼로 찍자 단번에 둘로 나뉘었다. 아래쪽 부분은 구멍만 남긴 채 땅 아래로 사라졌고, 잘린 조각은 해삼처럼 꿈틀거렸다.

노바디가 그 조각을 걷어찼다. 모닥불에 떨어진 조각은 쉿 소리 비슷한 소리를 내며 검은 연기를 뿜어냈다. 그 냄새를 맡은 론투엘이 비틀거리다가 앞으로 푹 꼬꾸라졌다. 숨을 참은 노바디는 론투엘을 데리고 동굴 밖으로, 비가 퍼붓는 비탈로 나왔다.

크리스마스트리로 사용해도 될 만큼 커다란 전나무가 뿌리째 뽑히며 뒤로 넘어갔다. 거기로 나온 건, 두께가 드럼통 같고 길이는 10미터가 넘는 기다란 몬스터였다.

"저, 저건 엠모르탑니다!"

정신을 차린 론투엘이 소리쳤다.

엠모르타의 별명은 '대지의 문어'였다. 문어처럼 여러 개의 다리를 가졌지만 실상은 문어라기보다는 불가사리에 가

까웠다.

드워프가 채굴을 위해 뚫어 놓은 미로 같은 지하 공간에서 주로 사는데, 광산 작업에서 낙오된 드워프나 또 다른 몬스터를 먹이로 삼았다. 먹잇감이 부족해지면 지표 가까이 올라와 그 거대한 촉수를 뻗어 운 나쁜 짐승이나 나그네를 지하로 끌고 내려가 먹어 치우기도 했다.

"저기 바위 뒤에 숨어 있어."

"대사형, 엠모르타를 혼자 상대할 수는 없습니다."

론투엘은 검 베아노룸을 뽑았다.

그 기세를 본 노바디가 고개를 끄덕이며 물었다.

"저 녀석의 약점은?"

"……본체는 지하에 있습니다. 본체를 죽여야 촉수도 완전히 죽습니다. 그리고 엠모르타는 본체가 커질수록 촉수의 수도 늘어납니다."

"저 녀석에겐 촉수가 몇 개나 있을까?"

"못해도 예닐곱 개는 있을 겁니다."

"내가 알아야 할 게 또 있나?"

"……촉수에서 튀어나오는 가시에 찔리면 몸이 마비됩니다."

"알았다. 넌 측면을 노려라."

"알겠습니다."

론투엘이 옆으로 움직이자, 노바디는 사라겐의 수부를 쥔 채 앞으로 두 걸음 나아갔다. 엠모르타가 자신을 노리도록 만든 것이다.

엠모르타의 촉수가 하늘로 솟구쳤다. 지하에 있던 부분까지 땅 위로 올라오자 무려 20미터나 되었는데도, 아직 본체는 깊은 곳에 있어서 보이지 않았다.

크고 작은 반점이 덮인 그 촉수를 올려다본 노바디의 입가에 미소가 걸렸다.

촉수는 검은 몽둥이가 되어 아래로 떨어졌다.

얼른 옆으로 피한 론투엘은 가만히 쳐다보고 있는 대사형을 발견하고는 외쳤다.

"대사형!"

진흙이 땅에 박힌 촉수 양쪽으로 튀었지만 노바디는 보이지 않았다. 놀라서 다가가던 론투엘은 공중에 뜬 대사형이 아래로 떨어지면서 그 조그만 손도끼로 엠모르타를 내리치는 장면을 목격했다. 그런 무기로는 엠모르타를 죽일 수 없다고 생각한 론투엘은 두꺼운 촉수가 둘로 잘리자 할 말을 잃었다. 이어서 펑, 충격파가 그를 덮쳤다.

두툼한 촉수는 꿈틀거리며 본체가 있는 땅 아래로 달아났다.

피를 뒤집어쓴 노바디가 론투엘을 쳐다보았다. 다행히, 퍼붓는 비가 피를 씻어 냈다.

"저걸 없애라."

노바디는 엠모르타가 두고 간 꿈틀거리는 촉수 조각을 가리켰다.

"대사형은?"

"본체를 죽여야 한다면서."

앞으로 달린 노바디는 전나무가 뽑힌 자리, 엠모르타의 촉수가 사라진 그 구멍으로 몸을 날렸다.

다음 권으로 이어집니다